동생 알렉스에게

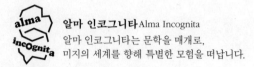

알마 인코그니타 Alma Incognita

알마 인코그니타는 문학을 매개로,
미지의 세계를 향해 특별한 모험을 떠납니다.

AVEC TOUTES MES SYMPATHIES

동생 알렉스에게
Avec toutes mes sympathies
내 모든 연민을 담아

올리비아 드 랑베르트리
Olivia de Lamberterie
양영란 옮김

플로랑스와 쥘리에트, 프랑수아를 위하여

그리고 내 부모님과 자매들을 위하여

차례

일러두기
• 주석은 모두 옮긴이의 것이다.

파리, 2015년 가을

.
.
.

    나는 내 남동생을 잃었다. 오늘 이렇게 너에 대해서 말하려니 이 표현이 제일 적절한 것 같아. 죽은 사람들은 어디로 갈까? 슬픔으로 얇게 덮인 어느 아침, 메일을 확인하기 위해 내 컴퓨터, 내가 기자로 일하는 잡지 〈엘르〉 사무실의 컴퓨터를 켜자 화면에 고딕 활자로 이런 글이 뜬다. "알렉상드르 드랑베르트리의 새 일터를 구경하시죠." 내가 짐작도 할 수 없는 어디에선가, 짐작은 할 수 없어도 따뜻하길 바라는 여기 아닌 다른 어디에선가 솟아난 이 문장이 나를 사로잡는다. 네가 죽은 지도 벌써 한 달이 넘었는데. 나는 구직 네트워크 링크트인이 보낸 이 메시지를 클릭한다. 난 한껏 결의를 다지던 어느 날 오후에 그 사이트에 회원 가입을 했고, 그 후 한 번도 다시 들어가보지 않았으니, 그때 그 결의는 고작 내 인생을 그 안에 담아놓느냐 아니냐의 문제였던 셈이 되고 마는 건가. 암튼 사이트를 클릭하자 너의 사진이 화면을 가득 채우지 뭐니. 턱수염과 넥타이, '클럽 모나코' 브랜드의 흑백 셔츠. 네가 떠난 뒤 네 아내 플로랑스가 나에게 건네준 그 셔츠. 나는 기분이 영 아닌 날이면 줄무늬가 새겨진 부드러운 그 갑옷 속으로 피신 하곤 한단다. 사진 속의 넌 참 미남인데다, 퍽이나 심각해. 그 때도 벌써 네 시선은 불안정해서, 어쩐지 빈 집 같아. "아트디 렉터, 비주얼 프레젠테이션, 어쌔신 크리드. 캐나다 몬트리올 지역." 사무실 의자에 앉은 나를 후려치는 현기증. "메시지를 보내주십시오." 화면에 뜬 파란 빛깔 작은 사각형 안에 그렇게 적혀 있다. 나는 "너, 어디 있니?"라는 말을 거기에 툭 던진다.

너는 2015년 10월 14일에 세상을 떠났지.

나는 네가 지금 어디에 있는지 미치도록 알고 싶어. 그냥 모든 게 다 순조롭다는 말을 듣고 안심하기 위해서랄까. 그래 서, 나는, 네 감청색 캐시미어 비니를 머리에 쓰고서, 그렇게 하면 혹시라도 우리 두 사람의 뇌가 맞닿을 수 있지 않을까 싶은 망상에서 그러는데, 암튼 나는 구름이 길게 꼬리를 드리 운 하늘 너머에서 너의 흔적을 찾기 위해 글을 써. 우리는 헤 어졌어, 난 라이더 재킷을 입은 차림으로, 너는 불구덩이 속으 로. 그때 그 요란한 쇳붙이 소리가 아직도 내 귀를 할퀸다. 너 는 어디 있니, 인정머리 없는 내 동생아? 멀지 않은 곳, 하지 만 여기는 아닌 곳. 여기는 아니지만 멀지 않은 곳. 나는 천국 의 아트디렉터가 된 네 모습을 상상하고 싶어. 마음 좋은 하 느님, 적당히 볼에 살이 오르고 대머리인 데다 턱수염이 무성

하고, 너랑 내가 어렸을 때 세르주 할아버지 댁에서 함께 보곤 하던 장 에펠의 그림책에서처럼 장사꾼들의 천국에서 빠져나온 바로 그 하느님과 거나하게 한잔하는 내 동생. 너는 거기서도 근사한 로고를 디자인할 테지. 네가 마지막까지 지니고 있던 수첩에서 내가 발견한 "에덴동산, 집에 돌아오신 걸 환영합니다"라는 글귀, 대충 이런 분위기의 로고 말이야. 너는 'TAG'라고 새겨진 티셔츠도 디자인했잖아. Trouble Anxieux Généralisé(범불안장애), 넌 외래 환자로 치료받던 병원에서 네게 진단 내린 병명의 약자 'TAG'가 네 마음에 들었던 게 틀림없어. 나는 구름을 해골로 변형시켜 가면서 지평선에 그래피티를 그려대는 네 모습을 상상하고 싶은데, 마음처럼 잘 안 되네. 어지간히 신앙심 깊은 가톨릭 신자가 아니라서 그런 걸까, 아니면 어지간히 정신이 돈 게 아니라서 그런 걸까? 너는 어디를 날고 있는 거니, 이제 더는 여기 없는 내 동생아?

나는 너를 찾아 떠난다.

다음 날, 한지처럼 구겨진 아침나절에, 나는 컴퓨터를 켜고, 받은 메일들 가운데에 너의 답장이 있는지 살핀다.

— 불룩한 배는 이제 그만, 날씬하게 만들어주는 자석 고리 덕분에 단 보름이면 얻을 수 있는 놀라운 결과.
— 친애하는 부인, 우리는 일전에 《인생은 항상 당신에게 세 번째 기회를 제공한다, 그러니 그걸 잡기만 하면 된다》

라는 책을 보내드렸습니다. 언제쯤 그 책에 대해 말씀하실 건가요? 그 책엔, 우리가 보기에, 부인께서 몸담고 있는 잡지의 독자층에 아주 잘 어울리는 인물이 등장합니다. 안녕히 계십시오…

— 친애하는 올리비아, 존 어빙이 파리에 온다는 소식을 들었는데, 난 그 작가를 만날 수 있다면 너무 좋겠어…

— 친애하는 올리비아, 내가 아니 에르노의 새로 나온 소설을 보내줄게…

— 친애하는 올리비아, 혹시 새로 나온 추리 소설… 을 살펴볼 시간이 있었는지 모르겠는데…

— 마침내 무지외반증의 결정적인 해결책이 나왔습니다.

— 당신의 장례를 미리 준비하십시오, 그래야 가까운 친지들이 당황하지 않습니다.

— 친애하는 부인, 나는 안타깝게도 세상을 떠난 내 개에 관한 글을 방금 탈고했습니다. 주위 사람들이 이 원고를 꼭 당신에게 보내라더군요, 그래야 이 원고를 책으로 만들어 출판해줄 출판사를 찾을 수 있을 거라면서 말입니다. 시동생이 원고를 편집해주었고, 툴루즈 미술대학에 다니는 딸아이가 사진을 토대로 표지를 만들어주었는데, 당신 마음에 들면 좋겠습니다. 읽어보신 소감을 들려주시면 고맙겠습니다.

— 계단 승강기의 장점을 직접 느껴보십시오.

— 당신은 내가 몹시 아끼는 인생 말년에 관한 에세이를

받으셨을 겁니다. 인생 말년이라지만, 걱정 마세요, 어조는 굉장히 낙관적이니까요! 독자들이 그 책을 읽으면서 많이 웃을 거라고도 감히 장담할 수 있습니다. 당신이 많은 원고를 받아 보신다는 건 잘 압니다만, 그래도 서평을 써주신다면 우리에게는 큰 도움이 될 것입니다…

— 회음부 체모 제거에 따르는 위험 경고!

— BFMTV 예고: 바퀴 의자에 앉아 있던 남자가 자리에서 일어나 도끼를 들고 친구를 뒤쫓는다.

— 어머니로부터 대물림하여 무당이 된 미리암이 당신의 모든 문제에 답해드립니다.

— 친애하는 올리비아, 나는 얼마 전에 당신에게 《오로라와 황무지 저택의 수수께끼》라는 책을 보내드렸습니다. 당신이 그 책은 우리 독자층과는 어울리지 않는다고 말하리라는 걸 잘 알고 있습니다만, 그래도 한 작가에게 그가 누구도 부인할 수 없을 정도로 확실하게 터득하고 있는 노하우를 버리라고 할 수는 없지 않겠습니까?

— 안녕, 올리비아, 존 어빙 취재할 사람 정했어?

받으셨습니까? 읽으셨습니까? 생각해보셨습니까? 마음에 들던가요? 도와주세요. 나는 메일 보낸 여자들을 향해 욕을 퍼붓는다. 아무래도 난 제정신이 아니야, 너의 부재가 내게서 책 읽을 마음마저 앗아가 버렸다니까. 다른 사람들이 쓴 글 속에 들어가 있던 짧은 시간은 내가 내 일상의 후미진 갈

피갈피, 가령 잊고 있던 한 통의 편지, 베로니카 성녀의 유골이라도 되는 양 아끼던 한 개의 접시 같은 것에서 그토록 찾아내고자 하는 너의 기억으로부터 내 주의를 산만하게 만들거든. 나는 살고 싶은데, 톡 쏘는 와인 맛에 흠뻑 젖어서, 네가 세상을 떠난 후 네 컴퓨터에서 발견한 50곡의 애창곡을 듣고 또 들으면서, 네가 퀘벡 시각으로 2015년 1시 44분에 듣고 있었던 베르트랑 블랭의 〈열기La chaleur〉를 들으면서 그렇게 살 수 있으면 좋겠는데. 음악과 더불어 모든 것이 되살아나고, 그러면서 너도 조금은 되살아나면 좋겠는데.

　어쩌고저쩌고 하는 이 모든 말들, 스팸메일들이 지긋지긋하다. 내가 늙어버린 것 같으니까, 한 발은 이미 무덤 속에 들어가 있는데, 다른 한 발은—너무 뚱뚱해서—자꾸만 미끄러지는 느낌이 드니까. 아직 회음부에 체모가 남아 있다는 사실 때문에 거의 행복해지려고 하니까. 그 말들 속에 네가 보낸 답장은 없더라. 나는 어머니로부터 대물림하여 무당이 되었으며 모든 문제에 답을 해준다는 미리암에게 메일을 보내볼까 잠시 망설인다. 그 여자라면 나에게 중요한 딱 하나의 문제, '너는 어디에 있을까?'라는 그 문제에 답해줄 수 있을까? 나는 이제 완전히 맛이 간 모양이다, 그게 오늘 아침 내 관심을 끄는 유일한 메시지인 걸 보니. 좋아, 뭐, 그렇다면야, 어머니로부터 대물림했다는 미리암, 당신에게 묻겠는데, 내 동생은 어디 있나요? 그 외의 것들에 대해서는? 난 아무 의욕도 없다, 아니, 그정도가 아니라 아예 너를 따라가고 싶은 마음이 든다. 휴가를

마치고 돌아온 후, 너는, 몬트리올의 비디오게임 업체 유비소
프트의 아트디렉터인 너는 그동안 네 메일함에 쌓여 있던 수
십 통의 메일을 다 지워버리고는 네 협력자들collaborateurs—우리
가 어렸을 때 보험 중개인인 우리 아버지가 잘 쓰던 말이었지.
"내 협력자 하나가 오늘 아침 엘리베이터에서 나더러 그 사이
에 살이 빠졌다고 말하더구나. 그런데 말이다, 세상에 그보다
더한 거짓말은 없을 게다, 그런 걸 가리켜서 아부라고 하지."—
에게 친절하기 그지없는 투로 이렇게 제안했어. 사실 친절이라
면 너를 따라올 사람이 없지. "나는 여러분의 메일을 모두 지
워버렸습니다. 그러니 나에게 할 말이 있으면, 내 방 문은 항
상 활짝 열려 있으니 언제라도 들러주십시오. 여러분의 방문
을 기다리겠습니다."

　문학비평가로서의 내 삶. 이 웃기는 직업 때문에 나는 자
주 영화 〈사랑의 도피〉를 생각하곤 한다. 프랑수아 트뤼포 감
독의 작품 중에서 유일하게 약간 실패작이다 싶지만, 그래도
내가 그 영화를 좋아하는 건 마리프랑스 피지에의 목소리와
알랭 수송의 노래 때문이다. 그 노래의 멜로디는 잔뜩 낙심한
나를 지탱해주었다. "한 평생 내내, 나는 도망치는 것들을 잡
으려고 달리기만 했다네." 어느 역에서인가, 주인공 앙투안 두
아넬(장피에르 레오가 이 역을 맡았다)은 아들 알퐁스에게 작별
인사를 한다. 꼭 프랑수아 1세 같은 머리 모양을 한 어린 알퐁
스는 아버지가 열차 복도 쪽으로 난 창문—그 무렵엔 아직도
기차의 창문을 여닫을 수 있었다—을 통해서 뭐라고 외칠 때

벌써 기차에 올라탄 상태였다. 장피에르 레오는, 마치 신부님들이 성무일과서를 낭독하는 듯한 우스꽝스러운 말투로, 아들에게 훈계한다. "바이올린 열심히 할 생각하거라, 왜냐하면 네가 열심히 노력하면 훌륭한 음악가가 될 테지만, 노력하지 않으면 음악 비평가가 될 테니까."

나는 더 이상 어찌할 수 없을 정도로 열심히 노력했는데도 문학비평가가 되었다. 나는 숨 쉬듯이 책을 읽고, 나름대로의 의식도 있어서 읽을 만한 책인지 판단하기 위해서는 항상 책의 66쪽부터 읽은 다음 나머지를 탐독한다. 나는 책이라는 보이지 않는 현실, 이 증강 현실을 무지 좋아한다. 책읽기는 나처럼 두 세계 사이에서 오가는 자들에게는 이상적인 공간이다. 아들들이 쓰는 머릿니 퇴치용 샴푸와《야성의 부름》* 사이에서. 포근했던 유년기와 무모하고 대담했던 나의 선택들 사이에서. 나보다 한참 어린 친구들과 내가 사랑했던 나이 많은 남자들 사이에서. 그러다 보니 이제는 나도 내가 몇 살인지 잘 모를 지경이다. 사회적으로 미리 규정되어 있던 나의 정체성과 나 스스로가 다져나간 나의 정체성 사이에서. 완전히 부르주아도 아니고 완전히 보보도 아닌 그 정체성. 아마도 그저 귀족일 뿐이라고나 해야 하나. 사회에서는 너무도 많은 환상을 불러일으키나, 우리 집안에서는 거의 이야깃거리가 되지 않는,

---

* 《The Call of the Wild》. 미국이 낳은 작가 잭 런던의 장편소설. 1897년 캐나다에서 금광이 발견되면서 일어난 골드러시를 배경으로 한다.

산지 명칭 사용 제한이 있는 지역 특산물 축에도 끼지 않는 귀족이라는 명칭.

식사가 끝나갈 즈음 코냑을 마시면서 손님들에게나 들려주는 족보, 중세 시대로 거슬러 올라가는 조상들에 관한 이야기를 우리 식구들은 대수롭지 않게 여겼다. 몇몇 질투심 강한 사람들이나 마치 가시면류관 씌우듯 우리 머리를 짓누르는 수단으로 사용하는 그 이름―"너는 일하지 않아도 되니 좋겠다!", 당연하지, 멍청아, 난 하인들이 내 금화 세는 거나 구경하고 있으면 된다니까―, 다행스럽게도 이름 앞에 늘 붙어 다니던 소사**가 길을 잃고 헤매게 된 시대에 그 이름에서 남은 거라곤 내 아버지(내 어머니는 그마저도 어딘가에서 잃어버렸다)의 새끼손가락 살을 파고드는 가문이 새겨진 반지 하나와 그 유명한 은수저―우리 집의 경우 우리가 태어나서 세례받을 때 은수저에 각각 이름 첫 자를 새겨주었다―뿐이다. 사람들은 대체로 그 은수저는 목에 걸려서 말을 방해한다는 사실을 잊곤 한다. 우리 집안사람들의 입에서 여간해선 말이 잘 나오지 않는 건 그래서일까? 고통 따위는 흠잡을 데 없이 빳빳하게 다림질 된 베갯잇 밑에 꽁꽁 숨겨두기 때문일까? 어쨌거나 우리 집안에서는 일종의 비밀 준수 의무처럼 고통을 묵묵하게 견딘다.

** 小詞. 프랑스어에서 귀족 이름 앞에 붙는, 출신, 기원을 나타내는 전치사 de를 가리킴.

아주 어렸을 때, 나는 내가 성장한 16구에 비해서 훨씬 덜 경직된 이웃 구역 쪽으로 몇 발자국 내딛기로 작정했다. 보다 자유롭게 생각하고, 보다 재미난 사람들이 사는 곳으로 말이다. 앞선 세대들에 의해서 정해진 나의 인생, 그러니까 학업을 마치고 나면 특권층의 자제들 가운데에서 배필을 골라 결혼하고, 아이를 낳으며, 일은 셋째를 낳기 전까지만 하는 삶을 벗어나기로 했다는 뜻이다. 나와 같은 환경에서 자라난 여자들 가운데에는 아직 미혼인 채 아이를 낳은 여자라고는 한 명도 없는데, 그게 그러니까, 좀 웃기긴 하지만, 내가 '올해 최고의 자고새', 뭐 이런 건 아니지만, 암튼 대물림하는 부자 동네에서는 늘 그런 식으로 자손을 번식해왔다는 말이고, 그건 곧 나 혼자만 예외라는 말이기도 하다. 그러니 고작 스무 살에 자기 아버지뻘 되는 남자의 아이를 임신함으로써 기존 질서를 어지럽힌다는 건, 이들 선사 시대 유물에 해당되는 대부분의 사람들에게는 내가 곧 미혼모가 된다는 사실을 의미한다.

프랑수아즈 지루*는 나와의 인터뷰에서 나와 똑같은 '상황'—굳이 이렇게 에둘러 말하는 나의 심정을 양해해주시기를—에서, 그러니까 그녀가 결혼식을 올리지 않은 채 임신하자, 사람들이 그녀를 매춘 여성 취급하더라는 이야기를 들려주었다. 그러니 나는 운이 좋은 셈이었다. 내 가족은 그 어떤

---

* Françoise Giroud. 1916~2003년. 프랑스의 기자, 정치인. 여성부 장관직에도 올랐고, 〈엘르〉 잡지 초창기 편집장 직을 맡기도 했다.

경우에도 적절하지 않은 언사를 입 밖에 낸 적이 없으니 말이다. '상황'을 전해들은 내 아버지는 "아기가 태어난다는 건, 언제든 기쁜 소식"이라고 말씀하셨으니까. 부모님은 나를 흔들림 없이 지지해주셨다. 그렇긴 해도, 일단 여전히 굳건하게 통용되고 있는 규칙에서 이탈하게 되면, 인생은 반드시 어느 햇빛 좋은 날 아침, 혼자서 카페테라스에서 유모차를 옆에 세워두고 커피 한잔 느긋하게 마시면서 해바라기를 하는 동안, 하필이면 그런 순간에 거기에 합당한 계산서를 내밀기 마련이다. 함께 자라온 친구들의 수첩에서 내 이름은 지워졌다. 그 친구란 작자들이 고작 거저 얻은 특권적 운명을 제 것으로 만들 자격이 충분하다는 환상에서 헤어 나오지 못하는 어리석은 멍청이들이었지만, 그럼에도 그들과 맞대면하기 위해서는 내가 강해져야 했으나 나는 그렇지 못했다. 나는 잠시 동안 이러지도 저러지도 못하고 허둥댔다. 그러고는 아이를 데리고 도망치듯 그 자리를 빠져나왔다. 그 후 나는 스스로에게 말도 안 되는 구차한 변명을 늘어놓으면서 닥치는 대로 일거리를 찾아서 정신이 빠질 정도로 일을 했다. 나를 휘감는 씁쓸함은 동심원을 그리는 담배 연기 속으로 사라졌다. 요즘 들어 다시 마주치게 되면 그 가짜 친구들은 애써 나에게 아첨을 떤다. 문학 평론을 위해 정기적으로 텔레비전에 얼굴을 비치면서 얻어진 자그마한 명성이 방패막이 역할을 해주는 덕분이다.

　나에게 있어서 독서는 여기야말로 나에게 잘 어울리는 자리라고 느끼게 해주는 공간이다. 독서는 살아 있는 자들을 치료해주고 죽은 자들을 깨워 일으킨다. 독서는, 많은 사람이 생각하듯 현실 도피를 가능하게 해주는 것이 아니라, 거기에서, 즉 현실에서 진실을 길어 올리는 일을 가능하게 해준다. 나한테 중요한 건 하나의 글이 적절한 울림을 가지고 있어서 그것으로부터 내가 하나의 목소리를, 하나의 광기 어린 개성을 감지해내는 것이다. 나는 이야기를 위한 이야기는 좋아하지 않으며, 그런 이야기를 지어내는 사람들에겐 더더욱 마음이 가지 않는다. 나는 독서를 통한 기분 전환 따위는 필요 없다. 그런 거라면 내 가까운 친지들의 몫이며, 독서를 통한 배움 따위도 나와는 거리가 멀다. 나는 불안정 상태에 빠지기를, 다른 사람의 눈으로 세상을 바라보기를 좋아한다. 또, 독서는 그 자리에 없으면서 그 자리에 있도록 허락해준다. 나에게는 걸려오는 전화를 반드시 받을 의무가, 질문에 반드시 답을 해야 할 의무가 없다. 나는 지루함이라고는 거의 느끼지 않으나, 귀찮고 성가신 일로 가득 찬 삶, 하루가 멀다 하고 세탁기를 돌려야 하는 삶이 솔직히 흥미진진하다고는 생각하지 않는다. 나는 말이라고는 한마디도 할 수 없어서 자주 곤혹스러워하는 주제에, 남들이 쓴 글 속에는 기꺼이 빠져 들어가 허우적거린다. 나는 그 말들의 낭랑한 울림과 그 말들이 부싯돌처럼 일으키는 마찰에 머리가 멍해진다. 시는 항상 그 낯설음으로 나를 취하게 만든다.

나는 거의 상투적으로 작성된 거창한 담론이라면 질색이다. 내가 독서를 하는 건 나 자신이 그걸 사랑하기 때문이다.

어떤 사물의 중요성을 판단하기 위해서 나는 그것과 반대되는 것을 상상해보곤 한다. 나는 책 없이는 살 수 없을 것 같다. 게다가 작가들은 좋은 동반자들이고, 편집자들, 출판 홍보 담당자들도 마찬가지이다. 그런데 언제부턴가 들려오는 '빵!' '빵!' 소리. 내 아들 녀석들이 질러대는 고함소리처럼. 난 마치 내 책상에 모래시계 하나가 놓여 있는 것 같다고 느낀다. 그 모래시계는 내가 책장을 넘길 때마다 거기에 그림자를 드리운다. 암튼 나는 다른 사람의 삶을 게걸스럽게 빨아들이느라 내 삶을 모두 탕진하게 될 것 같다. 독서가 직업이니 그럴 수밖에 없지 않을까?

밤잠을 못 이루고 하얗게 맞이하는 아침들이 이어지고, 그 아침들은 그날이 그날처럼 닮은꼴이다. 너로부터는 아무 연락이 없지만, 그럼에도 내가 모르는 어느 무덤 너머에서 신호가 불쑥불쑥 솟아오른다. 나는 몇 시간이고 페이스북에 눈을 고정시키고서 네가 떠난 직후 플로랑스가 만든 대화방 "바이 알렉스"에 너의 친구들이 올린 메시지들을 포식한다. 나는 내 페이스북 계정이 있긴 하지만 거의 접속하지 않는다. 난 선사 시대 여자라, 여전히 종이 속에서 산다. 일단 소셜 네트워크에 들어서면, 나는 마치 전기 칼 앞에 선 암탉이 된 기분이다. 그런 내가 일요일에 파리의 거리를 산책하듯 페이스북 안에서도 어슬렁거릴 수 있음을 깨닫는다. 수백 통에 이르는 '받으셨습니까' '읽으셨습니까' 같은 편지들 사이에서 나는 용케도 네가 작년에 보낸 "네 책을 써봐"라는 메시지를 찾아낸다.

나는 울고 싶다. 여러 달 치 필름을 거꾸로 돌린 나는 기어이 네가 컴퓨터 앞에 앉아서 나에게 번복할 수도 없고, 부연 설명도 붙지 않은 이 명령을 두드렸을 순간으로 돌아간다. 넌 내가 몬트리올에 가서 너와 네 가족을 만나고 돌아온 직후에 그 글을, 그 지시 사항을 올렸지. 우리는 너의 집 베란다에 앉아 연거푸 술잔을 들이켰고, 우리의 행복한 운명을 암울하게 만드는 시커먼 타르, 너를 나흘 넘도록 빈사 상태로 내팽개쳐두는 우울함, 그 멜랑콜리의 정확한 이름이 무엇인지 알기 위해 쉬지도 않고 이야기를 이어나갔지. 우리는 둘 다 우리가 타고난 특권과 우리가 느끼는 무기력함에 대해 누구보다 잘 의식하고 있었어. 우리의 새벽을 가득 채웠다가 고달픈 하루 일과의 강압적인 리듬 속으로 슬며시 자취를 감추고는, 언제라도, 자그마한 불행이라도 엿보일라 치면 기회가 왔다는 듯이 다시 모습을 드러내는, 이 보이지 않는 유산의 정체는 무얼까? "누나는 반드시 우리를 옴짝달싹할 수 없게 못 박아 놓는 이 굴레에 대해서 글을 써야 해. 그것에 대해서 속 시원히 털어놓으라고, 우리가 어디에서 왔는지 말이야. 누나가 그 일을 해내면, 뭔가가 바뀌게 될 거야."

그래, 내가 거기 매달려볼게, 너를 위해서, 그리고 나를 위해서. 여러 해째 나는 그 문제의 주변만 빙빙 맴돌고 있다. 어떻게 해서든 그 일을 미루기 위해 애꿎은 도서관의 책들만 섭렵한다. 아직 읽어야 할 소설이 한 권 더 있거든요, 칼자루 쥔 양반. 시원찮은 작가들이 내 인생을 갉아먹는다.

우리는, 내가 마지막으로 너를 만났을 때, 글을 쓰고자 하는 욕망, 맨땅에 헤딩하는 행위, 지금까지와는 다른 입장에 서게 된다는 두려움과 섞인 그 욕망에 대해서도 이야기를 나눴지. 그날이 언제였는지, 나도 잘 모르겠다. 우리가 한 방에 같이 있으면서, 함께 울먹이면서, 최후의 시간을 살고 있음을 그때 내가 어떻게 상상이라도 할 수 있었겠니? 너는 그때 더는 희망이 없다고 말했지.

그게 그러니까 7월 말 몬트리올에서 보낸 짧은 글이었는데, 그때 넌 정신병원에 입원 중이었어. 넌 아주 진지한 태도로 나한테 조언했지. 하도 진지해서 난 그 조언을 모른 척할 수가 없을 것 같더라. "정말로 그 책을 꼭 써야 해, 누나." 그러고는 넌 이렇게 덧붙였어, 이렇게 네 속마음을 털어놓았다고—아무렇지도 않은 투로, 그저 나한테 "감청색 양말 가져다주는 것도 잊지 말고, 왜, 그 내가 좋아하는 양말 있잖아"라고 말할 때처럼—, "나도 글을 쓸 수 있으면 좋을 텐데. 하지만 그러려면 난 예명으로 써야 할 테지"라고. 그때 난 네가 사용한 조건법이 이상하다는 생각은 미처 하지 못했어, 그러니 너한테 따로 묻지도 않았지. 너한테 무슨 비밀이 있기에, 네가 얼마나 굉장한 비밀을 간직하고 있기에 이름까지 바꿔가면서 글을 써야 한다는 거냐고 말이야. 우리는 둘 다 이미 이름을 짧게 줄여버렸어, 넌 알렉스, 난 올리브라고 말이야. 호적에 기재된 우리 이름에 비해서 최대한 짧은 이름, 적어도 원래 이름보

다는 훨씬 가볍고 경쾌하게 들리는 정체성을 택한 거지. 그런
데 네가 죽은 후 카롤린 언니도 이메일 끝에 "카로"라고 적는
걸 보고 감동했어. 우리와 공감한다는 다정한 배려니까.

　자, 이제부터는 우리 혈관을 타고 흐르는 검은 피를 파헤
쳐볼까 해.

　네가 마지막까지 지니고 있던 수첩에서 "나는 사람들의
사랑을 먹고 자란다"라는 메모를 읽었어. 오늘, 나는 조금은
네가 나에게 준 사랑을, 그리고 그보다 훨씬 많이는 너를 향
한 나의 사랑을 자양분 삼아 살아내고 있어. 그 사랑이 나를
받쳐주고, 나에게 삶 자체까지야 어쩌지 못해도 적어도 세상
을 보는 관점은 바꾸도록 인도해주지. 쳇바퀴만 돌리는 햄스
터가 된 이 기분. 나를 흠뻑 적시다 못해 침울한 내 생각들마
저 용해시켜버리는 하루하루에서 어떻게 하면 벗어날 수 있
을까? 저녁이면, 기진맥진해서인지, 충격이 훨씬 덜해. 나의 시
간은 온통 잿빛이야. 나는 완전히 무기력하고. 나한테는 딱 한
가지 욕망밖에 없어. 내가 벌써 수많은 문학상의 계절을 보내
온 생제르맹데레트르*에서 최대한 멀리 도망가기. 언제나처럼
일은 너무 많은데, 내가 느끼는 공허함이 대번에 벌거벗은 것
같은 기분이야. 오장육부가 뒤틀리건만. 물질적인 삶이 내 인

---

* 　Saint-Germain des Lettres. 파리의 많은 출판사가 생제르맹 대로에 자리 잡고
　있으므로, 저자는 재치 있게 거기에 문학을 뜻하는 '레트르'란 단어를 덧붙였다.

생을 통째로 차지해버렸어.

　다른 사람들은 어떻게 하는지 모르겠어. 어제, 한 여자는 이렇게 설명하더라고. "이번 주말에는 아이들을 친정 부모님한테 보내고, 나 자신에게 아르헨티나 탱고 강습을 허용할 거야." 그런데 말이지, 그 여자는 그냥 간단하게 난 춤을 추고 싶다고 말하면 안 되는 걸까? 모두가 자기계발서에 적힌 대로 말을 하다니. 모두가 스스로에게 뭔가를 허용하고. 모두가 요가 수업을 듣고. 모두가 자기 자신을 존중하고. 모두가 가령 채식주의 저녁식사나 이웃과 함께 하는 콘서트 식으로 서로의 적극적인 참여를 독려하는 이벤트를 기획하고, 스스로를 충전한다니. 난 글루텐도 먹고, 백 퍼센트 유기농 찬미자 그룹에 속하지도 않으면서, 그저 영혼 없는 관람객으로 되어가는 꼴이나 보자는 식으로 관찰할 뿐이지. 명상을 통한 구원이니 슬로우 라이프니 하는 건 내 체질이 아니야. 오히려 그와 반대로, 나는 날것 그대로의 언어로 꿈을 꾸는 편이지. 나는 네가 세상을 떠난 이후 내가 느끼는 격한 감정에 걸맞은 폭력에 목말라 하고 있지. 고함을 지르고 싶고, 눈앞에 보이는 사람은 그가 누구든지 붙잡고 시비를 걸고 싶고, 멍청한 걸 믿는 사람들에게 침을 뱉어 주고 싶다고. 너의 자살을, 그리고 피가 철철 흐르게 구운 쇠고기 덩어리를 채식주의자를 자처하는 그 사람들 낯짝에 던져주고 싶어. 그런 사람들, 잘 먹고 살면서, 마치 죽음 같은 건 존재하지도 않는다는 듯이 자기들 위장을 애지중지하기에 급급한 그 사람들이 나한테는 너무도 이상하게 여겨져. 그 사람들은 죽어서 짊어질 칠성판마저도 친환경 자재를 고집할까?

사소한 것이 나의 심기에 거슬리고, 사소한 것이 나를 신나게 한다, 고 나는 입버릇처럼 그렇게 말하곤 하지. 그건 다 겉만 번드르르한 농담이야. 사실은 모든 것이 나의 심기를 건드리지. 내 머리는 벌써 미쳐버렸고, 게다가 두려움으로 가득 찬 상태야. 〈뉴욕타임스〉와 가진 한 인터뷰에서 엠마뉘엘 카레르*는 다른 어느 누구도 쓸 수 없는 이야기를 써야 한다고 강조했어. 네가 나에게 남겨준 이 비물질적인 유산. 나 자신을 비롯하여 모든 것을 의심하는 나에게는 너무도 중요한 그 유산, 감히 시도해보라는 너의 그 말. 사실 이 책은 이 세상에 존재해서는 안 될 책이지, 넌 죽어선 안 될 사람이었으니까.

• Emmanuel Carrère. 1957년~, 프랑스의 소설가, 극작가, 영화감독.

．

．

그래, 내가 거기 매달려볼게,

너를 위해서,

그리고 나를 위해서.

．

．

카다케스, 2015년 여름

·
·
·

하늘은 어린아이들 그림에서처럼 새파란 빛으로 빛난다. 컴퓨터 배경 화면을 닮은 순백의 마을을 한눈에 굽어볼 수 있는 그 수영장에서, 나는 몇 미터나 헤엄쳤는지 잊을 정도로 신나게 수영을 즐겼다. 소독약 냄새에 취해서 접영으로 일 킬로미터쯤을 주파하고 나면 불안감은 어느새 희석되고, 삶은 문득 가능한 모든 것으로 풍성해지는 것 같으니까. 1970년대 스타일로 지어진 저택에는 지나치게 장식이 많았고, 살바도르 달리가 살아 있을 때 꺾었을 법한 꽃다발이 천지인 데다, 색바랜 어릿광대 형상의 도자기를 비롯한 싸구려 잡동사니도 도처에 널려 있었다. 바퀴벌레들이 막대기처럼 붙어 있는 벌레 잡는 약은 또 어떻고. 그것들이 안 보이도록 벽장 속에 집어넣으려고 할 때마다, 악착같이 내 손에 끈적끈적하게 달라붙곤 했다. 그래도 난 그 집이 무척 좋아서 벌써 여러 해째 여름마다 빌리고 있다. 볼썽사나운 구석이 있다고 해서 본래의 자태마저 추해지는 것은 아니니까. 작은 색색 타일 조각을 붙여 완성한 욕조들은 더블베드만큼이나 큼지막했지만, 거기에 물을 채워서 사용하는 건 완전 미친 짓이나 다름없었을 것이다. 물이 귀했으니까. 해묵은 재떨이가 어디에나 놓여 있었고, 손님들이 집 안 재떨이에 재를 터는 모습은 생각 없이 담배를 피우던 시절을 떠올리게 했다. 마치 클로드 소테 감독의 영화 속에 들어와 있는 기분이라고나 할까. 아이들은, 반쯤 벌거벗은 채, 그들보다 더 갖춰 입었달 수도 없는 차림으로 미소를 머금고 있는 어른들 사이를 뛰어다녔고. 짭짤한 내음을 풍기는 대기 중엔 소리들이 끊임없이 이어졌다.

그 집엔 우리 집안 식구 거의 모두가 모였다. 내 남편 장마르크와 그의 막내딸 클라라, 클라라의 아기, 내 큰아들 바질과 우리 두 사람의 어린 두 아들 세자르와 발타자르, 그리고 어떤 사람들에게는 이상하게 들릴지도 모르겠으나, 심지어 장마르크의 첫 번째 부인 샤를로트도 그녀의 새 남편 자만과 함께 왔다. 모든 세대를 아우르는 모든 사람들, 내가 인생에서 제일 아끼고 좋아하는 존재들. 아이들 말처럼, 모두가 정말로 서로를 사랑한다. 이 대가족의 무리는 나를 안심시켜주고, 내가 그들과 하나로 녹아드는 걸 기꺼이 허락해주고, 어쩌다 내가 잠시 자리를 비워도 표 나지 않게 메워준다. 나 자신이어야만 하는 피곤함이 나에게 자주 부족한 활기 속에서 눈 녹듯이 녹아버린다. 한자리에 언제나 함께 있어야 할 필요도 없다. 이런 휴가는 손에 꼭 맞는 장갑처럼 나한테 썩 잘 어울린다.

나는 라디오 방송국에서 텔레비전 방송국으로 허둥지둥 뛰어다니다가 어쩌다 털썩 주저앉아 새파란 하늘을 바라보는 숨 가쁜 1년을 보내면서 진이 다 빠져버렸고, 그나마 마지막 남은 힘을 아들 녀석들, 여름에 태어난 아이들의 생일잔치 준비에 탈탈 털어버렸다. 카다케스는 아직 대규모 관광객 때문에 망가지지 않은 곳이다. 주차장에 더 이상 빈자리가 없으면 아예 마을을 닫아버리는 정책 덕분이다. 자, 자, 물놀이를 하시려거든 다른 해수욕장으로 가세요! 그래서 마을을 찾는 단골손님들은 왕처럼 생활할 수 있다. 누구도 그들에게 관심을 보이지 않는다. 파리에 본점을 둔 으리으리한 상점은 찾아볼 수 없고, 그저 화려한 파레오와 아기자기한 액세서리 가게뿐이다. 포켓몬 같은 건 딴 세상 얘기고. 나는 언제나처럼 오버했다. 장도 너무 많이 보고, 선물도 너무 많이 준비했다. 숨도 쉬기 곤란할 정도로 기온이 올라가서 온몸이 흐물흐물 녹아내리는 것 같았고, 감정의 흐름도 한없이 느려지는 것 같았다. 심장마저도, 이곳에서는 아무 일도 생기지 않을 거라는 환상 때문인지, 둔하게 마비되어버리는 것 같았다.

수영장 근처에서 해바라기를 하는데, 마른 풀이 모래밭에 깐 타월을 비집고 엉덩이를 콕콕 찔러댔다. 여러 여름을 맞이하면서 짙은 분홍빛 황금빛 무늬는 빛이 바랬지만, 나는 오래전에 내 남동생, 아내와 아이들을 데리고 15년 전에 몬트리올로 옮겨간 알렉스가 준 그 타월을, 그 아이가 준 다른 모든 것도 마찬가지이지만, 무던히도 아낀다.

생일잔치가 열린 저녁에, 우리는 선물 포장지들 가운데에서 잔뜩 흥분한 아이들에게 둘러싸여 노래하고 웃고 땀을 흘렸다. 샤를로트에게는 깔깔대는 경쾌한 웃음소리만큼이나 주변 분위기를 가볍게 만드는 남다른 재주가 있다. 그 여자가 내 어린 아들들에게 방귀 뀌는 쿠션을 선물했는데, 모두들 함성을 질러대면서 그 쿠션에 앉아보겠다고 아우성을 쳤다. 덕분에 쿠션은 결국 찢어지고 말았다. 아이들이 징징댔지만, 그러거나 말거나, 다들 들은 척 만 척했다. 준비한 핑크 와인이 한 병 한 병 비워졌고, 나는 줄담배를 피워댔는데, 다이빙대에 앉아 있던 그 시간 동안, 그지없이 행복했다. 다음 날 나는 더할 나위 없이 유유자적하게 다이빙대에서 뛰어내렸다. 우리는 그때 모두들 가관이었다. 밝은 여름옷 차림을 하고서 겨울처럼 우중충한 표정을 짓고 있었으니 말이다. 그래서 장난삼아 누가 제일 험악한 인상을 하고 있는지 투표를 해보기로 했다. 그때 누가 일등으로 뽑혔는지는 기억나지 않는데, 아마 바질이었던 것 같다. 파리에서부터 하루 온종일 엄청나게 막히는 길을 운전하고 오느라 파김치가 된 상태였으니까. 아무럼 어때, 해변에서의 물놀이 덕분에 우리 모두 당당한 몸을 되찾았다.

끈적거리지만 충만했던 그 시간, 저마다 자기 자신이 되기를 허락받은 그 시간은 나를 환희로 가득 채웠다. 속임수 같은 건 없었다. 우리는 마을 제과점의 특산품인 잣과 아몬드로 뒤덮인 얇은 기왓장 모양 과자를 실컷 먹었다. 젖먹이 마르셀은 엄마 품에서 마침내 잠이 들었고, 발타자르는 테라스에 어지럽게 흩어진 전선에 발이 엉킨 뒤 울음을 터뜨렸다. 좌우간 이 집은 마구잡이로 지어졌다니까. 끈적끈적한 테이블은 얼른 깔끔하게 치워지기를 기다리는 중이었고. 남편은 내 눈을 똑바로 응시했는데, 나는 굳이 그이의 시선을 피하려고 하지 않았다. 험악한 인상 대회에서 이등을 한 처지였지만. 이날 저녁, 우리는 모두 기진맥진이었다. 누구는 도시에서 겪은 크고 작은 실패로, 누구는 고단함으로. 풍성하지만 감당하기 녹록하지 않았던 한 해의 무게, 불행하지 않았지만 휴식을 누릴 수도 없었던 한 해, 지적이거나 예술적인 노동에 종사하는 부르주아가 감당해야 하는 운명, 한 가지 프로젝트가 다른 한 가지 프로젝트를 밀어내고, 그러다 보니 충분히 숨 쉴 여유가 늘 부족한 현실.

기적 같은 반전에 의해서 매 순간은 그 자체로 목적이 되곤 했다. 우리는 기꺼이 반전에 몸을 맡겼다. 타오르는 불길처럼 모든 것을 뒤엎는 완벽한 감정에 나는 목이 메었다. 이제 잠자리에 들 시간이었다. 내일이면, 휴가가 시작될 테지.

파리, 2015년 가을

.
.
.

나는 도저히 더는 글을 읽지 못하겠다. 그렇다면 이제 피겨스케이팅 평론가가 되어야 하려나? 평소엔, 대충 훑어보던 중에 만난 어떤 문장 하나가 감동을 주거나 내 마음을 뒤흔들어 놓곤 한다. 그런데 지금은 동생의 죽음이 나를 온통 독차지하고 있다. 나는 그 아이의 삶이 아니라면 다른 어느 누구의 삶에도 관심이 없다. "추리소설을 읽어보지 그래." 한 친구가 나에게 이런 조언을 해주었지만, 독서는 스포츠도 취미생활도 아니고, 하물며 여가 활동—'여가'라니, 별 재수 없는 말도 다 있다—은 더더욱 아니다. 어떻게 그토록 많은 사람이 임신한 여사의 배를 가른다거나, 첫 장부터 어린아이가 실종된다거나, 암튼 진부하고 케케묵은 이야기들을 읽으며 기분 전환을 할 수 있는지, 나는 도무지 이해할 수 없다. 그런 이야기가 적힌 책을 만드느라 사라지는 숲을 불쌍히 여길지어다. 나는 단골손님의 비위를 맞추기 위해 나날이 더 끔찍한 범죄를 발명해내는 일은 정말이지 변태적이라고 생각한다. 나를 〈엘르〉에서 일할 수 있도록 뽑아주더니 잠수복에 갇힌 나비가 되어버린 편집장 장도미니크 보비는 "제임스 엘로이*의 소설을 읽고 나면 나는 반드시 목욕을 해야 한다"고 말했다. 나도 동의한다. 비극을 지어내는 일은 나에겐 외설적이고 저속해 보인다.

알렉스가 세상을 떠났다는 사실은 내 삶의 어느 순간에 중요한 자리를 차지했던 다른 친지들의 사망을 상기시킨다. 비록 그런 일은 내게 아주 드물었지만 말이다. 알렉스의 일이 있기까지, 나는 죽음에 관한 한 백지 상태였다. 때로 죽음의 근처까지 접근했지만, 정말로 그 내밀함에 접해본 적은 없었다. 그저 멀리서 죽음에 대해 이야기할 뿐이었다. 내 큰아들의 아버지 질의 죽음은 물론 나를 슬프게 했지만, 지금과 같은 나락으로 나를 밀어넣을 정도는 아니었다. 동생의 자살은 적어도 그보다 세 배는 더 가슴 아프다. 알-렉-상-드-르-드-랑-베-르-트-리, 이름만으로도 낱말 이어가기 게임에서 점수를 많이 딸 수 있다.

우리가 어렸을 때, 그러니까 "프티트 에콜" 초등학교에 다니던 시절에(프티트 에콜은 파리 16구, 피에르 게랭가의 끄트머리에 자리 잡은 우리 학교 이름이다), 거길 가려면 돌멩이가 박혀 있는 흙길을 지나가야 했기 때문에 이따금씩 원피스를 입은 나와

● James Ellroy, 1948년~, 미국의 추리소설가, 수필가.

반바지를 입은 동생 우리 둘 다 무릎이 까지기도 했다. 긴 바지는 추운 겨울에만 입을 수 있었다. 프티트 에콜의 학생이었을 때, 아침에 지각을 하면 각자 자기 이름을 열 번씩 써야 했다. 꽃무늬가 인쇄된 연두색 앞치마를 입고서 자기 이름은 왜 이리도 기냐고 투덜대던 금발의 동생 모습이 내 눈앞에 새삼 떠오른다. "난 이름이 뤼 닉이었으면 좋겠어."

그 애가 처음으로 유치원에 간 날도 생각나는데, 그때만 해도 지금처럼 유치원이 세 학년으로 나뉘어 있지 않았고, 그 저 1년 동안 감자나 고구마처럼 생긴 사람 그림이나 그리다가 초등학교 1학년이 되는 거였다. 암튼 동생은 유치원 개학 날 연두색 앞치마를 입고 있었다. 나는 동생이 지금 내 눈앞에 있는 것처럼 그 앞치마와 칸에서 보낸 여름 동안 햇빛에 바랜 듯 거의 하얘진 그 애의 긴 곱슬머리를 또렷하게 기억한다. 그리고 모범생 같은 교복도. 반바지와 흰 양말. 아, 그 사이에 말은 또 얼마나 많이 달라졌는지("잊지 말고 셔츠 입어라"라고 엄마는 말하곤 했는데, 그 셔츠는 요즘 말하는 셔츠와는 완전히 다른 흰 티셔츠, 그러니까 추울까 봐 셔츠 속에 입는 내복을 가리키는 말이었다), 그리고 꽃 모양으로 엮은 데다 트램펄린 위를 걷는 것처럼 통통 튀는 느낌을 주는 샌들 차림. 그 애의 모습에 호기심을 가진 웬 여자아이가 알렉스에게 다짜고짜 여자인지 남자인지를 물었다. 그러자 알렉스는 이렇게 대답했다. "흐음, 안 가르쳐줄 거야!" 너무도 그 애다운 대답이었다.

동화에서 숲 속의 산책로를 이리저리 돌아다니다가 하늘

에서 뚝 떨어진 것 같은 집을 만나게 되는 것처럼, 우리 엄마는 용케도 파리 한 중심에 있는 이 건물, 정원으로 둘러싸인 데다 일반적인 학교 이미지와는 너무도 다르기만 한 이 학교를 찾아냈다. 엄마는 엄마가 성장한 프랑스와 독일의 기숙학교를 비롯하여 모든 학급에서 철저히 불행했던 만큼, 우리 큰언니 카롤린을 교육부의 인가는 받지 않았을망정 지식의 신들의 축복은 충분히 받은 이 학교에 입학시켰다. 아버지는 처음으로 등록금 청구서를 받아들고는 거의 기절할 뻔했지만, 그래도 엄마는 고집을 부렸다. 우리 엄마는 옳다고 생각하는 일 앞에서는 절대 양보하지 않는데, 그게 바로 엄마의 힘이다. 엄마는 천성적으로 일당십은 될 정도로 고집이 센데, 자식들 일이라면 일당백짜리 황소고집이 된다. 몬테소리식 교수법에 영향을 받은 이 학교의 선생님들은 모든 아이를 하나의 틀 속에 집어넣으려 하지 않고 각자의 개별적인 재능을 끄집어내는 데 중점을 두었으며, 선의가 권위를 대신했는데, 엄마는 우리를 위해 그런 학교를 선택한 것이었다.

나는 안뜰에 있던 닭들이 생각난다. 그 학교의 안뜰은 시멘트로 바닥을 다진 무늬만 정원이 아니라 진짜 녹색 공간이었다. 아침이면 우리는 닭들에 상추를 가져다주고, 저녁이면 녀석들이 낳은 달걀을 들고 집으로 돌아갔다. 토끼들은 토끼장 속에서 따분해하곤 했는데, 우리는 이렇듯 농장에서 동물들과 함께 커가는 것이 당연하다고 여겼다.

우리는 아직 철부지 어린아이일 때 벌써 오트 사부아 지방의 레 제트로 단체 스키 여행을 떠났다. 스키를 타기 위해 모자를 반드시 쓸 필요는 없었다. 그때만 해도 매사에 미리 조심해야 한다는 원칙이 너무도 강력하게 작용하는 바람에 일상의 환희마저 퇴색되는 일은 없었다. 얼굴을 온통 뒤덮는 털모자는 쓰고 있으면 가려울 뿐 아니라 벗을 때 정전기를 일으켰다. 어른에게 일주일 내내 그런 털모자를 쓰고 있으라고 강요해보라. 그러면 그런 옷이나 액세서리는 지구상에서 아예 종적을 감추게 될 것이다. 카롤린 언니와 알렉스 그리고 나는 처음엔 눈송이를, 이어서 별을 받았는데, 친구들과 사이좋게 지냈으며 식사 태도가 좋았다고 해서 받은 상이었다.

크리스마스를 축하하기 위해 실제 인물들이 등장하는 멋진 말구유 공연을 무대에 올리기도 했는데, 난 단 한 차례도 교리 공부를 한 기억이 없다. 우리는 유쾌한 비신자들이었다. 선생님들은 우리에게 지각하면 이름을 쓰는 것 외에는 그 어떤 제약이나 벌이라고는 없이 향학열과 반듯하게 행동하려는 마음을 가르쳐주었다. 누구나 탐내는 마리아 역은 학급에서 가장 우수한 학생이 맡았다. 엷은 하늘색 옷을 입고서 셀룰로이드로 만든 커다란 아기 인형을 품에 안고 어르는 역할이었다. 레티시아가 성적도 제일 좋고 나보다 훨씬 얌전하니 그 역을 맡아야 했을 테지만, 어쩐 일인지 성모 마리아 역은 내 차지가 되었다. 예거 교장 선생님이 특별히 예뻐하는 아이들이 있었는데, 우리 랑베르트리 집안 자식들도 거기에 속했다. 나는 부당하게 특혜를 받았다는 기분에 취했던 기억이 난다. 그다음 일들은 그보다 훨씬 덜 재미있었는데, 눈썹 하나 까딱하지 않으면서 말없이 꽤 오래 서 있어야 했기 때문이다. 하지만 불편함보다는 자랑스러움이 컸다. 그로부터 몇 년이 지났을 때, 웬 사내아이가 소르본 대학교 복도에서 나를 향해 달려오더니 자기가 내 남편 요셉 역을 맡았다고 주장했다. 그런데 그 사내아이는 전혀 내 취향이 아니었으므로 나는 그를 따돌렸다.

알렉스는 요셉 역이 아니라 천사 역을 맡았는데, 호기심 많은 어린 천사 역의 그는 시를 암송했다. 나는 첫 구절을 또렷하게 기억한다. "호기심 많은 두 어린 천사가 하늘 높은 곳에서 내려왔다/ 천사들은 창문을 들여다본다/ 그들의 눈에 마리아와 요셉이 보인다." 성적이 좋았음에도 알렉스가 요셉 역을 맡지 못한 건, 금발에 길고 흰 사제복을 입고 은색 장식줄로 허리를 여민 그 애의 생김새가 천사 역에 잘 어울렸기 때문이었을까? 학년이 끝날 무렵 학예회 기간에 선생님들은 학생들이 제출한 우수한 과제물을 전시했는데, 알렉스의 것도 뽑혔다. 그 애가 그린 그림들과 함께. 한 학생의 엄마가, 졸렬하기 그지없게도—학부형 회의에 자주 참석했던 한 사람으로서 나는 내가 하는 이 말의 의미를 잘 알고 있다—저렇게 글씨를 엉망으로 쓴 과제물에 상을 주다니 놀라 자빠질 지경이라고 불평했다. 알렉스는 굴려야 할 곳을 제대로 굴리지 않고 "i" 글자에 점도 찍지 않았다. 예거 교장 선생님은 곧 반박했다. "이보세요, 부인, 바보들이나 예쁜 글씨체에 집착하죠. 글씨 말고 그 아이가 쓴 내용을 읽어보셔야죠."

이처럼 자유로운 정신이 닭들과 더불어 우리를 감쌌다. 선의로 충만한 수녀 선생님들—에거 교장 선생님을 비롯하여 레이노 양, 소클랭 양 등 모든 수녀님—은 이 일에 너무도 헌신적인 나머지 남편감을 찾아볼 시간적 여유라고는 언감생심이었을 테지.

나는 라 프로비당스, 알렉스는 프랑클랭 중학교의 남색과 회색 교복을 입어야 했던 날, 우리는 서글픔을 삼켜야 했다. 그 학교들은 운동장마저도 단단히 자물쇠가 채워진 것 같아 보였다. 라 프로비당스에서 첫날, 못된 아이들이 주기도문을 제대로 암송하지 못한다는 이유로 나를 놀려댔다. 이래 뵈도 마리아였던 나지만, 솔직히 기도문이라고는 한 줄도 알지 못했고, 은총은 기도 아닌 다른 곳에 있었다. 사람들이 말하듯이, 나는 선한 마음을 가져야 한다고 배웠다.

프티트 에콜에서는 행복해지기가 훨씬 쉽고 간단했다. 무엇을 입었는지 따위는 이야깃거리가 되지 못했고, 그저 나는 나라는 자신감, 자신의 재능과 자신의 부족함을 가지고 뚜벅뚜벅 앞으로 나아가기만 하면 되었으니까. 하긴 시대가 태평함을 부추긴 면도 있을 것이다. 유명 상표도, 텔레비전—우리 집 텔레비전은 고장이 나서 줄곧 초록색 이미지만 내보냈던 까닭에 우리는 오래도록 영화란 영화는 전부 녹색과 백색으로 촬영되었나 보다고 생각했다—도, 컴퓨터 화면도, 휴대폰도 없고, 성별에 따른 구분이 확실한 두 부류의 장난감, 즉 여자인 나에게는 인형, 남자인 알렉스에게는 금속 미니카가 있을 뿐이었다. 나는 라 프로비당스를 증오했다, 지나치게 뭔가를 강조할 땐 항상 경계해야 마땅한 법이다. 애정을 과시하는 커플들처럼 말이다. 암튼 시멘트 바닥 운동장에 닭도 없는 그 학교, 수녀님들 앞에서는 공손하게 성호를 그어야 하고, 할 말이 있을 때에도 입을 다물어야 하는 그 학교를 나는 몹시 싫어했다. 나는 알렉스가 프랑클랭에 다니면서 어떻게 느꼈는지 알지 못하지만, 희미한 기억의 파편들로 미루어 최악이 아니었을까 짐작해볼 따름이다. 절대 불평하지 않기… 우리가 받은 가정교육은 우리에게 받은 대로 되갚아주는 법을 가르쳐주었다기보다, 오히려 남이 한쪽 뺨을 때리거든 나머지 뺨까지 내밀고 입은 다물라고 가르쳤다. 그 때문이었을까? 스스로에 대한 의심에 사로잡히는 순간이면 아주 사소한 지적에도 알렉스는, 그토록 머리 좋고 그토록 좋은 평가를 받는 알렉스는 이내 무너지곤 했다. 나 역시 그 애와 마찬가지였지만, 지금 비평을 직업으로 삼고 있으니 이 얼마나 역설적인가. 우리는 우리를 방어하는 법을 알지 못했다. 우리가 너무도 완벽주의자이고, 마치 남의 평가로부터 비껴나 있기를 바라기라도 하는 듯 우리 자신에 대해 그토록 자주 불만을 갖게 되는 것도 다 그 때문일까?

프티트 에콜에서, 나는 문자 그대로 눈 깜짝할 사이에 읽기를 배웠다. 신호 언어에서 차용한 방법 덕분이었다. 우스꽝스러운 면이 있기는 하지만 상당히 효과적인 방법이었다. 처음으로 "위위Oui-Oui"*를 알고 나서, 나는 두 번째 세 번째 이야기를 보겠다고 계속 졸랐다. 선생님들은 내 독서욕을 칭찬하면서 부추겼다. 난 지리엔 통 관심이 없지만, 그건 어쩔 수 없다. 나는 지금도, 좀 과장하면 폴란드의 정확한 위치를 지도에서 표시할 수 없을 정도다. 하지만 바르샤바의 게토에 관해서라면 너무도 많은 책을 읽어서 내가 거기 살았다는 느낌마저든다. 나는 〈비블리오테크 로즈Bibliothèque rose〉 총서며 〈클럽 데 생크Club des 5〉 〈클랑 데 세트Clan des 7〉**를 몽땅 다 떼고, 〈비블리오테크 베르트Bibliothèque verte〉 총서도 독파했다. 알리스 연작에서 파커 자매 연작에 이르기까지 한 권도 빠짐없이 다 읽었고, 〈세계의 동화와 전설〉이며 〈밀 솔레유Mille Soleils〉 총서는 두말할 필요도 없다. 하지만 내가 제일 확실하게 독서의 즐거움을 맛본 건 트릴비T. Trilby의 소설들을 읽으면서부터였는데, 바랜 아몬드 녹색 빛깔 표지의 그 책들은 엄마가 어렸을 때 읽던 책을 물려받았다. 낙오된 계층에 속하지만 뛰어난 소년 소녀들이 용기 있게 나서서 어려움에 처한 부모를 돕는 교훈적인 그 이야기들을 나는 얼마나 좋아했던가. 《어린 서점 직원 무아노》《무 나라에 간 푸푼》《파리의 아이 다두》에 등장하는 주인공들은 고기라고는 말고기를 포함하여 일주일에 한

• 영국의 소설가 에니드 블라이튼이 1949년에 네덜란드 출신 삽화가 함센 반 더 비크와 합작으로 만든 만화의 주인공. 원래 이름은 '고개를 끄덕인다'는 뜻을 가진 노디Noddy인데, 프랑스엔 '네, 네'를 뜻하는 위위라는 이름으로 소개되었다.

•• 세 가지 모두 6~12세 정도의 어린 독자들을 위한 총서로, '분홍색 서가'를 뜻하는 비블리오테크 로즈의 경우 '초록색 서가Bibliothèque verte'와 더불어 무려 160년이 넘는 역사를 자랑하면서 현재까지 꾸준히 발행되고 있다.

번밖에 못 먹고, 제대로 된 방이라고 할 수도 없는 곳에 놓인 간이침대에서 잠을 잤다. 더 큰 다음엔 부모님의 서가에 꽂혀 있던 마조 드 라 로슈Mazo de la Roche의 《레 잘나Les Jalna》, 앙리 트루와야Henri Troyat의 《파종과 수확Les Semailles et les Moissons》, 엘리자벳 뭐더라(엘리자베스 바르비에Élisabeth Barbier—옮긴이), 암튼 그런 사람이 쓴 3부작 《모가도르 사람들Les Gens de Mogador》 같은 대하소설이 청소년기의 시끄러운 속을 달래주었다. 알렉스는, 만일 그 애가 여자아이였다면, 그 3부작의 두 번째 권에 등장하는 여주인공 뤼디빈 같은 이름이 어울렸을 것이다. 그 후 나는 크로닌, 펄벅, 바르자벨, 모리악, 케셀, 로맹 롤랑, 샤르돈, 뒤마, 카뮈, 지오노, 말로, 시몬 드 보부아르 등의 작가를 탐독했다. 특히 시몬 드 보부아르는 세르주 할아버지에게 선물 받은 책으로, 내가 《블랑슈Blanche》 총서에서 처음으로 손에 넣은 책이었다. 그 밖에 화사한 색채로 단장하고서 지금은 추억의 밤 속으로 사라진 주인공들의 이야기를 들려주던 수많은 문고판 책들. 내 기억 속에서는 언니 카롤린의 방에서 몰래 집어온 《나, 크리스티안 F., 13세에 마약 중독자, 매춘부…Moi, Christiane F., 13 ans, droguée, prostituée…》나 사이키델릭한 표지의 《파란 풀L'Herbe bleue》이 은밀한 가운데 강한 인상을 남겼다.

돌이켜보건대 나는 독서를 멈춘 적이 없다. 죽음이 낱말까지 낯설게 만들어버린 오늘까지도.

카다케스, 2015년 여름

.
.
.

밤은 언짢았다. 침대 시트를 점령한 모래 알갱이가 지방이
잔뜩 낀 허벅지 사이를 파고드는 데다, 더위 때문에 절절 끓
어오르고, 모기도 너무 많았다. 아홉 시 무렵인데, 장마르크와
함께 바다로 가서 헤엄이라도 치고 싶은 의욕조차 없다. 나는
눕는 걸 싫어한다. 하지만 일단 누웠다가 일어나는 건 더 싫어
한다. 나는 갓난아기만큼이나 잠이 필요하다. 요컨대 나는 잠
자기를 좋아하는데 잘 자지 못하는 편이다, 아침을 빼고는. 나
는 머뭇거리다가 현실과 대면하기 위해 경계에서 빠져나와야
하는 순간을 몹시도 두려워한다. 하물며 낮잠을 자고 같은 날
두 번씩이나 깨어나는 일은 가능성의 영역을 넘어서는 일처럼
여겨진다. 일단 한쪽 눈을 떴다.

침실 안락의자 위로 해수욕 가운이 불가사리처럼 펼쳐져
있다. 가운을 집어서 이 집을 거쳐간 다른 사람들의 옷 냄새
가 밴 옷장에 가지런히 걸어둘 엄두조차 나지 않는다. 가을에

출간될 책 가운데에서 여러 시간 숙고한 끝에 선별한 서른 권의 책들.(필립 자에나다Philippe Jaenada의 신작은 당연히 챙겼다. 하지만 이 미국 소설은 과연 사백 쪽에 걸쳐 쓸 만한 내용일까? 크리스틴 앙고Christine Angot의 책은 휴가 떠나기 전에 정리해서 넘길 짬이 없었던 인터뷰를 위해 가져왔다. 시몽 리베라티Simon Liberati의 책은 8월에 우리와 합류하게 될 올케 플로랑스에게 주려고 가져왔고, 로랑 비네Laurent Binet는 너도 나도 다 언급하기에 택했으며, 토니 모리슨Toni Morrison의 책은 알렉스에게 주려고 가져왔다.) 책이 서점에 깔리기 전에 기자들이 미리 일독할 수 있도록 가제본 상태로 제작한 이 가짜 책들은, 마치 행진이라도 하듯이 침대 머리맡에 위치한 녹색 타일 선반에 줄지어 세워져 있다. 아들 녀석들이 아빠와 바닷가에 갔다가 돌아왔는지 고함소리로 나의 아침을 깨우는데, 어느새 작년 여름의 기개와 표정을 고스란히 되찾은 상태였다. 젖은 수영복이 벌써 집 안 곳곳에 흩어져 바닥을 어지럽혔다. 일어나고 싶지 않은 나는 어떤 소설부터 읽을까 궁리하면서 반쯤 잠이 깬 가수면 상태에서 둥실둥실 떠다녔다. 한여름에 9월에 있을 문학계 동향을 한발 앞서 짚어본다는 건 적어도 나에게는 언제나, 크리스마스 선물을 미리 열어볼 권리를 얻은 것마냥 흥분되는 일이다. 나는 이 하루를 미리 음미한다. 선크림으로 끈적거리는 아이들의 몸을 꼭 안아준다, 아이들이 마을로 사격하러 가면 남편과 사랑을 나눈다, 다시금 쿵쿵거리는 내 심장을 느낀다, 수박을 실컷 먹는다, 감미로운 지루함이 느껴질 때까지 두 눈을 꼭 감고 긴 의자에 누워 있는다.

아침 식탁을 준비하느라 잔들이 부딪치는 소리가 나의 가수면 상태를 뚫고 들어온다. 꼼짝도 하지 않으면서 집이 분주하게 돌아가는 소리를 듣는 나른함. 베개 밑으로 머리를 들이민 채 이 나른한 순간을 만끽한다. 나는 장마르크가 휴대폰을 손에 들고 침실로 들어왔을 때 자는 척하는 중이었다.

"플로랑스야. 당신 전화기가 응답하지 않는다면서 나한테 전화를 했어. 당신 바꿔 달래."

별일 아닐 텐데 뭐. 내 동생과 올케 그리고 두 사람의 딸 쥘리에트는 해마다 여름이면 늘 그랬듯이 8월에 라크루아발메르에 와서 우리와 합류할 예정이었다. 시차를 감안하면 그들이 사는 퀘벡은 새벽 두세 시라는 사실을 미처 깨달을 시간도 없었다.

"알렉스가 사라졌어요."

플로랑스는 몬트리올에서, 밤의 한가운데에서, 울고 있었다. 동생이 지난밤에 집에 돌아오지 않았는데, 연락도 없고, 휴대폰은 받는 사람 없이 허공에서 공허하게 울려댄다는 것이었다. 그건 동생답지 않다. 게다가 전화기에 대고 우는 건 전혀 올케답지 않다.

"괜히 걱정 끼쳐드리고 싶지 않았지만, 뭘 어떻게 해야 좋을지 모르겠어요."

알렉스와 플로랑스는 20년 넘게 서로 사랑하는 사이다. 두 사람의 삶이 언제나 꽃밭이었던 건 아니지만, 아무튼 그 무엇도 두 사람을 갈라놓지 못했다. 주변에서 나는 사회적 신분을 조금이라도 상승시켜보겠노라고 온갖 모욕을 견디면서 사는 '파워 커플'을 많이 보는데, 이들 중에 서로를 진실로 사랑하는 사람은 아주 드물다. 하루 중에 사무실에서 혹은 슈퍼마켓에서, 저녁에 만나 사랑의 입맞춤을 나눌 순간을 생각하는 사람은 적다는 말이다. 그런데 알렉스와 플로랑스는 그렇게 산다. "두 사람은 우리에게 늘 영감을 주지." 몬트리올에 사는 두 사람의 친구들은 이렇게들 말한다. 음악가들처럼 조율이 잘 된 두 사람. 두 사람은 같은 가치를 공유하고 이를 신념으로 여긴다. 괜한 이야기를 주고받지 않으며, 서로를 판단하지 않고, 같은 미적 감각을 윤리 의식으로 승화시키며 사는 두 사람. 알렉스는 플로랑스를 웃게 만든다. 그는 그녀가 아름답다고 여긴다. 상태가 좋을 때면, 알렉스가 삶을 이끈다, 불꽃처럼 찬란하게. 플로랑스는 뮤즈의 우아함을 여자 농부의 투박함과 결합할 줄 아는 여자다. 그가 자주 나약한 반면, 그녀는 강하며, 그가 한없이 추락하는 날을 슬기로운 그녀는 짐작할 줄 알고, 그가 물속으로 빠져 들어가고 싶은 욕망에 시달릴 때면 그의 머리를 물 밖에서 붙잡아준다. 이 모든 걸, 아무렇지도 않게, 전혀 강요받는다는 표정이라곤 없이 해낸다.

그날 저녁, 그러니까 15년 전 내 동생이 욕조에서 피투성이가 된 채 발견된 그 저녁 이후, 플로랑스는 두 사람의 일상을 남편의 우울한 상념들 언저리로 끌어올리고 가다듬었다. 남편의 취약한 부분을 잘 아는 그녀는 물 흐르듯 평온하게, 요란스럽게 법석을 떨지 않으면서, 그를 보호한다. 그런 플로랑스가 한밤중에 나에게 전화를 했다면 사안이 심각하다는 뜻이다.

"알렉스는 어제 저녁에 집에 돌아오지 않았어요. 쥘리에트는 지금 프랑스에 있고요, 날씨가 기가 막히게 좋아요. 처음엔 그이가 친구들과 한잔하는가 보다고 생각했어요. 그래서 그이가 집에 없고, 휴대폰에 남긴 문자메시지에 답을 하지 않아도 별다른 걱정은 하지 않았죠. 난 다른 월요일처럼 수영장에 갔어요. 그이도 그걸 아니까, 그 틈을 타서 퇴근한 후 잠깐 친구들과 술 한잔 걸치고 있을 거라고 생각했죠. 잠자리에 들었는데, 잠이 오질 않더군요. 불길한 예감이 들어서 거실로 내려왔는데, 그이의 노트북이 활짝 열린 채 소파 위에 있는 거예요. 나는 어떻게 더 일찍 그걸 보지 못했는지 이해가 되지 않았어요. 그이는 아이들과 내가 볼 수 있도록 컴퓨터 화면에 작별 인사를 남겼어요."

내 동생은 스스로 목숨을 끊기 위해 어디론가 간 것이었다. 몬트리올이 얼마나 크더라?

"경찰서에 신고했더니, 그이를 찾기 위해서 경찰들이 나섰어요."

다행스럽게도 플로랑스는 혼자가 아니었다. 친구들이, 퀘벡 친구 프랑스 친구 가릴 것 없이 달려와 그녀를 살펴주고 있었다. 불안한 정도를 넘어서 완전히 속수무책인 상태에서 그녀가 경찰에 전화를 걸어 남편의 실종을 신고했더니, 새벽 두시에 경찰 두 명이 동생과 올케 부부가 15년 전부터 살고 있는 몬트리올의 플라토 지역 부아예가에 득달같이 달려왔다. 사려 깊은 경찰이 그녀에게 질문을 하는 동안 경솔한 경찰은 집 안을 구석구석 뒤졌다. 그 사람들은 설마 냉동실에서 토막 난 시체를 찾아내리라고 상상했던 걸까? 그들은 규정대로 처신한 것이었다. 실종에 대한 우려가 커지자 그들은 페이스북에 올라 있는 알렉스의 사진 한 장을 들고 시내로 그를 찾아 나섰다. 찜찜한 추리소설.

발밑에서 바닥이 꺼진다는, 실제 삶에서는 다행스럽게도 경험하기 어려우면서도 평소 같으면 진부하다 여겼을 그 표현을, 내 몸으로 직접 체험하는 기분이었다. 나는 한 끔찍한 의사가 손가락으로 내 아들 세자르를 가리키며 나에게 "아주 심각합니다"라고 말한 순간, 그와 유사한 두려움을 느꼈다. 아들의 적혈구가 지구 온난화에 따른 북극 해빙보다 빠른 속도로 녹아내린다는 말을 들은 직후였다. 그 말을 듣고 나는 바닥 타일만큼이나 구체적이고 뚜렷한 불행 속에 갇힌 채 도저히 울음을 멈출 수가 없었다. 알렉스가 웬 구덩이에 죽어 있는 광경이 떠오르자 머릿속에서는 단어들이 미쳐 날뛰었다. 랭보의 시 구절이 귓속에서 윙윙거렸다. "그에겐 두 개의 뻘건 구멍이 있다 오른쪽 옆구리에." 내 동생, 내 "골짜기에 잠든 자". 부모님. 두 분의 인생은 갑작스레 멈출 판이었다. 예전과 같은 건 하나도 없으리라.

아침을 먹기 위해 일어난 바질은 마치 크리스마스트리처럼 복도에 우뚝 서 있는 나를 발견했다. 우리는 곧 알렉스를 찾을 수 있을 거라고 반복해서 되뇌며 서로를 꼭 끌어안았다. 바질의 아버지는 두 해 전에 죽었다. 그 아이에게 알렉스는 외삼촌 이상 가는 존재, 못 박힌 곳을 피해 근사하게 인생을 헤쳐 나가는 삶의 방식을 보여주는 일종의 롤 모델에 가까운 존재였다. 알렉스는 감탄의 대상인 예술 감독이자, 바질이 대학입학수능시험을 마치고 창간한 문화 잡지 〈키스Keith〉의 로고 디자이너였다. 그 후, 우리는 모두 키스였다. 우리 집안에서는 모두가 알렉스의 광팬이었다. 우리 집안이 낳은 예술가.

나는 아들과 하나가 되어 엉엉 울었다. 우리의 깜냥을 훌쩍 뛰어넘는 엄청난 상황 속에서 맞이하는, 일시적인 소강상태. 나는 모든 것이 이미 다 틀렸다고 생각했다. 욕실로 가서 두 발로 굳건하게 바닥을 딛고 얼굴에 물을 조금 끼얹었다. 거리를 걸을 때면 내 막내아들 발타자르는 바닥에 깔린 보도블록들의 선을 절대 밟지 않는 습관이 있다. "그렇게 하지 않으면 이 세상 전체가 나한테 등을 돌릴 거"라고, 그 아이는 확신에 차서 자신의 행동을 설명한다. 만일 내 발가락이 바닥 타일들의 금을 밟지 않으면 동생이 살아 돌아올까? 그러면서 나는 내 소원이 이루어지기만 한다면 이 세상 전체가 나에게 등을 돌린다고 해도 기꺼이 받아들일 거라고 다짐한다. 플로랑스가 다시 전화를 했는데, 여전히 아무 소식이 없다기에, 나는 내가 보기에 합리적이라고 생각되는 단 한마디 말을 읊조렸다.

"내가 금방 갈게."

빌어먹을, 역사는 반복된다. 동생은 서른 살 무렵에도 벌써 죽고 싶어 했다. 올케는 그 무렵에도 내게 전화를 해서 동생의 상태를 알렸다. 그리고 나는 그때도 "내가 금방 갈게"라고 말했다. 불행은 같은 방식으로 2월의 휴가를 중단시켰다. 그때 나는 몽블랑을 마주 보는 아르장티에르 스키장 리프트를 타고 슬로프를 올라가던 중이었다. 휴대폰이 울렸고, 알렉스가 동맥을 끊었다고 했다. 지금과 똑같은 새하얀 공포가, 나의 뇌가 어떠한 지시도 내리기 전에, 내 두 발을 먼저 움직였다. 두려움이 세상을 축소시켜버렸다. 스키를 벗어 던진 나는 앞뒤 잴 것 없이 샤모니 역으로 달려가 기차에 올랐다. 피투성이가 된 동생을 위로하기 위해서.

그때는 처음이라 불안한 마음이 덜했고, 더구나 동생이 살아 있다는 사실도 알고 있었다. 몇 시간 후 참담한 광경이 나를 기다리고 있었다. 파리 교외에 있는 한 병원의 19세기 양식 병동에서 침대처럼 생긴 탁자 위에 꽁꽁 묶여 있던 알렉스. 장소 자체는 멋진 곳이었을 텐데, 눈앞의 장면은 더할 나위 없이 암울했다. 뇌이쉬르마른에 도착했을 때까지도 나는 눈 장화를 신은 채였고, 동생은 제발 자기를 풀어달라고 애원했다. 말 그대로 울부짖었다. 병실의 네 벽은 똥칠이 되어 있었고, 이 저주스러운 방 한구석에 요강 하나가 엎어져 있는 가운데, 알렉스는 울부짖었다. 간호사 한 명이 내 주머니를 뒤졌다. 그녀의 위협적인 눈이 우리를 감시했다. 간호사는 나딘 모라노*와 비슷했다.

아버지가 도움을 주러 달려오셨다. 일상생활에서 아버지

는, 무심한 태도로 함구하면서 엄마가 많은 일을 결정하도록 내버려두는 편이다. 그런 다음 비난하신다. "나한테는 아무 소리도 말거라." 나는 아버지가 큰일이 터질 때를 대비해서 간섭을 절제하신다는 사실을 한참이 지난 다음에야 깨달았다. 상황이 심각할 때면 아버지는 늘 그곳에 계셨다. 아버지와 나는 내가 세상에서 가장 사랑하는 존재를 야수마냥 묶어두겠다는 서류에 서명했다. 그렇게 하지 않으면 무엇보다도 동생 자신에게 위험하므로.

나는 정신을 차렸다. 몬트리올의 어느 병원에선가 동생을 꼭 되찾을 수 있으리라고, 조리 바람으로 선 채 나 자신을 끊임없이 타일렀다. 그 애를 만나면 면전에 대고 고함을 지를 작정이었다. "빌어먹을, 넌 왜 하필이면 휴가 때마다 자살을 하겠다고 난리법석이니?" 그렇게 생각하니 마음이 좀 편해졌다. 내가 그 애에게 말을 할 수 있다는 건 알렉스가 살아 있다는 뜻이니까. 그 애를 다시 볼 수 없을 거라고는 상상조차 불가능했다. 장마르크가 나를 안심시켰다. 절망에 맞서주는 버팀목. 내 남편 장마르크는 황소처럼 우직한 신념을 가지고 행복을 믿는다. 이런 확신은 나를 거의 짜증나게 할 지경이다. 나는 부정직으로 더럽혀진 이 감정, 제아무리 신발 바닥이 닳도록 뒤따라 가봐야 헛수고인 이 행복이라는 망상을 늘 의심하는 사람이니까. 천성이 선한 이 남자, 함께 사는 13년 동안 한

• Nadine Morano. 프랑스의 정치가. 인종, 종교 차별적 발언으로 구설에 올랐다.

번도 비열한 짓이라고는 한 적이 없는 이 남자가 아니었다면, 나의 암울한 상념들은 어쩌면 나마저도 내 동생이 쓰러져 있으리라고 짐작되는 어느 길바닥 한 모퉁이에 내동댕이쳤을지도 모른다.

장마르크가 전화로 몬트리올행 항공권을 검색하는 동안, 나는 가방 속에 되는 대로 아무거나 던져 넣었다. 죽음의 경계에 있는 사람을 만나러 가려면 어떻게 차려입어야 할까? 어쨌거나 나는 스웨터도, 정장 구두도 챙겨오지 않았다. 있는 거라곤 샌들과 의자 위에 아무렇게나 벗어놓은 얇은 여름 원피스들뿐이다. 나는 두 다리가 후들거린다. 알렉스가 살았는지 죽었는지도 모르는 채 비행기를 타는 건 내 깜냥으로는 어림없다는 생각이 든다. 아들 녀석들은 클라라, 갓난쟁이 마르셀과 같이 바닷가에서 노는 중이니, 차라리 다행이다. 그 아이들 앞에서 무너지고 싶진 않으니까. 무얼 어째야 좋을지 모르겠다. 혹시라도 마음 놓이는 소식이 있을까 싶어 5분마다 플로랑스에게 전화하는 것 말고는.

다행스럽게도 알렉스와 플로랑스의 딸 쥘리에트는 7월 한 달 동안 브르타뉴에 있는 내 부모님 댁, 두려움으로부터 멀리 떨어진 곳에 머물고 있다. 플로랑스는 친구들에게 둘러싸여 기다리는 중이고, 경찰들은 시내를 뒤지고 있는 중이다. 우리는 그저 희망을 가져보는 것 말고는 달리 어찌해볼 도리가 없다. 샤워를 하고, 애써 역할에 맞는 표정을 연출하고, 해변 관련 용품만 잔뜩 구겨 넣은 작은 짐 가방을 닫고, 어린 아들들

에게 작별 인사조차 하지 않고 출발한다. 이 땅에 자리 잡고
있는 지옥을 향한 출발일까? 여름이 내 발밑에 널브러져 있
다, 터진 배를 드러낸 채로.

내가 복도에 깔린 타일의 금을 밟지 않으려고 까치발로
살금살금 걷고 있을 때 플로랑스가 전화를 걸었다. 경찰이 동
생을 발견했는데, 공원에서 자전거를 옆에 세워둔 채 자고 있
더란다. 오른쪽 옆구리에 시뻘건 구멍이 뚫리지 않은 내 남동
생, 나의 "골짜기에 잠든 자"가 되지 않은 내 동생. 그렇긴 해
도 그 앤 과연 어떤 상태일까?

바르셀로나를 향해 달리는 차 안에서, 장마르크는 줄곧
"괜찮을 거야"를 연발하며 나를 달랬다. 나는 남편을 너무도
사랑하는데, 그걸 그에게 표현하는 일엔 너무 서툴다. 나는 알
렉스가 살아 있음을 알게 되어 기쁜 마음과 그 애가 낙담하
고 있을 것을 알기 때문에 한없이 두려운 마음 사이에서 갈팡
질팡했다. 앞으로는 무얼 해도 괜찮을 수 없을 터였다. 내 동
생은 도와달라고 성가시게 구는 게 아니라 조용한 가운데 스
스로 목숨을 끊는 부류니까. 올케는 두 번째로 동생의 목숨을
구했다.

마을의 한 카페에서 나는 담배를 샀다. 샤를로트와 자만
이 이메일 확인을 위해 거기 와 있었다. 와이파이가 없다는 점
이 우리가 빌린 집의 여러 매력 가운데 하나다. 자만의 품에
와락 안겨 나는 몇 번이고 반복해서 말했다. "알렉스를 찾았
어, 알렉스를 찾았다고." 미친 여자처럼. 그때 문득, 뜬금없이

내 남편의 딸 클라라의 결혼식 장면이 떠올랐다. 자만과 나는 함께 에갈리에르 성당으로 들어섰다. 아프가니스탄에서 태어난 자만과 프랑스에서 태어난 나는 너나 할 것 없이 마음이 벅찼다. 일렁거리는 물의 표면을 떠다니던 기쁨의 방울, 나른한 열기, 웃통을 벗어버린 채 떠들어대는 스페인 사람들, 한 손엔 샴페인 잔을 들고 다른 한 손으로는 카드놀이를 했던 그날. 삶은 이제 엉망이 되어버렸다. 샤를로트는, 그토록 감정이 풍부한 그 여자는, 내 팔을 쓰다듬으며 울먹였다. 보이지 않는 폭풍이 일어나 평온하던 우리의 삶을 쓸어버리려 한다.

．
．

알렉상드르는 나보다 3년 뒤인
1969년 3월 16일에 태어났다.

．
．

파리, 2015년 가을

.
.
.

나는 다른 사람들의 기억을 간직하고 산다. 가령 나는 파트리크 모디아노Patrick Modiano의 어린 시절이라면 눈 감고도 줄줄 외우지만, 정작 내 어린 시절에 대한 기억은 구름 낀 것처럼 흐릿하다. 그러면서도 환하게 빛난다. 내 동생은 나의 이러한 감각을 공유했고, 나는 프레데릭 베그베데르Frédéric Beigbeder의 《프랑스 소설Un roman français》에서 이와 똑같은 감정을 발견하면서 몹시 충격받았다. 나와 동생은 거의 기억상실증 환자나 다름없는데, 그건 아마도 우리 자신을 대단하게 여기지 말라고 누누이 배웠기 때문일 것이다. 그게 아니라면, 우리는 행복이란 지극히 자연스러운 것임을 일찌감치 알았던 건지도 모르겠다, 아무튼 우리는 행복을 당연한 것으로 여기며 자랐으니까. 정신과 의사들이 매체에 불려 다니면서 하는 말이라고 해서, 항상 나쁜 교육에 반대하는 옳은 말이기만 한 건 아니다. 아니면 우리가 실제로 겪는 삶에 대한 적절한 말을 아직 찾지 못한 것일 수도 있다. 여하튼 내 머리는 그렇게, 그러니까 문장이 행동보다 훨씬 깊이 각인되는 식으로 되어 있다.

나는 앨범에 붙여질 날을 기다리고 있는 사진이 가득 든 커다란 상자를 가지러 간다. 우리 부모님은 파리 16구의 터줏 대감 격인 최상층 부르주아로, 이제는 사라져가는 종에 속한 다. 우리는 파리 출신 우파이고 가톨릭 신자이긴 하나, 양극 단이라면 끔찍하게 증오하며, 가톨릭 신자라고 해도 거의 무 늬만 그렇다. 아버지는 크리스마스와 부활절, 성모 승천일에만 미사에 참석할 뿐인 데다, 모두를 위한 성장을 신념으로 삼는 다는 점에서 전형적인 틀을 깼다고 말할 수 있다. 노동, 가정, 진보. 구식 세계의 산물인 내 부모님은 그 세계의 일부 겉치레 와 욕망을 답습한 탓에 당신들이 습득한 것과 똑같이 재생산 하기를 원하는 면도 있으나, 모던한 놀* 가구와 은색 벽지로 도배하는 파격도 마다하지 않는다. 당신들의 부모의 삶과 크 게 다르지 않으면서 현대적이되, 거기에서 역사의 무게만큼은 덜어낸 삶, 당신들의 가정을 황폐화하고 앞날을 좌지우지한 전 쟁을 잊기 위해 물질적으로 걱정 없는 삶에 대한 욕망.

내 아버지는 보험회사를 경영하셨고, 어머니는 전업주부 로 우리를 길렀디. 우리 집안에서 남자들은 당연히 일을 했 고, 남자들이 벌어온 돈은 살림하는 여자들이 쓰기 위한 것이

---

*   Knoll. 주거 및 사무공간을 위한 디자인 가구를 생산하는 기업이다. 1939년 뉴 욕에서 문을 연 이후, 단순한 가구를 뛰어넘어 예술 작품의 경지에 오른 제품들 을 선보이는 세계적 가구 회사로 명성을 얻고 있다.

었다. 우리는, 세상엔 우리 그리고 우리를 제외한 나머지 사람들이 있다는 기본적인 생각에 입각해서, 우리에게는 오직 더 나은 날만이 있을 거라는 환상 속에서 성장했다. 물론 우리야 우리 집에서 이런 식으로 살아야 했지만, 다른 집에서라면 논란의 여지가 많을 터였다. 가령 엄마가 좋아하는 것들이 있었는데, 엄마의 취향은 솔직히 말해서 예측하기 어려운 자유분방함으로 충만했다. 엄마가 그다지 좋아하지 않는 나머지 것은 모두 다 '미심쩍은 것'이었다. "좀 이상하구나." 엄마는 그런 것들을 볼 때마다 이렇게 말하곤 했는데, "꼴 보기 싫구나"로 해석하면 정확했다.

엄마의 우아함은 이제는 사라져버린 세계에 속하는 우아함이었다. 엄마는 단정하지 못한 것이라면 끔찍하게 싫어했다. 클립으로 머리를 손질하는 엄마에게서는 엘넷Elnett 헤어스프레이 냄새와, 정확한 이름은 잊었는데, 아무튼 파란색과 은색으로 된 병에 담긴 향수가 아닌 다른 생로랑 향수 냄새가 났다. 크리스마스 때면 아버지는 엄마에게 딘반Dinh Van 상표의 보석이며 귤색 피아트500 같은 자동차를 선물했다. 엄마는 정장 구두건 부츠건 할 것 없이 엄청 굽이 높은 구두를 즐겨 신었고, 모노그램이 찍힌 디올 백을 좋아했다. 패션에 미친 요즘 젊은 아가씨들이 사족을 못 쓴다는 그 가방들과 같은 것들 말이다. 그런데 그건 다 어떻게 되었을까?

"누나는 아빠가 핸드백을 들고 다니는 게 이상하다고 생각했던 적 없어?" 몬트리올에서 어느 날인가 남동생이 나한테 물었다. 사실이었다. 우리 아버지는 지갑과 신분증 같은 것을 우스꽝스럽게 생긴 직사각형 모양의 납작한 갈색 가방에 넣어 가지고 다니셨다. 시대를 앞서 간 힙스터라고 해야 하나. 아버지는 필터 없는 담배를 피우고, 두꺼운 뿔테 안경을 끼셨다. 정장 재킷은 벗어서 한 손가락으로 어깨 위에 척 걸치고 다니셨는데, 그 모습이 흡사 일요일 저녁에 가족들이 둘러앉아 보는 영화에 나오는 리노 벤투라나 미셸 피콜리 같았다. 아버지와 엄마가 주말이면 입고 나가는 청바지는, 세상에, 한가운데 주름이 잡히도록 말끔하게 다림질된 것이었다.

"우리의 매력적이면서 신비스러운 젊은 부모들, 신체적으로는 우리와 매우 가까우면서도 뚜렷하게 구분되며, 접근 불가능하고 이해하기도 어려운 그 부모들에게 느끼는 이끌림. 이 이끌림이 바로 우리가 살아가게 될 인생 전체의 색상을 결정하는 원초적인 사랑 아닐까?"라고 조이스 캐롤 오츠●는 놀랍도록 섬세하게 분석한다.

내 부모님은 두 분의 친구들이 말하는 대로 잘 어울리는 한 쌍이었다.

알렉상드르는 나보다 3년 뒤인 1969년 3월 16일에 태어났다. 웃기는 건, 만일 자연이 정확성을 입증했다면, 그 애는 아마도 1968년 6월 16일에 수정이 되었을 텐데, 그날로 말하

● Joyce Carol Oates. 1938년생. 미국의 소설가이자 시인으로 다수의 문학상을 수상했다.

면 공교롭게도 68년 5월 학생혁명의 종말을 상징하는 소르본 퇴거 날이었기 때문이다. 과도하게 부르주아인 데다 길바닥의 짱돌을 들기엔 이미 너무 나이가 많았던 우리 부모님이 그제야 안심을 하고 아기를 가졌던 것일까? 부모님은 드골 장군의 권위를 거부하는 이 젊은이들을 보며 무슨 생각을 하셨을까? 그 질문에 대한 답을 나는 알지 못한다. 우리는 고작 〈오카피Okapi〉* 잡지의 부록을 시사지인 양 읽으면서 우리 주변의 세상은 존재하지 않는 것처럼 자라왔으니까. 내가 아는 거라곤 엄마와 친한 외사촌 가운데 하나가 다니 콘벤디트** 와 눈이 맞았다는 사실뿐이다. 엄마의 외삼촌이 장관이었는데 말이다. 이 일화는 당시에 남의 뒷담화하기 좋아하는 사람들의 좋은 안줏감이 되었으며, 머리를 길게 기르고 남자들은 회색 옷을 입는 것으로 되어 있는 우리 집안에 웃기는 인물들이 더러 있음을 웅변적으로 요약해준다.

알렉스는 위의 두 누나들—카롤린은 1963년, 나는 1966년—과 마찬가지로, 불로뉴비양쿠르의 벨베데르 산부인과에서 귀가 빠졌다. 과거에 나폴레옹 3세의 사냥용 거처로 쓰였던 이 오래된 건물은 그 후 유명 인사들이 드나드는 명소가 되었다고 위키피디아는 서술한다. "건강은 여왕처럼 받들고,

---

* 1971년에 출판 그룹 바야르에서 처음으로 선보인 10~15세 청소년용 잡지.

** Daniel Cohn-Bendit. 1945년생. 독일에서 태어나 프랑스에서도 활동한 정치인으로, 1968년 프랑스 학생 혁명을 주도한 급진적인 인물 가운데 하나. 유럽의회 의원으로도 활동했다.

생활방식은 종교처럼 신성시하는 분위기"라는 문구가, 농담이
아니라, 지금은 사라진 명판에 문자 그대로 새겨져 있었다. 가
수 실비 바르탕 같은 명사가 입원했다고 해서 산부인과가 한
창 명성을 날리던 시절의 일이었다. 모든 것이 조화롭게 어울
려야 하고, 특히 생활방식은 종교처럼 신성시되어야 한다는
말은 내 엄마가 입에 달고 사는 말이다. 비단 미적인 이유 때
문만도 아니다. 자신의 가장 예쁜 모습을 보여주고, 근사하게
식탁을 차리는 일은 내 엄마에게는 세상을 대하는 일종의 예
의에 해당된다. 물론 스스로를 보호하는 방편도 될 테지만. 슬
픔에 차 있을 때라면 푸른 색 아이새도를 하는 편이 남들 보
기에도 오히려 더 낫다, 모든 건 완-벽-해-야 하며, 이 때 완
벽하다는 형용사는 한 음절 한 음절 또박또박 끊어서 분명하
게 말해야 한다. 그러고 보니 엄마는 자주 이탤릭체로 말을 구
사한다.

　가장자리를 투명 테이프로 붙인 사진들 속에서 엄마는,
요즘 젊은 사람들은 알아보지 못할 테지만, 1969년 3월 17일
에 흰 레이스 잠옷을 입고 있다. 머리도 가지런히 손질하고 화
장도 약간 해서 완벽한 모습이니, 오늘날 갓 출산해서 구겨진
XXL 크기 티셔츠를 아무렇게나 걸치고 있는 흐트러진 산부
들과는 천지 차이다. 요컨대 우리 엄마는 어떤 상황에서도 손
질되지 않은 모습을 남에게 보이는 적이 없다. 엄마의 병실, 풍
성한 몰딩과 더불어 별이 여러 개씩 붙은 특급 호텔의 스위트
룸을 닮은 그 병실에 놓인 침대는 요즘 식의 의료용 침대가 아

니라 시대를 짐작하게 하는 침대로, 엄마는 흡사 〈푸앵 드 뷔 Point de vue〉나 〈이마지 뒤 몽드Images du monde〉 같은 화보지에 실린 여왕 같은 모습이다. 그리고 엄마 품엔 먹빛처럼 검은 머리에 쨰진 눈을 한 알렉스가 안겨 있다. 여자 간호사가 묻는다. "혹시 남편이 동양인이신가요?"

갓난아기들의 마법이랄까, 배냇머리가 빠지면서 금발이 자라나더니, 집안에 처음 나온 사내아이는 어린 왕자가 되어 간다. 사진 속에서, 잿빛이 감도는 긴 머리를 포니테일로 높이 묶은 카롤린은 그때도 벌써 진지한 미소를 보이고 있다. 나는 갈색머리를 미레유 마티외Mireille Mathieu처럼 똑 단발로 자른 채 집에서 일일이 주름을 잡아 만든 원피스를 입고 앞코가 둥그스름하고 끈이 달린 메리제인 구두를 신고 있다. 그리고 토끼 같은 앞니도 보인다. 우리는 좋은 가정교육을 받고 영양이 풍부한 음식을 먹고 자란 아이들이었다. 비록 어린 새처럼 비쩍 마르고 입으로 무엇이 들어가는지엔 도통 관심이 없었어도 말이다. 냉동식품 상자에서 꺼낸 새끼양 골 요리만큼은 안 먹겠다고 고집을 부리는 저녁식사 때는 예외였지만. 수요일에 은색 벽지를 바른 식당에서 먹어야 하는 송아지 찜 요리도 엄청 싫어했다. 수요일은 외할머니가 우리 집에 점심 드시러 오시는 날이었다. 찜 요리를 먹고 나면 엄마는 은색 금속으로 된 작은 종을 흔들어 에밀리아를 불렀는데, 이 이야기를 하면 내 조카들과 큰아들 녀석은 말도 안 된다며 거칠게 불만을 토로한다. 에밀리아는 우리 집에서 모든 일을 도맡아 했는데—하지만 하려라는 표현은 쓰지 않았다—머리를 짧게 자른 모습이 찰스 브론슨이 나온 영화에 함께 출연한 마를렌 조베르Marlène Jobert 같았다. 동생과 나는 부모님이 외출하신 어느 날 저녁에 몰래 그 영화를 봤다. 수요일마다 송아지 찜을 먹던 그 시절에 늦둥이 막내 클로에는 아직 태어나지 않았다.

이제는 증발해버린 그 세상은, 젊은 세대들에게는 언짢게 들릴지 모르겠으나, 존중과 배려가 배어 있는 세상이었다. 우리는 부모님을 존중하는 것과 똑같은 방식으로 에밀리아를 존중했다. 각자에게는 자기 자리가 있었다. 아이들의 세상은 눈에 보이진 않지만 존댓말로 상징되는 경계에 의해 어른들의 세상과 분리되어 있었으며, 우리로서는 그 경계를 억지로 무너뜨린다는 건 생각조차 할 수 없는 일이었다. 몇 년 후, 사십 대에 접어든 동생은 아버지와 마주한 자리에서 돌려 말할 것도 없이 단도직입적으로 이제부터 아버지와 말을 놓겠노라고 선언했다. 아버지는 이를 받아들였고, 그 이후 두 남자 사이의 관계는 확실히 뭔가 달라졌다.

카롤린은 그림 속의 금발 소녀처럼 얌전한 반면, 나는, 아버지 표현대로 "말썽쟁이"였다. 나는 친구 아멜리와 색색가지 색연필을 손에 쥐고 우리가 사는 건물의 계단을 날아갈 듯이 빨리 뛰어 내려가곤 했다. 그러면 벽에 알록달록한 줄무늬가 생겨났다. 또 아멜리 방의 바닥을 백색 구두약으로 칠한 다음, 결과가 아무래도 별로 예쁘지 않자 실패작을 감추기 위해 깔개를 덮어놓기도 했다. 알렉스는 건물 제일 아래층에 사는 친구 토마와 늘 붙어 다녔다. 어느 날 오후 두 사내아이는 말 타 듯 발코니 난간에 두 다리를 벌리고 걸터앉아서 미니카를 건물 아래 안뜰에서 일하는 일꾼들을 향해 던지는 놀이를 했다. 우리를 돌봐주던 젊은 아가씨는 한 이웃의 경고를 듣고서 발코니로 뛰어올라 갔다가 몸의 절반 정도는 허공에 내맡기고 있는 아이들을 보고는 기절할 뻔했다. 하루는 알렉스가 "페데"가 뭐냐고 물었는데, 엄마는 서로를 사랑하는 사내들을 부르는 말이라고 그 애에게 설명했다. 그러자 알렉스는 그렇다면 토마와 자기는 페데라고 응수했다. 우리는 정말이지 예전의 아이들이 으레 그랬던 것처럼 세상 물정 모르고 순진하기만 했다.

카롤린에 뒤이어 나도 입학하게 된 라투르 학교에서 선생님들은 툭하면 혀를 끌끌 찼다. "너도 네 언니 같으면 얼마나 좋겠니." 카롤린은 공부 잘하는 우수한 학생인 반면, 나는 당돌하면서 훨씬 덜 영특한 학생이었다. 나중에, 나이 많은 삼촌이 가족 모임이 있을 때마다 우리 두 자매에게 "카롤린은 어쩜 저렇게 똑똑담! 올리비아는 귀엽고."라는 말로 나에게 이중으로 상처를 주곤 했다. 그러니 당연히 그 무렵에 나는 언니보다 동생을 더 좋아했다. 언니의 반듯한 이미지가, 언니의 의사와는 전혀 무관하게도, 나를 깎아내리기 때문이었다.

오늘에 와서 돌이켜보면 그 시절은 정말 선사 시대나 다름없었던 것 같다. 새로운 아버지상, 청소년 상태에 머물러 있는 미성숙한 어른들, 연하의 남자만 선호하는 성인 여자들 따위는 당시엔 존재하지 않았다. 그땐 아이들은 어렸고 어른들은 늙었다. 우리 엄마가 클로에를 임신했을 때, 그러니까 알렉스가 태어나고 8년이 지났을 때, 나는 열한 살이었는데, 그 무렵 엄마 주변에서 사람들이 수군거리던 말이 기억난다. "저렇게 늦게 아이를 갖다니, 너무 뻔뻔한 거 아냐?" 당시 엄마는 서른여섯 살이었다. 나는 또 크리스마스 아침에 갈색으로 꾸민 욕실 안에서 "얘들아, 기쁜 소식이 있어. 우리 식구가 늘어날 거란다"라고 알려주던 부모님의 모습도 기억난다. 막내의 지위를 빼앗기게 된 녀석에게는 그다지 기쁜 소식이 아니었던지 알렉스는 "와아, 집에 강아지가 오는 게 틀림없어"라고 응수했다. 우리는 클로에 그 아이를 얼마나 예뻐했던가.

물질적인 삶이 생활의 상당 부분을 차지했다. 하루하루는 ⟨아기 갈색 곰Petit Ours brun⟩* 연작처럼 전형적으로 짜인 채 흘러갔다. 아버지는 아침 일찍 일어나서, 욕실에서 소리를 최대로 키워 RTL 라디오 방송을 들었고, 정장 차림에 넥타이를 매고 일하러 갔다가 저녁 늦게 집에 돌아왔다. 우리 자식들이 정말로 선을 넘는다 싶으면 아버지는 굉장히 엄해졌다. 아버지는 권위 그 자체였으며, 나머지 모든 것은 엄마 몫으로, 우리는 엄마의 소관이었다. 엄마는 질서와 청결을 몹시 중시했다. 우리는 얼룩이 생기는 일에 관해서는 엄마에게 말을 붙여

---

* 1975년부터 아동용 잡지 ⟨폼다피⟩에 게재되기 시작한 연재물로, 엄마곰 아빠곰과 함께 사는 아기 갈색 곰의 일상을 담았다.

볼 필요조차 없었다. 어쩌다 문제라도 생기면 입을 꾹 닫았다. 그렇게 하면 아마도 문제가 존재하지 않게 될 테니까. 마법 같은 생각 만세. 사실, 오로지 사실만이 거대한 외투로 우리가 그 사실에 대해 가질 수 있는 지각을 덮어버릴 수 있을 것이련만. 모든 물건에는 자기 자리가 있었고, 우리 집에서는 그러므로 옷장 정리를 우습게 본다는 건 있을 수 없는 일이었다. 반면, 우리의 마음을 정리해둘 곳이라곤 거의 없었다. 우리는 그림자를 벗겨낸 삶, 이면이라고는 없는 삶을 살았다. 공부를 하고, 자라나고, 반듯하게 생각했다.

"다 지나갈 거야." 사람들은 우리가 아파할 때면 거듭 그렇게 말하곤 했다. 그런데 다 지나가지 않는다면? 사람들은 특혜를 받은 우리에게는 불평하거나 자기 자랑을 할 권리가 없다고 가르쳤다.

그래서인지 동생은 그토록 졸라서 얻어낸 구두 없이 맨발로 집에 돌아온 저녁에도 부모님에게 아무 설명도 하지 않았다. 그 애는 걸인에게 구두를 벗어주었다고 사실대로 말하지 않았고, 그렇다고 우리 식구 누구도 그 일에 대해서 더 이상 왈가왈부하지 않았다. 자기 물건을 주었다는 행위보다, 나는 그 애가 행인들이 쳐다보는 가운데 맨발로 거리를 활보했다는 사실이 더 감탄스러웠다. 내 눈엔 그 애가 영웅처럼 보였다. 그 대단한 구두가 보이지 않는 사실에 대해 추궁한 끝에 마침내 사실을 알게 된 엄마는, 동생에게 새 구두를 사주었다. 누가 뭐래도 엄마는 항상 우리 편이었다.

우리 가족은 우리에게 과묵함을 가르쳤다. 마음속에서 느끼는 감정을 제대로 표현하는 역량의 결핍은 인간관계를 상당히 복잡하게 만드는데, 그래도 뭘 어쩌겠는가. 나는 사람들 앞에서 차마 "월경"이라는 단어를 소리 내어 말하지 못하고, "변소"라는 말을 할 때도 머뭇거린다. 내가 어쩌다 "작은방"에 간다는 표현을 쓰면, 아무도 알아듣지 못한다. 나는 내가 상태가 좋지 않다는 말을 남에게 제대로 전달하지 못한다. 나는 감정을 토로하는 사람들을 좋아하지 않는다. 그 사람들의 고백이 마치 오래되어 녹아내리는 카망베르 치즈를 지켜보는 것 같은 느낌을 주기 때문이다. 그런 말에 특별한 회한 같은 건 담겨 있지 않다. 나는, 정신분석가 카롤린 엘리아셰프Caroline Eliacheff가 말했듯이, 스물다섯 살이 넘으면 부모 원망은 그만하고 자기 자신에게 문제가 있지 않은지 생각해봐야 한다고 믿는다. 나는 내 동생을 죽음에 이르게 한 원인을 보세주르 대로의 널찍한 대형 아파트에 감춰진 블랙박스, 혹은 물건들이 신기하게 사라져버릴 때마다 우리끼리 쓰던 표현대로 "구멍"에서 찾아내야 한다고 생각하지 않는다. 우리는 부모님이 원해서 태어난 자식들이고, 귀염받고 자랐으며, 사랑받았다. 오해와 서투름은 모든 부모 자식 관계에 내재하며, 그것이 모든 걸 설명해줄 순 없다. 우리는 스스로 자신의 삶을 책임져야 한다고, 나는 굳게 믿는다.

내 동생은 내가 속마음을 터놓던 유일한 상대였다. 우리는 서로가 서로 앞에서만 입을 열던 반벙어리들이었다.

그런데 이제 누구에게 속닥거려야 한담?

몬트리올, 2015년 7월 21일

·

·

·

바르셀로나 공항. 떠난다는 건 언제나, 심지어 가까운 노르망디에 주말을 보내러 가는 것조차도, 나를 불안하게 한다. 반면, 비행기라면 나는 남들이 지하철 타듯이 탈 수 있다. 비행기에 오르기 전, 입 운동도 할 겸 샐러드를 씹으면서 나는 플로랑스와 떨어져 있는 시간 동안 뭘 해야 할지 궁리해본다. 파리까지 비행기로 두 시간, 루아시 공항으로 환승하는 데 또 두 시간, 그리고 몬트리올까지 아홉 시간. 나는 철학자 같은 내 아들 세자르를 생각한다. "가만 보니까, 재미날 땐 시간이 더 빨리 가는 것 같아. 하루는, 수학 선생님이 안 오셔서, 내가 그레구아르와 단 둘이서 집에서 놀았거든. 그래서 오후 시간이 너무 빨리 가지 않도록 시간을 속이자고 제안했어, 우리가 따분해하는 것처럼 하자고, 그러면 오후가 아주 긴 것처럼 느껴질 테니까 말이야. 그런데 생각대로 되지 않던걸."

카다케스를 떠나기 직전, 나는 가을에 나올 책 가운데 제일 두꺼운 책인 자에나다의 《어린 암컷La Petite Femelle》을 집어 들었다. 나는 언제나 자에나다의 재치에 감탄하곤 한다. 그의 소설 가운데 한 권에 대해서 내가 쓴 비평에 감사하기 위해 하루는 자에나다가 나에게 이메일을 한 통 보냈다. "나는 당신을 나의 물컹거리는 긴 두 팔로 얼싸안고서 당신의 뺨과 이마를 입맞춤으로 뒤덮습니다.(괜찮아요, 텔레파시로 이러는 거니까 당신은 신세계가 당신을 환영한다는 기묘한 느낌 따위로 거추장스러워할 것 없이 그냥 넘어가면 됩니다.) 그리고 당신에게 고마움을 전하기 위해 나는 당신을 본뜬 조각상을 세우려 합니다." 이 따금씩 나는 엉뚱하고 재미난 메시지를 받기도 한다. "난 이제 당신 발을 끝냈습니다." 알렉스도 나만큼이나 이 작가를 좋아하는데, 그가 몬트리올로 떠난 이후로는 알렉스의 의견일 것으로 추정되는 견해, 내가 알고 있는 혹은 상상하는 알렉스의 취향이 나에게 나침반 역할을 한다. 아마도 그건 알렉스가 여전히 나의 풍경 속에 함께하기를 바라는 나만의 방식일 것이다. 나는 그의 망명을 지지했다. 난 원래 그렇게 생겼기 때문에, 누군가를 사랑하기 위해서 그 사람을 항상 보아야 한다고는 생각하지 않는다. 사랑은 부재를 자양분 삼아 자라난다. 자에나다의 무려 팔백 쪽짜리 신작은, 비록 내가 그걸 열어볼 여유라고는 전혀 없는 상태라고 할지라도, 일단 나를 안심시켜준다. 버터나이프로 시간을 죽이는 격이랄까.

비행기에 올라타면서 나는 탑승권을 제대로 손에 쥘 수가 없다. 여자 승무원은 내가 마치 조리 신은 악마라도 되는 듯 이상한 눈으로 쳐다본다. "얼른 네 여권을 이리 내놔, 넌 이 세상의 모든 죄를 짊어진 존재잖아." 나는 그만 내 안에서 여러 명의 막달라 마리아가 동시에 울음을 터트리기라도 한 듯 하염없이 흐느낀다. 난 그 여자 승무원에게 당신은 수달을 닮았군요, 라고 말하고 싶지만, 꾹 참고 입을 앙다문 채 속으로만 인간들을 저주하면서 탑승권을 내민다.

파리까지의 비행은 내 인생 전부보다 더 오래 계속되었고, 나는 조금 전과는 다른 여자 승무원이 당황스러운 표정으로 바라보는 가운데 좌석마다 준비되어 있는 비닐 봉투에 샐러드를 토했다. 그 여자는 나의 불편함엔 그다지 민감한 반응을 보이지 않는 대신, 비행기 좌석이 더러워졌을까 봐 전전긍긍했다. 전혀 묻지 않았는데. 나도 그 정도 양식은 있는 사람이다.

환승을 위해 루아시 공항에서 두 시간 대기. 면세 구역의 명품 매장 앞에 놓인 소파를 보자마자, 나는 새로 산 옷을 차려 입고서 오렌지색 봉투 안에 들어 있는 내용물을 열어보느라 분주한 일본 여자들 틈에 털썩 주저앉았다. 누구에게 말을 걸까? 누구를 붙잡고 넋두리를 해볼까? "중요한 건 버티는 거야. 너의 십자가를 짊어지고, 너의 신념을 지킬 줄 알아야 해." "네 고통은 네가 긴직하렴." 나도 뭐가 뭔지 모르겠다. 체호프의 〈갈매기〉에 등장하는 이 대사들이 잠자고 있던 나의 기억을 때린다. 〈갈매기〉는 내가 파리 16구 예술학교에 다니던 시절에 좋아했던 남자아이와 같이 공연한 연극이다. 그 남자아이는 조르주 데크리에르Georges Descrière의 판박이로, 알렉스와

71

나는 그 배우가 출연하는 세기의 도둑 〈아르센 뤼팽Arsène Lupin〉 연작을 텔레비전에서 즐겨보았다.

지금 시점에서는 부모님까지 걱정하게 만들 필요는 없을 것 같았다. 동생이 알아서 설명을 하거나, 아무 말도 하지 않거나 결정할 테니까. 나는 장마르크에게 전화를 걸었다. 그의 목소리를 듣자 한결 마음이 진정되었다. 아이들은 오전 내내 자기들이 좋아하는 축구선수들 이름을 외치면서 수영장 물속으로 잠수를 했다고 했다. 나는 자주 나를 사로잡는 멜랑콜리를 눈치 챌 만한 열쇠를 내 남편에게 쥐어주지 못하는 나 자신을 원망하곤 한다. 그와 동시에, 만일 내가 늘 암울한 상념에 사로잡혀 있음을 그가 알게 된다면 그는 어쩌면 미니스커트를 즐겨 입는 경박한 금발 미녀와 당장 도망가버릴 수도 있겠다고 멋대로 상상한다. 그런데 남편이 없다면, 나는 그것으로 끝장이다, 그건 나에겐 곧 죽음이다.

나는 자크에게도 전화를 걸었다. 화가인 그는 처음엔 알렉스의 친구였다가 이젠 나와도 친구가 되었는데, 알렉스는 억센 니스 억양으로 말하는 그를 페닝겐 미술학교에서 공부할 때 알게 되었다. 고객이 늘어놓는 모순되는 요구를 미소 띤 얼굴로 만족시켜주며 비위를 맞추는 데에는 그다지 취미가 없었던 자크는 디자이너가 아니라 예술가가 되었다. 편견 없는 인간성까지 갖춘 예술가. 그는 돈을 벌기 위해 정원용품 매장에서 화초를 팔면서, 찰흙으로 데이비드 린치나 앤디 워홀의 얼굴을 빚어 사진을 찍은 다음 그 사진을 다시 그림으로 만드는 창작을 계속한다. 예술은 자크의 판단력을 흐리게 만들지만, 한편으로는, 한없이 너그러운 그에게 날개를 달아준다. 그라면 20년 지기 친구를 위해, 파스티스 한잔 들이켜면서 그리고 얼굴 가득 미소를 지으면서, 전기톱으로 자기 팔 하나라도 잘라줄 것이다. 자크는 알렉스의 딸 쥘리에트의 대부이기도 하다. 나는 그 아이의 대모이고. 희한하게도 자크와 나 우리 두 사람 다 대부니 대모니 하는 관습에 거부감을 가지고 있는 편이지만, 한 아이의 대부이자 대모라는 점이 우리를 한층 더 가깝게 만들어주는 건 어쩔 수 없다.

나는 동생이 다시금 발작을 일으켰다는 소식을 그에게 전하게 되어 참담했지만, 그래도 그와 이야기를 나눌 수 있어서 무척 기뻤다. 작년 2월에 알렉스는 너무 깊은 우울증의 심연에 빠져서 거의 한 달이나 유비소프트의 일을 쉬어야 했다. 그때 자크는 그를 보러 몬트리올로 갔으며, 두 사람은 함께 한 친구의 산장으로 가서 자연 속에서, 인위적인 가식의 지옥 이면에서 머리를 식혔다. 절제를 모르는 두 친구는 거기서 일련의 사진 작업을 함께 진행했다. 두 사람은 이 작업에 〈로스트 Lost〉라는 제목을 붙였으며, "내일 나는 더 나은 사람이 될 것이다"를 표어로 내걸었다. 내일이라. 그런데 내일은 더 이상 존재하지 않는다. 어제까지만 해도 알렉스는 니스로 가서 친구와 공동 작업을 계속하려는 의욕을 보였는데.

자크가 도무지 이해하지 못하겠다면서 남프랑스 사람의 억양으로 흐느끼자, 나도 다시금 불안한 마음에 일본 여자들

틈에서 눈물을 흘렸다. 일본 여자들은 내 눈물이 혹시 전염될까 봐 염려되는지 멀어져갔다. 그 여자들 가운데 한 명의 새로 사 입은 외투에서 미처 떼지 못한 상표가 목 언저리를 비집고 나왔다.

좀처럼 책이 읽히지 않는 데다, 심지어 내가 전시 비상식량으로 가져온 잡지들조차도 눈에 들어오지 않았다. 그렇다고 내가 특별히 어려운 잡지를 골라온 것도 아니었다. "카린 임신. 재결합한 사뮈엘과 알렉시아. 꼭지가 돌아버린 마티외." 〈부아시Voici〉 잡지에 더 이상 아는 사람이 등장하지 않으면, 사람들은 비로소 자신이 늙었음을 깨닫게 된다. 다 그런 거지. 로스트 인 트랜짓Lost in transit(환승하는 동안 길을 잃다). 나는 하다 하다 십자말풀이도 시도해보았다.

무심코 걷다 보니 14번 게이트까지 왔다. 내가 탑승해야 할 곳. 이번엔 파마 머리를 한 프랑스 여자들이 조금 전의 일본 여자들을 대체했다. 적어도 F컵은 될 것 같은 엄청 큰 가슴을 새 다리처럼 가느다란 다리 위에 얹어놓고 있는 그 여자들은 만화 《땡땡의 모험》에 등장하는 타피오카 장군의 뚱뚱한 약혼녀와 닮아 보인다. 나는 잠자코 그 여자들이 늘어놓는 불평을 듣는다. "베네치아라면, 난 별로였어요. 너무 습하더라고요. 난 로마에선 일찌감치 실망했죠, 너무 올드하더군요! 아뇨, 난 결심했어요, 내년엔 다시 생트막심에나 갈 거예요."

몬트리올행 항공기의 탑승이 시작되었다. 모자를 거꾸로 쓴 내 옆 사람은 가슴 폭이 2미터는 되어 보인다. 좌석을 빼져

나온 그 남자의 허벅지 살은 팔걸이 언저리에서 작은 산을 이룬 것으로도 모자라 내 자리까지 흘러넘친다. 비행기가 이륙하기도 전에 남자는 벌써 제임스 본드 연작의 최신작을 틀면서, 마치 천 가지 위험과 맞닥뜨린 사람처럼 몸짓을 해대기 시작한다. 그는 이미 제임스 본드였다. 좀 다른 상황이었더라면, 비둔한 몸뚱어리 때문에 갈 길 몰라 방황하는 어린아이 같은 이 행동에 나는 측은하고 짠한 마음이 되었겠지만, 이번엔 그저 그의 팔꿈치 공격을 피하면서, 마음은 온통 알렉스에게 가 있었다. 알렉스가 느끼는 고통은 리히터 규모로 치면 몇 정도나 될까? 사실 난 동생이 상처를 입었는지 아닌지도 알지 못한다.

신경 회로가 꺼져버린 듯, 나는 영화 〈학생 뒤코뷔〉*를 볼 것인지 〈지 아이 조: 전쟁의 서막〉을 볼 것인지 망설이다가 결국 〈미라클 벨리에〉를 택했다. 내 어린 아들들이 환장하며 좋아하는 루안의 노래 때문에 닭똥 같은 눈물을 흘렸다. "사랑하는 부모님, 나는 떠납니다./ 두 분을 사랑하지만 나는 떠납니다./ 오늘 저녁부터 두 분의 집엔 자식이 없겠군요 (…)." 완벽했다. 이유를 모르면서 하염없이 울었다. 그러면서 동시에 친구 마리프랑수아즈와 함께 가수 미셸 사르두를 인터뷰한 날의 기억을 떠올렸다. 미셸 사르두는 흰색 목욕 가운을 걸친

---

* L'Élève Ducobu. 2011년에 개봉한 프랑스의 어린이용 코미디. 필리프 드 쇼브롱 감독의 작품.

채로 우리를 맞았는데, 그가 앉아서 다리를 꼴 때 우리는 순간적으로 그가 안에 아무것도 입지 않았음을 확인했다. 그래서 터져 나오려는 웃음을 참기 위해 서둘러서 고개를 들어 올려야 했다. 질문이 잔뜩 적힌 수첩이 놓인 두 무릎에서 미셸 사르두의 얼굴 쪽으로, 그의 다리 사이에 시선을 줄 겨를이 없이, 고개를 쳐들어야 했다는 말이다. 그러고 보면 그때가 좋은 시절이었다. 장 도르메송은 항상 단정한 옷매무새로 나를 맞았다.

새빨간 뿔테 안경을 낀 여자 승무원(분명 주말엔 7부 바지를 즐겨 입는 성격일 것이다)이 휴지 한 상자를 들고 와서는 울고 있는 내 곁에 무릎을 꿇었다. "이런, 이런, 이러면 보기 흉해요"라고 동정어린 투로 말을 걸면서 마스카라가 번져서 판다 같아진 내 얼굴—나는 원래 이렇게 생겨 먹었다, 나는 아마도 단두대로 걸어가기 위해서도 화장을 할 것이다. 아기 낳으러 가기 전에 다크서클용 크림을 발랐으니, 완벽하겠지, 엄마?—을 살폈다. "괜찮을 거예요, 괜찮을 거예요. 지금 아주 많이 슬프신가, 슬프신가 봐요? 이렇게 심한 절망감은 너무하네요." 내 손을 토닥거리면서 더듬더듬 친절한 말을 반복적으로 토해내는 그 여자 승무원 덕분에, 나는 수달 머리를 한 그 여자의 동료는 잊었다. "잠깐 한숨 주무시면, 한숨 주무시면 좋지 않을까요?" 나도 그러고 싶다-그러고 싶다.

나는 토마토 주스—그런데 나는 왜 높은 하늘을 날 때면 지상에서와는 달리 별안간 토마토 주스에 애정을 느끼는 걸까?—를 옆자리의 제임스 본드—그자는 내가 앞좌석 뒤에 비치해둔 종이봉투를 불안한 태도로 만지작거리는 모습을 험상궂은 눈초리로 지켜보는 중이었다—에게 와락 토할까 봐 내심 걱정이 되었다. 때문에 나는 차마 아무것도 삼킬 수 없었다. 우리 두 사람은 내가 그에게 내 식판을 건네줌으로써 평화 협정을 맺었다.

나는 소련 출신 체스 챔피언에 버금갈 만한 집중력을 발휘하여 자에나다의 《작은 암컷》을 공략하기 시작했다. 적어도 백 쪽까지는 읽는 것이 목표였다. 미쳐버릴 것 같고 엄청난 이야기였다. 게다가 반복해서 들은 야엘 나임의 노래 〈하우 디드 아이 비컴 어 카워드How did I become a coward〉 덕분에 두 시간을 거뜬히 버텼다. 나는 펑펑 울었다. 비행기가 착륙하기 몇 분 전, 화장실 거울에 비친 내 얼굴은 싱싱한 기운이라고는 전혀 없는 중고품이었다. 그래, 맞아, 친구들, 험악한 인상 대회의 승자는 바로 나야. 피곤함, 불안감, 거기에 시차까지 더해져서 이 하루가 끝나지 않는 날로 바뀌면서, 나는 비밀스러운 다른 세계 속으로 건너온 것 같은 느낌이 들었다.

공항에 내리자, 언제나 높은 힐을 고집하는 플로랑스를 다시 만나는 기쁨. 변함없는 그녀의 아름다움이 나를 안심시켜준다. 플로랑스는 내가 아는 한 가장 똑똑하면서 가장 자기의 감정을 덜 드러내는 사람이다. 나는 남편을 만나고서 감정을 표출하는 사람이 되었는데 말이다. 내 남편은 이를테면 손사래 한 번으로 감정 표출 없는 나의 어린 시절을 지워버렸다.

덕분에, 그 이후로 나는 그때까지 모르고 살았던 다정한 애무를 보상이라도 받으려는 듯, 내 아이들과 친구들을 쓰다듬고 보듬으며, 그들에게 "사랑한다"는 말을, 멍청한 미국 드라마 주인공들이 하듯이 폭포수처럼 쏟아낸다. 나는 올케가 그녀를 향한 나의 애정을 헤아려주면 좋겠다.

신체적으로 말하자면, 알렉스는 아무런 외상도 입지 않았다. 동생은 그저 자전거를 타고서 몬트리올을 돌아다니다가 공터에 휴대폰을 던져버렸고, 맥주를 몇 병 마신 다음 공원에서 잠이 들었을 뿐이었다. 혹시 알렉스는 자기가 세운 계획을 실행에 옮길 시간이 부족했던 걸까, 아니면 용기나 강단, 광기가 충분하지 않았던 걸까? 그도 아니면 고통이 그 정도로 심하진 않았던 걸까? 나는 위태로운 줄타기를 계속하고 있는 동생의 상태에 어떤 말이 어울리는지 도무지 알 수가 없다. 어떤 작은 불씨가 그 애를 산 자들의 세계에 붙들어놓은 것일까? 갑자기 죽는 게 너무 서글프다고 생각했던 걸까? 지금으로선 아무것도 알 수 없다. 알렉스는 플로랑스에게 그저 끝장을 내지 못한 스스로가 한없이 멍청하게 느껴진다고만 털어놓았다니까.

나중에 병원에서 동생과 이야기를 하면서, 봇물 터지듯 모든 걸 다 터놓고 이야기하는 동안에도, 나는 그 애에게 방황하던 그 시간에 대해서는 묻지 않았다. 조심스러운 배려였다기보다는, 가장 좋은 자살 방식을 찾아 몬트리올 시내를 방황하는 동생의 모습을 상상하는 것이 나 스스로에게 너무도 견딜 수 없었기 때문이다. 나는 그저 알렉스가 자기 이름조차 잊을 정도로 술에 취해 있었기를 바랐지만, 혈액 검사 결과는 그 반대였다. 요즘 유행하는 멍청한 표현을 빌리자면, 동생은 의식이 더할 나위 없이 또렷한 가운데 죽고 싶어 했던 것이다.

파리, 2015년 가을

.

.

.

멜랑콜리는 우리의 유전자에 각인되어 있는 걸까? 너는 저세상으로 날아가기 전에 네 딸에게 "걱정 마, 이 병은 주로 우리 집안 남자들에게만 해당돼. 여자들과는 무관해"라고 적어 보냈지. 우리 아버지의 사촌 네 명을 소멸의 심연으로 밀어 넣은 이 특별한 "슬픔이여 안녕"이 기 할아버지에게서 우리 아버지 프랑수아 그리고 알렉스 너에게까지 전달된 걸까?

기 할아버지는, 적어도 우리 어린 손주들이 보기에는, 다분히 몽상가적인 우울증 증세를 보였다. 슬픈 광대였으니까. 산림 관리인이었던 할아버지는 우리가 여름이면 찾던 칸의 저택 앙솔레이야다의 정원에 플라스틱 팔걸이의자를 놓고 앉으셔서 며칠 밤이고 줄곧 도둑과 나비를 잡곤 하셨다. 할아버지는 마른 나무 등걸처럼 물기라고는 하나도 없는 분이었다. 영화 배우 자크 뒤필로Jacques Dufilho랑 참 많이 닮으셨는데. 우리가 아는 할아버지의 유일한 취미인 나비 잡기용 채 옆엔 늘

권총 한 자루가 놓여 있었던 걸로 기억한다. 그 권총은 지금은 우리 아버지의 서랍 속으로 들어갔다. 그 무기는 혹시 삶에 거역하는 이어달리기에서 선수들끼리 주고받는 바통 같은 걸까? 집에 반복적으로 도둑이 들자 기 할아버지는 낙담하다가 분노하고 그 분노는 다시 불안으로 바뀌었다. 온 지구가 당신 집을 도둑질하려 한다고 여기셨으니까! 기 할아버지는 편집증적인 증세 때문에 더 이상 정상이라고 할 수 없을 정도였다. 꼭 그 집의 유일한 욕실처럼. 나란히 놓인 두 개의 욕조와 세면대 세 개, 샤워꼭지 하나가 한 욕실 안에 다 들어 있다니, 정상은 아니지 않는가. 도둑에 대한 강박관념 때문인지, 할아버지는 경쟁이라도 하듯이 점점 구두쇠가 되어가셨다.(따지고 보면 할아버지의 구두쇠 심보는 오랜 역사를 지니고 있었던 것 같다. 아버지한테 들은 얘기로는, 열다섯 살 때였나, 갖고 계시던 장난감 전기 기차를 팔아서 자전거를 장만하셨다니 하는 말이다.) 기 할아버지는 특별히 싸게 파는 물건을 사기 위해서 동네 상점들을 돌아다니느라 인생을 다 써버리셨다. 유통기간 지난 요구르트도 할아버지는 겁내지 않았다. 손주들에게 용돈을 주는 시기가 되면 할아버지는 십자가에 매달리는 것만큼이나 괴로워하셨다. 나는 우리 여자 사촌 가운데 한 명에게 농담을 하던 알렉스가 기억난다. "할아버지가 너한테는 얼마 주셨어?" "한 푼도 안 주셨어. 넌?" "나? 난 이백 프랑 받았지!"

그렇지만 우리는 〈데시앵들〉*처럼 우스꽝스러운 분위기를 풍기는 이 노인들을 퍽이나 좋아했다. 머리에 포마드를 잔뜩 바르고 하얀 런닝셔츠를 입은 모습으로 2CV 자동차의 핸들을 잡은 기 할아버지, 그리고 항상 몸에 맞지 않는 원피스를 입고 아무리 후하게 쳐도 전쟁 전에 장만한 장미수를 뿌리고서 그 할아버지 옆에 앉은 할머니. 다람쥐 빛깔 헤어젤로 머리 매무새를 가다듬고, 너무 빨갛게 볼 터치를 한 탓에 어릿광대처럼 보이는 할머니는 마치 공연을 마치고 돌아오는 여배우 같아 보였다. 할머니가 "안녕, 내 새끼고양이"라고 말하면서 우리에게 입맞춤을 할 때면, 할머니가 바른 산호색 루주가 탁구공처럼 반질반질한 우리 뺨에 조금씩 묻곤 했다. 그러면 우리는 우리 뺨을 문질러댔다, 더러운 게 묻기라도 한 듯.

그에 비하면 우리 부모님은 너무도 우아해서, 마치 왕과 왕비 마마 같았다. 엄마는 가끔 스카프를 터번처럼 말아서 두르셨고, 아버지는 엄청나게 큰 선글라스를 끼셨다. 갑자기 기억이, 물에 빠진 사람의 몸뚱어리처럼, 현재의 수면으로 둥실 떠오른다. 언제까지고 끝나지 않을 듯 길게 이어지던 휴가철이면, 우리가 저녁 때 반쯤 벌거벗은 채 벌렁 드러누워 시원함을 느껴보곤 하던 복도의 빨간 타일 바닥. 기 할아버지와 할머니가 아침이면 카페라테를 드시던 파이렉스 대접. 두 분이 조악한 와인에 물을 섞던 비오 상표의 유리잔. 정원에서 딴 체리로 만든 잼. 어찌나 색이 짙은지 거의 검정빛으로 보이면서 물기

●   Deschiens. 1993년부터 프랑스의 카날 플러스 채널의 전파를 탄 드라마로, 작가는 제롬 데샹과 마샤 메케이에프. 다채로운 데시앵 가족들을 등장시켜 일상생활에 스며있는 서민적 정서를 코믹하게 그려서 성공을 거두었다.

라고는 없던 그 잼처럼 맛있는 잼을 나는 이제껏 먹어보지 못했다. 독채처럼 지어진 차고에 딸린 방엔 큰 사람들, 그러니까 내 언니 카롤린과 언니 친구 엘렌만 들어갈 수 있었다. 시끄러운 소리가 나는 철제 이층 침대가 놓여 있어서 나와 알렉스가 자던 방. 그 방 벽엔 밤이면 요란스러운 엔진 소리를 내며 달리는 자동차들의 전조등 그림자가 새겨지곤 했다. 보라색 부겐빌리아. 작은 흰색 타일이 깔린 테라스. 오렌지색 벽토를 발라서 막은─당시에 벌써 별난 증세를 보였던 기 할아버지가 집의 절반만 구입했기 때문에─두 개의 창. 마당에 놓인 그네. 맙소사, 그네라는 이 말은 얼마나 나를 기쁘게 하는지. 솔페지오●●라고는 시옷 자도 모르는 우리가 너무 더운 이른 오후 시간이면 외출 금지령 때문에 어쩔 수 없이 딩동 거리는 것 외에는 아무도 치지 않던 피아노. 지루할 정도로 이어지는 긴긴 휴가는 이름도 제대로 기억하지 못하는 친척들의 방문으로 점철되었다. 앙리 살바도르●●●처럼 생긴 한 친척은 할머니와 자주 블롯 게임●●●●을 했는데, 그럴 때면 우리는 두 분 사이에서 말썽을 일으키는 애물단지로 전락했다. 아일랜드 삼촌 존은 식전 반주 때부터 술에 취해서 바닷가재처럼 벌건 얼굴을 하곤 했

●● solfège. 서양 음악에서 악보를 읽고 음악을 듣는 훈련을 중심으로 이루어지는 기초 교육.

●●● Henri Salvador. 1917~2008년. 프랑스의 가수이자 만담가.

●●●● belot. 20세기 초에 등장한 카드놀이의 일종. 프랑스, 불가리아, 크로아티아, 그리스, 사우디아라비아 등지에서 높은 인기를 누린다.

는데, 그 색이 하도 짙어서 내가 어찌된 영문인지 궁금해할 때면 알렉스는 분명 햇볕에 익어서 그런 거라고 장담했다. 우리는 어른들의 겉모습만, 그들의 행복한 모습만 알아볼 뿐이었다.

동생은 마당 한 구석, 벚나무 뒤쪽에 이 세상에서 제일 근사한 오두막을 지었다. 바구니 두 개가 문이었고, 종려나무 잎이 지붕을 대신했다. 사촌 엘로디는 그 오두막을 너무도 좋아해서 거기서 자고 싶어 했다. 동생은 나보다 세 살이나 어렸지만 그래도 언제나 놀이의 대장은 동생이었다. 나는 그 애를 따라서 우리 집과 독일 사람들의 집을 가르는 벽을 타넘었다. 그 완벽한 여름날들이 한 해 동안 우리를 쭉쭉 자라나게 만들었다.

나는 가물거리는 기억 속 이미지들을 낚으러 떠난다. 잠옷 바람으로 지중해 보석 해변 물속에서 헤엄치던 동생의 몸. 옷 입은 채 수영하기 오백 미터 자격증을 따겠다고 나선 참이었다. 시에서 낸 아이디어였다. 다음 날 〈니스 마탱〉지는 이 행사를 보도했고, 우리는 기사 사진에 나오는 수십 명의 참가자 가운데에서 각자 얼굴을 찾느라 법석을 떨었다. 결국 못 찾았지만, 그까짓 사진은 아무래도 좋았다. 암튼 신문에 났으니까. 마치 영웅처럼. 우리는 슬리퍼─그 무렵엔 조리라는 말은 쓰지 않았다─를 찍찍 끌면서 해변을 따라 늘어선 펑퍼짐한 바위들을 기어 올라가 거기서 물속으로 뛰어들었다. 할머니는 커다란 타월의 목 부분에 고무줄을 넣어 조일 수 있도록 만든

가운으로 몸을 감싸고 해수욕복—이건 할머니 용어고, 우리
는 간단히 수영복이라고 했다—을 입으셨는데, 난 요즘도 할
머니의 그 가운 같은 옷이 있다면 값이 비싸더라도 꼭 장만하
고 싶은 마음이 있다. 해수욕복을 입고 나면 할머니는 머리에
비닐로 만든 꽃이 달린 수영 모자를 쓰고서 팔을 흔들면서
헤엄치는 척을 하셨는데, 두 발은 바닥에 붙인 채로 시늉만 하
는 거였다. 우리는 할머니가 접영의 지읒 자도 모른다는 사실
을 알아차리기까지 여러 해가 걸렸다. 우리는 또 잣을 주우면
서 자동차까지 걸어가곤 했다. 주운 잣들은 차고 앞에서 커다
란 돌멩이로 껍질을 깼다. 잣이라는 말은 우리 남매에게 지금
까지도 통하는 일종의 암호다.

뭐니 뭐니 해도 제일 웃기는 사건은 하루가 저물어갈 무
렵에 등장하는 법이다. 우리는 플라스틱 삽을 들고서 기 할아
버지가 지폐를 잔뜩 넣어 파묻었다는 밀폐용기를 찾아내기
위해 마당을 여기저기 파내려가곤 했다. 은행 놈들은 죄 도둑
놈이라고 생각한 할아버지가 그렇게 했다는데, 일단 땅속에
묻은 다음엔 할아버지가 그 사실을 잊으셨다는 것이었다. 집
안 대대로 전해 내려오는 전설에 따르면, 아일랜드 사촌 멜라
니는 삼만 프랑을 찾아냈다는데, 나는 지금까지도 그게 정말
인지 아닌지 확인하지 못했다. 다만 할아버지의 병이 위중한
건 엄연한 현실이었다. 할아버지는 심각한 우울증이었으며, 그
걸 이겨내지 못했다.

우리 집안은 헤밍웨이의 집안과 마찬가지로 자살이 잦았

다. 제법 폼 나 보이지만, 끔찍한 일이었다. 아무래도 아버지한
테 집안에서 자살을 시도한 사람들 모두에 대한 이야기를 제
대로 들어야 하지 않을까 싶다. 이번엔 또 누구 차례람? 난 아
들만 셋을 두었으니, 알아두는 편이 좋지 않겠는가 말이다.

난 문득 내가 동생을 찾겠다고 온 하늘을 다 뒤지고 있는
중임을 깨닫는다. "너 어디 있니?"라는 이 질문은 다른 또 하
나의 질문을 감추고 있다. "왜 그랬니?"

삶, 그런 건 나와는 어울리지 않아, 라고 알렉스는 적어두
었는데, 그게 그 애의 대답이려나.

그런데, 그 애가 말한 '그런 건', 아니 '그런 것'의 결핍은
어디에서 오는 걸까? 그 애가 느끼는, 어느 누구에게 줄 것도
받을 것도 없다는 막막한 그 느낌. 물론 자살이라는 사건은
저녁 무렵 화롯가에 모여 앉아 나눌 대화 주제는 못 된다. 내
가 기억하는 한, 우리 집에서는 처음부터 우리에게 아무것도
감추지 않았다. 그렇지만 아무 이야기도 들려주지 않은 것도
사실이다. 그러므로 우리는 알긴 아는데, 사실은 잘 모른다. 그
래서 나는 작정하고 아버지에게 묻는다. 은근하게.

오늘 같은 밤엔 그 무엇도 대화를 가로막지 못한다.

직업 군인이었던 첫째 종조부는 1954년인가 1955년에 지
급받은 권총으로 모로코에서 자살했다. "나머지 상황에 대해
서는 함구였지." 아버지가 털어놓는다. "군에서는 우리에게 되
는 대로 꾸며댄 이야기를 들려줬어. 총기 소제 중에 일어난 사
고라면서 마침 예방주사를 맞은 터라 부작용 때문에 그랬다

고 했지. 난 그 일이 있고 나서 몇 년이 지난 다음에야 진실을 알게 되었어."

그다음 세대로 오면, 잘 알려진 텔레비전 드라마 감독이었던 아버지 사촌이 장편영화를 만들었다가 실패하자 창밖으로 몸을 던졌다. 그런데 그 영화는 나중에 성공을 거둬서 여러 텔레비전 채널을 통해 방영되었다.

누아르 소설 같은 삶, 전 세계 곳곳에서 겪게 되는 재앙, 절망적인 결혼 생활, 비극에 비극이 더해지는 참담한 일상. 또 다른 사촌 한 명은 파리에서 잘나가는 부르주아의 삶을 영위하던 중에 아내와 어린 딸을 죽인 후 총구를 스스로에게 겨누었다.

네 번째 사례는 자동차 사고로 포장되었다.

아버지는 흔히들 말하는 대로 미심쩍은 상황에서 세상을 떠난 다섯 번째 사촌의 경우를 보탠다. 그 상황이라고 하는 것이 모든 해석을 가능하게 하는 종류의 재앙이었기 때문이다.

나는, 지금보다 어렸을 때, 집안 어른들이 대화하는 중에 간간이 우리 집안을 가리켜 "검인 도장이 찍힌 집안"이라고 하는 얘기를 들었던 기억이 난다. 우회적인 표현이라 특별히 귀에 거슬리지는 않았다. 그런데 도대체 무슨 검인 도장이란 말일까? 운명의, 악마의, 대물림의 도장? 동생은 멜랑콜리 기질을 타고난 조상들에 관해서 굉장히 많이 신경 쓰는 편이었다. 동생은 그 이야기를, 마치 그것이야말로 모든 것을 끝내고 싶어 하는 자신의 욕망에 대한 합리적인 설명인 양, 의사들 앞에서 강조했다. 하지만 그 애의 말을 듣고 나서 실제로 이 단서를 깊게 파고들어간 정신과 의사는 한 명도 없었다. 혹시 자살 유전자라는 것이 존재하는 걸까?

몬트리올에서 만나본 정신과 의사들은 하나같이 모두 이 가설은 배제했다. 그저 멜랑콜리 기질이 있을 뿐이라고 했다. 파리로 돌아와 이 문제에 대해 좀 더 진지한 답변을 찾으려 하는 나에게 의사들은 대체로 애매하고 모순되는 답만 들려주었다. 어떤 이는 염색체가 남보다 더 있거나 덜 있을 가능성을 부정하는 반면, 다른 이는 세로토닌 함량이 현저하게 미달일 수도 있다는 식이었다.

결국 나는 설명을 듣지 못했다.

이상이 우리 집안 내력이다.

.
.

난 문득 내가 동생을 찾겠다고
온 하늘을 다 뒤지고 있는 중임을 깨닫는다.
"너 어디 있니?"라는 이 질문은
다른 또 하나의 질문을 감추고 있다.
"왜 그랬니?"

.
.

몬트리올, 2015년 여름

.

.

.

마치 감옥에라도 들어가는 것 같은 기분이다. 하지만 진짜 감옥이 아니라 모노폴리 게임 판에서 이루어지는 방문 같은 거다. 신분증을 제시하고, 들고 온 가방은 입구의 보관함에 놓아두어야 하며, 주머니 속에 든 소지품은 모두 쏟아낸 다음, 여러 개의 문을 따는 남자 간호사의 뒤를 따라가야 했다. 그렇게 해야 갈 수 있는 지상에서, 아니, 이 근처에서 제일 음울한 곳. 내 동생은 하얀 플라스틱 의자에 앉아 꼼짝도 하지 않았다. 여기서는 아무 할 일이 없다. 이상하게도 이곳은 아무 할 일이 없는 곳이다.

"우리가 널 여기서 나가게 해줄게."

우리 두 남매가 와락 서로를 한참이나 끌어안은 뒤, 내 입에서는 머리가 어떤 지시를 내리기도 전에 저절로 이런 말이 흘러나왔다. 그 뒤로 "자, 이젠 다 잘될 거야"라는 말을 수없이 뇌까렸지만, 솔직히 동생도 나도 그 말을 믿진 않았다.

"아니, 난 여기서 잘 지내."

동생이 처음으로 한 말이었다. 난 그 말이 끔찍하게 들렸다. 정신이 멀쩡한 사람이라면 어떻게 여기서 잘 지낼 수 있단 말인가?

환자들은 모두 보기 흉한 무늬가 프린트된 옅은 빛깔의 천으로 만든 환자복 차림이었는데, 그 무늬는 왠지 파리교통공단 본사 건물을 상기시켰다. 산뜻하지 않은 색상의, 뭉개진 조개껍질 무늬. 다음 날 우리가 다시 그곳에 갔을 때, 알렉스는 딱 한 가지 나쁜 점은 이 끔찍한 환자복이라고 털어놓았다. 나는 얼마든지 이해했다. 나도 실내복이라고 불리는, 약간 역겨운 옷들을 무지 싫어했으니까. 이곳에 입원한 환자라면 수의를 입기 전까지 입어야 하는 최후의 옷가지. 그러더니 그 다음 날이 되자, 동생은 그런 건 아무래도 상관없다고 말을 바꿨다. 그새 익숙해진 것이다.

목덜미 뒤쪽에 달린 똑딱 단추 외에는 단추가 달리지 않은—그런데 고작 단추 하나로 자해가 가능할까?—이 옷은 뒤쪽이 완전히 열려 있기 때문에, 알렉스는 두 벌을 겹쳐 입어야 했다. 한 벌은 제대로, 한 벌은 뒤가 앞으로 오게 입어야 등의 맨살이 드러나지 않으니까. 이중의 괴로움. 숱이 많은 그 애의 턱수염은 내 기억 속보다 한결 더 희끗희끗했고, 짙은 다크서클 때문에 한층 도드라지는 모호한 눈빛이 동생의 이력을, 그 애가 겪은 힘든 나날을 고스란히 드러냈다. 알렉스는 내가 반 고흐에 대해 갖고 있는 이미지, 천재적이고 절망적이면서 정신적인 고독 속에서 홀로 몸부림치는 이미지와 닮아 있었다.

정신과 응급실에 오신 것을 환영합니다. 우리 주위엔 그 장소, 그러니까 내가 상상하기로, 세계 어느 곳이든 미친 사람들을 받아들이는 장소에 어울리는 참담함이 배어 있었다. 더러운 벽에서는 부서진 조각이 금방이라도 떨어질 것 같고, 낡은 흰색 플라스틱 의자마저도 불행한 모습이었다. 폐기 처분될 날이 얼마 남지 않은 의자들과 정원용 테이블 위에 흩어진 신문 조각들, 그리고 초고속으로 바뀌는 텔레비전 화면. 정신과 의사라는 사람들은, 멍청한 텔레비전 프로그램—게다가 그걸 볼 상태가 되는 사람이라고는 없어 보이건만—이 만들어내는 소음이 자신들의 고독감과 무력감 외에는 돌아볼 여유가 없는 이 사람들에게 도움이 된다고 생각하는 걸까? 끊임없이 계속되는 이 배경음은 아마도 환자들이 겪는 위기를 덮어 가리려는 방편인지도 모르겠다. 이따금씩 어떤 사람이 흥분해서 고함을 질러댄다. 플레이모빌 장난감처럼 생긴 웬 신사가 정확한 원을 그려가며 우리 주변을 맴돈다. 그자는 큰 소리로 자기 발자국을 세면서 우리를, 플로랑스와 나를, 슬쩍슬쩍 건드린다.

정신 나간 사람들의 세상에 오신 것을 환영합니다. 이 세상의 온갖 불행을 짊어진 사람들. 보이지 않는 사람들. 어느 누구도 이 실패한 노숙자, 실패한 노인, 너무 말라서 금방이라도 부서져 버릴 것 같은 젊은 아가씨, 자기 속으로 침잠해버린 사람, 그와 반대로 지나치게 흥분한 사람, 머리를 박박 밀어버린 유령 같은 여자를 보려 하지 않는다. 이곳에 배어 있는 비탄은 그 깊이를 짐작조차 할 수 없다. 그와 동시에, 우리가 커서를 조금만 옆으로 옮기면, 내 말은 이 상황이 나와 직접 관계되지만 않는다면, 지금 내 눈앞에 펼쳐진 광경이 우스꽝스럽기 그지없다는 생각도 든다. 자기만 아는 규칙에 따라 술래잡기 놀이를 하듯 우리 주위를 돌면서 우리 몸에 손을 대보려고 하는 신사는, 어떻게 보면 마치 바나나 껍질을 밟고 미끄러지는 사람처럼, 웃음을 자아낼 수도 있다. 아무도 알지 못하고 오직 자기 혼자만 아는 낯선 언어로 중얼거리는 이 아가씨에게서도 잠재적으로 코미디언 기질이 엿보인다. 어느 부분에서 이성이 고장을 일으켰는지 누가 안단 말인가?

아니, 난 여기서 잘 지내. 그 후로도 계속 이 말을 곱씹은 나는 동생이 얼마나 다른 세상에 있는지 깨달았다. 그 애는 연구자들이 신비를 캐려고 부단히 노력하는 우주의 여러 블랙홀 가운데 어느 한 곳에 떨어져서 헤매는 중이었다. 불행한, 길을 잃은, 절망한, 기진맥진한⋯ 난 가장 적절한 단어를 찾아내려고 기를 써본다. 아무래도 나는 내 동생을 환자라고는 생각할 수 없다. 누군가가 사는 게 역겹다고 느끼면, 그 사람은 병자인가? 물론이지, 확실해, 자신이 사랑하고 자신을 사랑해주는 아내가 있고, 자신이 끔찍하게 사랑하고 자신을 사랑해주는 경이로운 자식들도 있는 데다, 남들이 다 부러워하는 직장과 아름다운 집도 가진 사람이 그런 생각에 젖어 있다면, 그건 병이라고, 한 친구는 작정한 듯 아주 단호한 투로 말했다. 병적인 걸까, 통찰력이 뛰어난 걸까? 아무리 생각해봐도 나는 동생이 통찰력이 뛰어나다는 쪽으로 기운다. 우리가 사는 사회는 정말로 우리가 애착을 가질 만한 곳일까?

동생을 향한 크나큰 사랑도 그 애에게는 낙하산이 되어주지 못했다. 어느 날 아침 조용히 단두대의 서슬 퍼런 칼날, 심각한 우울증이라는 그 칼날이 목에 떨어져 인생 태업을 강요당하는 건 절대 바보들이 아니다. 실비아 플라스, 로맹 가리, 어니스트 헤밍웨이 등, 내가 좋아하는 작가들의 경우만 봐도 그렇다. 나는 그들을 병자라고 생각하지 않는다. 너무 예민한 감수성 때문에 상처 입은 이들은 어느 날 아침 더는 일어나는 일조차 견딜 수 없었던 것이다.

아니, 난 여기서 잘 지내. 너무도 요령부득인 동생의 이 말을 통해서, 나는 알렉스가 이 을씨년스러운 곳에서 휴식을 취하는 것이 아니라 공허함에 빨려 들어가도록 스스로를 방치하는 거라고, 그렇게 함으로써 괴로움에 시달리는 정신을 작동 중지 상태로 놓아두는 거라고 이해했다. 이 병동을 지배하는 사소하고 미천한 것들을 경험하면서 어쩌면 그 애는 안도하고 있을지도 모르겠다. 대답 없는 수많은 질문과 실패로 끝난 결정으로 인한 고통스러운 시간을 보낸 후니 오죽할까. 그럼에도, 비록 그의 말이 뜻하는 바를 내가 막연하게 추측만 할 뿐일지라도, 동생이 구역질나는 구속복 속에 갇힌 채, 푸르딩딩한 기운이 느껴지는 형광등 불빛 아래서, 보이는 거라고는 열을 지어 바닥에 붙박이로 고정한 자그마한 철제 침대뿐인 곳—반쯤 열린 병실 문 틈으로 보이는 광경—에서 야외용 싸구려 플라스틱 의자에 하루 종일 앉아 있다는 사실을 아는 것만으로도, 나에겐 충분히 비인간적이었다.

동생은 피곤에 절어 있었다. 내가 그토록 사랑하는 부드러운 그 애의 목소리는 약 기운 때문에 탁하게 변한 상태였다. 그 애는 말하자면 잠을 많이 자면서, 느리게 사는 중이었다. "이 정도면 완벽해. 생각이란 걸 하지 않게 되니까." 높은 곳에서 추락해서 정신이 혼미한 나머지 자기가 어떤 상태로 몸을 일으키게 될지 알지 못하는 사람이라면 이렇게 말하려나. 오전에 잠깐 만난 의사는 동생에게 그다지 신뢰감을 주지 못하는 모양이었다. 하지만 그런 거야 뭐 다 괜찮다, 비록 이따금씩 입원 환자의 고함 소리나 노숙자가 풍기는 역한 체취 때문에 고역이긴 하지만 말이다. 그거야 전혀 심각한 게 아니니까…. 알렉스는 나에게 와줘서 고맙다고 인사말을 건넨다. 그 애를 보러온 건 내가 살면서 제일 잘한 일이다. 고작 스무 살에 아기를 낳은 일과 더불어. 하지만 그건 또 다른 이야기이다. 아니 같은 이야기일까. 우리의 존재와 실존이 하나가 될 수 있도록 조율하는 이야기들이니까. 일단 땅에 발을 딛고, 그런 다음에 별을 따야 하는 거니까. 동생이 잠을 자고 싶어 했다. 아무려나, 우리에게는 더 오래 머무를 권리가 없다. 우리는 다음 날에나 다시 와야 한다.

파리, 2015년 가을

·

·

·

책을 좋아하는 내 취향은 엄마에게서, 그리고 또 엄마의
아버지, 즉 외할아버지 세르주에게서 물려받았다. 외할아버지
는 친할아버지와는 정반대다. 위풍당당한 외할아버지는 집에
서 보드라운 실내복에 와인색 가죽 실내화 차림을 즐겼고, 소
비 사회를 무척이나 반겼다. 외할아버지는 흡혈귀처럼 실존을
빨아들였다. 루빅스 큐브*가 출시되자 외할아버지는 그걸 열
개나 구입했다. 뭐든 신제품이 나왔다 하면 제일 먼저 사지 않
고는 못 배기는 성미였다. 가령 비디오 녹화기가 나왔을 때만
해도 외할아버지는 그 기계로 시네클럽에서 방영하는 영화를
몽땅 녹화했다. 또, 토요일 아침마다 라보카 양이 운영하는 모
차르트가의 서점에 가서 전날 〈아포스트로프〉에 초대 손님으

---

* Rubik's Cube. 여러 개의 작은 정육면체가 모여 이루어진 정육면체 퍼즐. 1974
  년 헝가리의 루비크 에르뇌가 발명했다.

96

로** 출연한 작가들의 저서를 사곤 했다. 외할아버지 서가의 일부는 오늘날 내 서가 여기저기에 흩어져 있다. 뮈리엘 세르 Muriel Cerf나 크리스토프 프랑크Christopher Frank처럼 요즘엔 완전히 잊힌 작가며, 신인 시절의 모디아노와 르 클레지오 등. 아, 《디안 랑스터Diane Lanster》***는 할아버지가 제일 좋아하던 소설이다. 세르주 할아버지가 《카이에 루주Cahiers rouges》 예전 판본으로 출판된 《위험한 연민Ungeduld des Herzens》 프랑스어 번역본을 선물해준 덕분에, 나는 그가 다시금 유행하기 훨씬 전에 이미 슈테판 츠바이크라는 작가를 발견했다. 외할아버지의 침대 머리맡 책이었던 조제프 케셀의 《불행 연대기Le tour du malheur》는 갈리마르의 그 유명한 하얀 표지 그대로 지금도 몬트리올 동생의 서가는 물론 다른 손주들의 서가에도 어김없이 자리하고 있다. 청소년 시절 우리는 그 책의 주인공 리샤르 달로, 제1차세계대전으로 상처를 얻은, 여자 좋아하고 약쟁이인 데다 풍기 문란한 이 변호사의 좌충우돌 모험기를 무척이나 좋아했다. 우리는 책에 등장하는 섹스 장면에 흠뻑 취하곤 했는데, 이상하게도 우리 집안에서는 열서너 살 먹은 애송이들이 침대에 배를 깔고서 어른들의 성생활에 심취하는 걸 당연하게

** Apostrophes. 1975년부터 1990년까지 금요일 저녁마다 프랑스의 앙텐2 채널에서 진행한 책 소개 프로그램으로, 프로그램 제작자이자 진행자인 베르나르 피보 Bernard Pivot는 무려 600만 명이 넘는 시청자를 텔레비전 화면 앞에 끌어모으는 진기록을 세웠다.

*** 1978년에 출판된 장디디에 볼프롬의 자전적 소설.

여겼다. 이 책을 읽는 건 일종의 통과의례였고, 나도 최근에 쥘리에트에게 폴리오 문고판으로 나온 이 책을 선물했다. 문학은 상스러움과 저속함을 변모시키는 능력을 발휘하는 까닭에, 우리는 일상에서는 부모님들이 정해놓은 엄한 규칙을 따라야 했지만, 적어도 독서에 있어서만큼은 무엇이든 다 읽어도 좋다는 허락을 받았다.

극단적이라고 할 정도로 너그러웠던 세르주 할아버지는 여섯 명의 자식과 이야기를 할 때면, 귀가 얇은 우리 손주들이 듣지 못하도록 당신의 서재에서 나오지 않았다. 동생과 나는 그럴 때면 거실 서가에서 데이비드 해밀턴*의 에로틱한 사진첩을 훔쳐보았다. 이 할아버지의 과거에 관해서는 식구들이 함구하는 묵직한 비밀의 장막이 내려져 있었다. 외할아버지는 알제리 전쟁이 끝난 후 군 법무관직을 떠나 민간인 신분으로 법조계 일을 하면서 큰 재산을 일구었다. 할아버지는 결핍 생활을 보상이라도 받으려는 듯 소비에 몰두했으며, 친지들을 위해서라면 물 쓰듯 돈을 썼다. 모차르트 대로의 외할아버지 댁엔 마당에 감춰진 밀폐용기 따윈 없었지만, 가끔 카롤린 언니와 우리는 외할머니가 〈보그〉 잡지 같은 데 숨겨둔 오백 프랑짜리 지폐를 찾아내는 행운을 누리기도 했다. 우리는 거의 매주 일요일마다 노란 계통의 일본 벽지로 도배한 외할아버지의 아파트에서 간식을 먹었다. 복도는 끝이 없이 이어지고, 그

---

* David Hamilton. 1933~2016년. 영국 출신 사진작가.

복도를 따라 늘어선 방들엔 희한한 물건들이 감춰져 있었다. 우리는 그런 것들을 찾아내는 즐거움을 누렸으며, 크리스마스 아침 그런 방에서 눈을 뜨고는 선물이 빽빽하게 들어찬 거실을 향해, 엄마의 여러 형제들 사이를 비집고 돌진했다. 모두들 고함치듯 이야기를 해야 했지만, 그래도 모두가 모두를 존중했다.

외가 식구 가운데 몇몇은 부르주아의 정통적인 행로를 차근차근 밟아나갔는가 하면, 일부는 소극장 무대를 누비는 배우가 되어 어깨까지 머리를 길게 늘어뜨리기도 했다. 금발의 이모―클로드 소테 감독의 영화에 사랑에 빠진 여인 엑스트라 역으로 출연―는 프랑수아즈 사강의 소설에서 막 튀어나온 여주인공 같았고, 갈색머리 막내 이모―나의 대모―는 수녀가 되었다. 우리는 그분들 모두를 좋아하고 따랐다.

다양한 개성과 모순되는 감정이 마구 뒤섞인 이 가족, 두꺼운 색안경과 더불어 깊은 인상을 주는 대부가 이끄는 이 대가족은 사실 우리 같은 아이들이 제대로 판독하기 어려웠다. 외할아버지는 "잘 있었냐, 요 말라비틀어진 호두야"라는 인사말로 우리를 맞아 나와 동생이 배꼽 빠지도록 웃게 만들었다. 그런가 하면 온화하기 그지없는 금발의 외할머니는 휘황찬란하게 멋진 보석을 휘감은 자태에 동화책에나 나올 법한 상냥한 태도로 우리와 크라페트 카드놀이**를 즐겼다. 세르주와 시

** crapette. 러시안 뱅크라고도 한다.

몬, 기와 아니, 우리는 이 두 할아버지와 할머니가 나이 들어
가는 모습을 지켜봤다. 우리와는 다른 시대의 이 어른들은 우
리의 어린 시절을 황홀하게 장식해주었다.

몬트리올, 2015년 여름

·

·

·

병원을 나오자 플로랑스와 나는 기운이 빠지면서 무료했다. 나는 플로랑스가 불평하는 소리라고는 단 한 번도 들어본 적이 없다. 도저히 못 참겠다 싶을 때면 그저 "이런 젠장!"이라고 툭 내뱉을 뿐이었다. 나는 그런 플로랑스에게 내가 묻는 질문에 항상 성심껏 답변해주고, 동생과 두 사람이 가꾸어온 삶의 조각들을 보여주어 내가 그들과 가까운 사람임을 느끼게 해준 데 대한 고마운 마음을 전하고 싶었다. 우리는 집 마당 차양 아래에 자리 잡고 앉았다. 화창한 날이었고, 거기 앉아 있는 동안만큼은 온화하고 자유로웠다. 해가 질 무렵에 우리 두 사람은 식탁 앞으로 자리를 옮겼다. 우리 머리 위로는 산산조각 난 전등이 알렉스가 사라지던 날 저녁을 생생하게 보여주었다. 분명 동생은 생을 마감할 곳을 물색하러 밖으로 나가면서 그 전등을 끄지 않았을 테고, 저녁 무렵, 전등은 과열되어 터져버렸으리라. 괜한 예감은 경계할 것.

우리는 효율적인 대처 수단, 다시 말해서 알렉스가 제대로 치료받을 수 있는 병원을 찾아보았다. 어느 날 저녁 플로랑스가 인터넷에 정신과 응급의 이름을 쳤는데, 우연히도 퀘벡의 모든 의료 시설을 평가해놓은 사이트를 발견했다. 우리는 얼마나 웃기는 세상에 살고 있는가, 식당업자건 교수건, 어린 학생을 제외한 모든 사람이 점수로 평가받으니 말이다. 아무튼 우리는 어떤 의미에서는 거의 스타급 의사를 만난 거였다. 별 다섯 개가 만점인데 겨우 별 반 개를 얻은 알렉스의 담당 의사는 악평에 있어서는 가히 선두급이었다. "의사 X 때문에 우리 가정은 완전히 파괴되었다." "의사 X는 괴물이다. 그자는 아는 거라곤 아무것도 없으며, 특히 정신의학에 관해서는 완전히 무지하다." 우리는 둘 다 미친 사람처럼 웃어댔고, 이 변태 의사가 상주하는 병동에 알렉스를 맡겨놓을 수 없는 건 자명했다. 하지만 그렇긴 해도. 일종의 공황 상태였다. 우리는 스스로 한없이 무력하다고 느꼈다. 우리는 미래에 대해서는 언급하지 않았다, 아니 언급한다 해도 그건 어디까지나 부수적일 따름이었다. "빌어먹을, 하필이면 곧 내 생일인데 알렉스가 거기 입원할 건 또 뭐람." 플로랑스가 별안간 툴툴거렸다.

머지않아 우리는, 수숑이 부른 노래 가사처럼, 피부 탄력을 기대할 수 없는 나이가 될 터였다. 우리 둘 다 다음 해에 오십 줄에 들어서게 되니 말이다. "이 나이엔 세상에서 제일 예쁜 여자는 되기 어렵겠지만, 세상에서 제일 똑똑한 여자는 될 수 있지." 플로랑스가 슬기롭게 결론지었다. 플로랑스의 이런 슬기로움이야말로 내가 그녀에게서 제일 부러워하는 재능이다.

플로랑스가 동생 곁에서 그 애가 숨은 제대로 쉬고 있는
지 들여다보고, 그 애의 조금 더 어두워진 시선이나 어깨를 으
쓱거리는 방식, 갑작스럽게 토해내는 격한 한 마디 말과 욕망
에서 동생의 내면을 살피며 산 지도 어언 20년이 되었다. 플로
랑스는 언제 알렉스의 생각이 흥분하기 시작하는지, 그 애의
뇌가 언제부터 전속력으로 달리기 시작하는지 누구보다 잘
안다. 플로랑스는 선데이 나이트 블루스, 그 우울한 순간에서
동생을 끄집어내는 교묘한 계책을 속속들이 잘 알고 있다. 플
로랑스가 동생을 대하는 태도는 헌신이나 자기희생이라는 말
과는 어울리지 않는다.

플로랑스는 알렉스를 강력하고도 우아하게 사랑한다. 할
로윈 축제 날 같은 광란의 저녁에도, 그가 도통 입이라고는 열
지 않는 이른 새벽에도. 그렇긴 해도 플로랑스는 그림자 같은
여자는 아니다. 그녀는 뛰어난 재능과 결단력을 겸비했으며,
몬트리올에서 제일 큰 광고회사의 전략팀을 이끄는 역량 있는
여자다. 다른 많은 사람보다 한발 앞서 생각하고, 상황 판단력
이 뛰어난 데다 일단 결심이 서면 가차 없이 밀고 나가는 추진
력까지 갖췄다. 어쩌면 청룡열차 같은 남자와 사느라 여섯 번
째 감각과 더불어 중용 감각까지 키우게 된 건지도 모르겠다.
플로랑스에게는 최악의 재앙을 알아차리고, 상황과 사람을 구
별해서 생각하는 분별력이 있다.

우리는, 함께 힘을 합하면 성공할 수 있을 거라고 생각했다.

파리, 2015년 가을

·
·
·

    동생은 언제부터 비틀거렸을까? 언제 어린 왕자가 멜랑콜리 대왕으로 바뀌었을까? 의기소침이 슬며시 핏줄 속으로 들어오는 결정적인 순간이란 것이 존재할까? 뼛속까지 깊숙하게 삶을 망가뜨리는 질병을 가리켜, 의사가 마침내 하나의 이름을 특정하는 순간이 그 순간일까? 의사는 청소년기에는 일반적으로 그런 진단이 내려지지 않는데, 그건 증상이 그 나이에 고유한 특징들—불안정한 자아 존중감, 우울한 상념, 불안감 등—과 비슷해서 혼동을 일으키기 쉽기 때문이라고 설명한다.

    열다섯 살 무렵의 알렉스 사진들을 볼 때면, 나는 그 애의 얼굴에서 어쩐지 삶에서 비켜나 있는 사람의 느낌을 받는다. 어릴 때에 비해서 머리가 덜 금색이고, 키는 훨씬 커졌으며, 약간 인상을 찌푸린 시선은 지평선 쪽을 바라보았다. 내 기억으로 알렉스는 숨을 쉬듯 그림을 그리곤 했다. 내 책꽂이엔 카롤린 언니한테서 물려받고, 알렉스에게 물려줬다가, 내가 문학을 전공하게 됨에 따라 다시 돌려받아 나달거리는 라루스 출판사의 고전 작품들(나는 17세기 작가들을 외우기 위해서 고안된 문장을 지금까지도 기억하고 있다. "까마귀Corneille 한 마리가 히드La Bruyère의 뿌리Racine에 올라앉아서 몰리에르Molière 샘La Fontaine의 물을 마시네Boileau.")이 더러 꽂혀있는데, 책들의 가장자리 여백은 만화 속 등장인물 그림과 활자 디자인으로 빼곡하게 채워져 있다. 여기저기 A자 투성이다. 나는 책을 좋아하고, 동생은 글자를 좋아한다.

대학입학수능시험baccalauréat을 치른 후 동생은, 아버지의 충고를 주기도문처럼 소지하고서 페닝겐 고등 그래픽예술 및 실내건축학교에 입학했다. "아들아, 네가 원하는 걸 하거라, 하지만 그게 무엇이든 최고가 되어야 한다." 우리 부모님으로서는 아들의 선택을 받아들이고 그것을 지지해주는 것, 아들이 좋아하는 학업이 그에게 어떤 장래를 열어주는지 알지 못하는 상태에서 그것을 하도록 허락해준 것으로도 대단한 용기를 보여준 것이었다. 솔직히 우리 집안에서는 색연필을 어떻게 쥐어야 하는지를 아는 사람도 없었으니까. 예술가라고는 한 명도 없는 집안이었다. 미술학교에 다니면서 동생은 행복해하는 것 같았다. 자기가 있어야 할 곳에 있는 것 같았다. 비록 작업 분량이 많았고, 그 해가 학교에서 보내는 마지막 해가 되는 건 아닐지 걱정되어—성적이 시원치 않으면 가차 없이 퇴학이었으므로—장래는 불확실했지만 말이다.

알렉스는 뛰어난 재능으로 모두를 놀라게 했으며, 활기찼

고, 새 친구들도 사귀었고, 사진 속에서도 표정이 밝았다. 동
생은 그림을 그리느라 여러 밤을 꼴딱 새웠다. 엄마는 작업실
이 되어버린 동생 방에 가서 진행 중인 작업에 대해 밤늦도록
아들과 이야기 나누기를 좋아했다. 과제 가운데 하나로 묘지
용 건축물 제작이 있었는데, 동생은 대단히 복잡한 작업을 계
획한 나머지 결국 실제로 구현하는 과정에서 애를 먹었다. 그
때 엄마가 장 콕토를 기억해냈다. 친구 집에 갔던 내가 새벽 한
시쯤 집에 돌아왔을 때, 엄마와 아들은 욕실 거울을 떼어내는
중이었다. 알렉스가 그 거울에 장 콕토의 독특한 필체를 흉내
내어 "애석하도다"라고 쓰고 그가 서명 뒤에 붙이던 별을 그리
는 동안, 나에게는 내 책꽂이(당시엔 인터넷이 존재하지 않았다)에
서 콕토가 죽음을 거울을 통과하는 항해에 비유한 시 구절을
찾아내라는 임무가 주어졌다. 알렉스는 그 시를 암송했다. 다
음 날, 학생들이 늘 하던 대로 과제물을 진열하자, 교수는 즉
각적으로 동생의 작품을 가리키며 물었다. "이건 누가 한 거
지?" 알렉스는 제일 높은 점수를 받았으며, 동생이 콕토의 시
를 암송하자 교수는 결국 와락 눈물까지 쏟았다고 한다.

　자기와 다른 환경에서 살아온 사람들을 만나고 그림을 통
해서 자존감을 높여가면서, 알렉스는 정신적으로나 신체적으
로 변화를 거듭했다. 파리 16구 출신의 전형적인 차림새―벌
링턴 양말, 브이넥 스웨터, 네이비색 파카―는 벗어던졌다. 이
제 동생은 대단히 세심한 안목으로 자기가 입을 옷을 골랐다.
좋은 옷을 향한 취향도 이때 다져졌다. 알렉스는 한 번도 드

러내놓고 댄디였던 적은 없으나, 남들과 똑같아 보이는 거라면 극도로 싫어했기 때문에 일상적인 궤도에서 벗어나는 옷차림을 추구했다. 내 결혼식 날 동생은 굉장히 우아한 밝은색 정장 차림으로 등장했는데, 그 밑에 신은 금색 상어 가죽 로퍼만큼은 확실하게 튀었다.

스무 살을 넘기면서 알렉스는 다른 세상이 있음을 발견했고, 그 세상으로 곧 빨려 들어갔다.

그 애는 새로운 삶의 방식을 터득했으며, 그로 인해서 무척 행복해했다.

한편 알렉스는 일당십 정도는 될 정도로 일에 몰두하면서, 동시에 방종한 생활에 탐닉했다.

동생이 나한테 새벽에 전화를 걸어서 생쉴피스 광장에 면한 경찰서에서 밤을 보냈다는 이야기를 했던 기억이 난다. 한 친구와 같이 있다가 카네트가에서 체포되었는데, 그때 두 사람이 만취 상태에서 온 동네를 시끄럽게 만들고 있는 중이었다는 것이다. 불량배 다루듯—두 손을 머리에 얹고 꼼짝 못하게 한 경찰의 행동은 두고두고 그에게 상처가 되었다—두 사람을 불신검문하고 소지품 검사를 하던 경찰은 스타스키와 허치라는 이름이 새겨진 경찰 신분증을 발견했다. 아무리 텔레비전 드라마에 나오는 유명한 경찰이라고 해도, 두 사람의 나쁜 의도까지 덮어주는 건 아니었다. 위조된 신분증이 어찌나 그럴 듯했던지 두 명의 신분증 위조자는 수갑이 채워진 채 경찰서 라디에이터에 묶여서 밤을 보냈다. 내 귀엔 지금도 동생의 멋쩍어하는 웃음소리가 낭랑하게 들린다.

이 흥 많고 끼 많은 청년은 주머니 속에 포크너의 처절한 글귀를 넣어가지고 다녔다. 그 글귀가 적힌 종잇조각은 당시에 플로랑스가 그의 지갑에서 찾아냈다. 알렉스는 이 글귀를 평생 자신의 손과 생각이 닿을 만한 곳에 간직했다.

문제는 많은 일이 닥친다는 것이다. 너무 많은 일들이 닥친다. 그렇다. 인간은 자신이 감당할 수 있는 것보다, 아니 감당해야 하는 것보다 훨씬 많은 것을 완수하고 만들어낸다. 이렇게 하다 보면 인간은 자신이 무엇이든 감당할 수 있음을 깨닫게 된다. 그렇다. 끔찍한 건 바로 그 점, 인간이 무엇이든, 정말이지 무엇이든 감당할 수 있다는 사실이다.

〈8월의 빛〉

알렉스는 페닝겐 미술학교를 4등으로 졸업했다. 교수 가운데 한 명은 그 애가 1등이 아니라 실망했다던데, 알렉스 본인은 아니었다. 동생은 단 한 번도 남들보다 강해지기를 원하지 않았다. 그 애는 자신이 표현하고자 한 것을 사람들이 알아주면 그것으로 만족했으며, 그 애에겐 그게 제일 중요했다.

졸업 직후 알렉스는 한 디자인 에이전시에서 일감을 따냈고, 연이어 다른 곳에서 일했다. 이 기간 동안 알렉스가 해낸 일 가운데 큰곰 디자인은 지금까지도 살아 있다. 콜럼부스 카페 체인을 위해 알렉스가 그린 이 로고는 그 후로 전혀 바뀌지 않았다.

알렉스의 첫사랑으로 말하자면, 통통 튀는 성격의 바르바라라는 여학생이었는데, 페닝겐에 입학한 후 동생에게 일어난 변화의 파고를 넘지 못하고 속절없이 무너졌다. 청소년 시절에 만난 두 사람은 말하자면 잡지에서 이른바 '베이비커플'이라고 부르는 연인 사이로, 두 사람이 처음 만난 날이며 만난 지 1년 되는 날 같은 각종 기념일을 꼼꼼하게 챙겨가며 꽁냥꽁냥 노인들처럼 사랑했다. 그러다가 알렉스는 이자벨을 만났다. 가냘픈 체구에 눈동자가 너무 밝은 빛이다 못해 거의 투명한 금발 아가씨였다. 두 사람이 생활하던 아파트는 흰색과 파란색을 주조색으로 하는, 얌전한 소녀가 낭만적인 사랑을 키워가는 보금자리 같았다. 알렉스는 어두운 색만 좋아하는 사내아이였는데. 어쨌거나 두 사람이 미국 여행을 마치고 돌아오면서, 알렉스는 막다른 벽에 부딪쳤다. 이자벨의 아버지가 알렉스에게 딸과의 관계를 보다 확실하게 할 것을 요구했기 때문이다. 알렉스는 이 요청을 거부했고, 이에 따라 이자벨의 부모는 두 사람의 보금자리를 포함하는 가족 아파트를 비우고 다른 곳으로 이사를 가버렸다. 결국 알렉스는 부모님 집으로 돌아왔다. 이자벨의 부모가 이사하면서 자기 침대까지 가지고 가버렸다나!

그 후 어느 해 크리스마스 날인가, 알렉스는 우리에게 플로랑스를 소개했다. 체격이 크고, 짙은 갈색 머리에 굉장히 예쁜 플로랑스는 바르바라나 이자벨과는 아주 다른 부류였다.

시원시원한 성격이며 지적인 면모가 한눈에도 드러났다. 수줍음을 잘 타지만 단단한 여자. 우리는 모두 서로 말은 하지 않았지만, 플로랑스가 사진에서 본 젊은 시절의 우리 엄마와 엄청나게 닮았다고 생각했다. 우리는 대번에 플로랑스를 가족으로 받아들였다.

·

·

동생은 언제부터 비틀거렸을까?

언제 어린 왕자가 멜랑콜리 대왕으로 바뀌었을까?

·

·

몬트리올, 2015년 여름

.
.
.

　어느 날 저녁엔가 정신 나간 사람들(아, 그러고 보니 어린 시절에 《정신 나간 사람들 파일Les Dingodossiers》을 읽고 또 읽었는데)이 있는 곳에 다녀온 뒤, 나는 플로랑스에게 동생과 같이 사는 이야기를 들려달라고 청했다.

　"내가 처음 알렉스를 만난 건 데그립이라는 회사에서였어요. 출산 휴가를 마치고 복직했는데, 그 무렵 내 아들 프랑수아는 태어난 지 석 달쯤 되었죠. 알렉스는 그때 막 그 디자인 회사에 첫 출근하는 날이었고요. 그를 본 즉시 나는 혼자 생각했죠. '제기랄, 인생은 참 불공평하기도 하지, 난 저 남자랑 함께 살아야 마땅한데, 이제 막 다른 남자의 아이를 낳았으니, 이건 정말 너무 바보 같잖아.' 알렉스는 자신감이 있어 보였고, 번쩍번쩍 빛이 났죠. 왜 자주 그렇게 얘기하시잖아요, 연극적이라고. 농담도 즐기고, 주위 사람들을 놀라게 하는 일도 좋아하고. 그 무렵엔 그의 그런 면이 지배적이었어요. 그래서 나는 그가 외향적이고 기상천외한 데다, 절대 그래서는 안 되는 장소에서 고막이 찢어질 정도로 음악을 크게 틀어놓는 그런 부류, 남의 눈길을 잡아끄는 행동을 즐기는 사람이라고 생각했죠. 우리는 같이 일했는데, 그가 그걸 힘들어하는 게 나한테도 다 보였죠. 그는 비판을 참지 못하는 성격이었어요. 일하는 과정에서 만나게 되는 장애물들 때문에 상처를 받았고, 자기가 한 일을 문제 삼게 되면 그걸 받아넘기는 데 아주 서툴렀어요. 예술 분야에서 일하다 보면, 몇 날 며칠을 밤이고 낮이고 하나의 프로젝트에 매달려서 씨름하다 보면, 고객이 단칼에 "아뇨, 난 파란색이 싫어요"라고 쉽게 평가하는 소리를 가만히 듣고 있기 힘들죠. 그래서 회사에서는 중요한 비중을 갖고 진행 중인 프로젝트에 대해서는 열 사람에게 각자 자기 의견을 제시하도록 하는 규칙을 정해두었어요, 동료들과 고객들의 품평은 때로 효율적이지도 섬세하지도 않았으니까요. 어떻게 보면 굉장히 가혹할 수도 있는 규칙이지만, 암튼 단련이 되어야 할 필요가 있었는데, 알렉스는 그렇지 못했죠.

알렉스는 다른 남자들과 경쟁 관계에 놓이는 걸 아주 싫어했어요. 아마 여자 형제밖에 없어서 그랬을 것 같은데, 그건 내가 알 수 없는 거고요. 유비소프트는 굉장히 남성적인 세계였으므로 그는 항상 경쟁과 불안정을 느꼈을 테죠. 그렇지만 내가 그를 만났을 무렵 그 팀엔 여자들뿐이었고, 따라서 그는 이상적인 환경에서 일을 할 수 있었을 거예요. 게다가 그 여자들이 모두 그의 열렬한 팬이었어요. 여자 팀원들은 알렉스가 나와 죽이 잘 맞는다는 걸 알아차리고는 나를 보러 왔어요. '내 눈엔 그 사람이 엄청 멋진데, 네가 나를 좀 도와줄래?' 뭐, 이런 하소연들을 하러 왔던 거죠. 실제로 난 알렉스와 사귀기 전에 다른 여자들과 그이 사이에 다리를 놓아주곤 했었어요. 속으로는 부아가 치밀었지만, 그래도 그렇게 했다고요.

나 역시 그이를 좋아하는 팬 중 하나였죠.

우리는 결국 파리 15구 생상스가에 살림을 차렸어요. 지하철이 지상철이 되는 부근이었는데, 직장에서도 멀지 않고 프랑수아의 학교와도 가까운 곳이었죠. 그 애가 두 살하고 6개월쯤 되었을 무렵이었어요. 알렉스는 무조건적으로 프랑수아를 사랑했죠. 마치 자기를 꼭 닮은 아들을 대하는 아빠의 마음 같았어요.

쥘리에트로 말하자면, 그 아이를 임신했다는 사실은 1998년 12월 31일인가 1999년 1월 1일에 그이의 친구 자크네 집에서 알았어요. 그땐 벌써 우리가 함께 살지 않을 때였죠. 그이가 다른 여자하고 동거할 때니까. 어쨌거나 우리는 여전히 아주 친밀한 사이였으므로, 키스도 하고, 신체적인 접촉도 이어갔는데, 그러다가 덜컥 임신을 하게 된 거죠. 어떤 의미에서는 우리가 늘 함께였다는 뜻도 되겠죠, 비록 다른 여자가 중간에 잠깐 끼어들긴 했지만요. 난 너무나 불행했지만, 곰곰이 생각해보면, 나는 항상 그이와 굉장히 질긴 관계로 이어져 있다고 느꼈어요. 우리는 결혼을 한 사이도 아니고, 우리 사이에 아이도 없었으니까 어느 날 그냥 서로에게 등을 돌릴 수도 있는 거였죠. 그런데도, 같은 아파트에 사는 것도 아닌데도, 그이는 자주 내 집에 왔고 함께 외출하곤 했으니까, 관계가 완전히 끊어진 게 아니었다고 해야겠죠. 어쨌거나 이 희한한 관계는 그럴 만한 가치가 있었다고 나는 믿어요. 난 그이를 한 번도 포기한 적이 없어요. 그이가 나한테 크리스마스에 자기 부모님 댁에 가서 가족들을 만나자고 하더군요. 다분히 함축적인 제안이었죠. 아마 화해를 위한 첫 걸음이었다고 할까.

우리는 12월 31일은 함께 보낼 수가 없는 처지였어요. 아마 그이가 그 여자와 저녁을 함께 보내기로 계획했겠죠. 그런데 정오 무렵 그이가 전화를 했어요. '니스에 사는 자크 집에 같이 가지 않을래?' 당연히 나는 좋다고 대답했죠. 하긴 그이가 무슨 요청을 했더라도 나는 그러자고 동의했을 거예요. 우리는 오후 다섯 시에 파리에서 출발했고, 새벽 한 시에 도착했어요. 거기서 그렇게 된 거죠…. 난 뭔가 짚이는 게 있었는지, 오후에 약 사러 약국에 갔다가, 왜 약국 접수대에 임신 테스트기가 있잖아요, 그걸 덜컥 샀어요. 있어야 할 게 자꾸 늦어져서 은근히 불안했거든요. 새벽 여섯 시에 테스트를 했는데, 임신이더군요. 잘못 본 줄 알았어요!

알렉스는 좋아서 어쩔 줄 모르더군요. 일곱 시에 여자친구에게 전화하더니, 안녕, 하고 작별을 고하더라고요. 정말이지 미친 거 아녜요! 파리에 돌아오고 며칠이 지났을 때, 나는 의사를 보러 갔어요. 알렉스도 같이 갔는데, 돌아오는 길에 그이가 더 이상 간단할 수 없게 그냥 '우리 결혼하자!'고 하더라고요. 그때도 그이는 굉장히 행복해했어요.

　우리는 2월에 같이 마르티르가 아파트로 이사했고, 5월에 브르타뉴에서 결혼식을 올렸고, 쥘리에트는 8월에 태어났죠. 첫 해는 모든 게 다 근사했어요. 두 번째 해는, 글쎄 잘 모르겠어요. 직장 일 때문이었을까, 아직 젊은데 아빠 노릇하기, 그러니까 그이와는 전혀 어울리지 않는 어른 노릇하기가 힘들었을까, 분명 둘 다였을 테죠. 암튼 다시 위기였어요. 회사도 힘든 시기였고. 그이는 불안해했죠, 그래서 일도 엄청 했고, 술도 엄청 마셔대기 시작했죠. 본인도 나중에 인정하더라고요. 그때부터 악순환이 시작된 거예요. 회사에서 편안하지 않으니까 술에 의지하고, 그러다 보니 우리 커플에도 이상 기운이 찾아왔죠. 그이가 결혼 생활을 자신을 옥죄는 족쇄로 여기기 시작했어요. 결국 그이는 가을에 집을 떠나서 멀지 않은 피갈가에 아파트를 얻었어요. 우리는 그래도 여전히 가까운 사이였고, 그건 확실했어요. 하지만 그이에게는 자기만의 방식대로 살아야 할 필요가 있었죠. 그래도 우리는 집에서 함께 크리스마스를 보냈고, 그 무렵은 참 평온했죠. 이윽고 2월에 그이는 처음으로 자살 시도를 했어요."

파리, 2015년 가을

.

.

.

내 동생은 서른 살에 벌써 진심으로 죽고 싶어 했다. 그 애는 그때 음울한 시기를 가로지르는 중이었으며, 플로랑스와 헤어지고는 긴 이름을 가진 다른 여자에게 갔고, 나에게 그 여자를 소개했다. 나는 플로랑스—내가 보기엔 플로랑스만이 알렉스의 유일한 사랑이었다—를 향한 변함없는 의리와 동생 에게 향하는 애정 사이에서 마음이 갈기갈기 찢어지는 것 같 았다. 그렇긴 해도 나는 알렉스를 위해서라면 지옥보다 더한 곳도 가로질렀을 것이다. 나는 어쩌다 그를 사랑하게 된 이 여 자와 점심을 먹었다. 여자는 똑똑하고 매력적이지만, 심지어 머리띠까지 단정하게 맨 요조숙녀 같은 차림새를 비롯해서, 전혀 동생 취향이 아니었다. 알렉스는 이를테면 록음악계의 뮤즈를 떠나 피아니스트를 따라다닐 것 같은 여자를 만난 셈 이니, 참으로 이상한 일이었다. 여자는 알렉스에게 미쳐 있는 게 확실했다. 그리고 실제로 나는 그 여자가 미쳤다고 느꼈는데, 스펙으로 보자면, 알렉스는 이상적인 약혼자와는 거리가 멀었기 때문이다. 유부남에 한 살배기 아기 아빠, 술고래에 우울증 증세까지 보이니, 이보다 더 한심한 스펙이 어디 있겠는가. 내 동생은 기분이 바닥일 때조차도 치명적인 매력을 발산할 줄 아는 남자로, 이 점은 명심해야 한다. 그는 잘 지내지 못하지만, 그 또한 멋스럽다. 아, 내가 동생의 부드러움에 대해서 말했던가?

2월 휴가 기간 동안 동생은 파리 근처 요양병원에 입원했는데, 병 이름을 알지 못하는 환자들, 삶의 중심을 잃고 비틀거리지만 다시금 활기를 찾고 싶어 하는 사람들을 받아들이는 곳이었다. 알렉스는 술을 끊고 싶어 했고, 아마도 자신을 허우적거리게 만드는 혼란스러운 애정 전선도 정리하고 싶은 것 같아 보였다. 플로랑스는 매일 병원으로 그 애를 찾아갔고, 언제나 주의 깊고, 친밀하면서, 타격을 가하긴 하나 그를 함부로 판단하지 않는 태도를 보였다. 알렉스는 의사들에게 플로랑스를 부인이라고 소개했는데, 비록 그가 머리띠를 애용하는 다른 여자와 애정 행각을 벌이는 중이라고 하더라도, 플로랑스가 공식적인 부인임은 여전히 사실이었다. 양다리를 걸치면 영혼을 잃게 된다더니… 더구나 동생은 좋은 게 좋은 거라는 식으로 적당히 넘어가는 남자가 아니었다. 그럼에도 알렉스는 치료 기간 동안엔 부인을 앞세웠고, 퇴원 후엔 휴양차 며칠 동안 애인과 바르셀로나 여행을 예고했다.

그의 삶은, 상투적인 비유가 되겠지만, 아슬아슬한 줄타기의 연속이었다. 동생은 그야말로 간발의 차이로 첫 번째 죽음을 피했으니까. 에어프랑스사에서 어이없는 실수를 한 덕분이었다. 승무원이 바르셀로나행 탑승을 확인하기 위해 진짜이자 유일한 드 랑베르트리 부인에게 전화를 한 것이다. 덕분에 플로랑스는 남편이 다른 여자와 여행을 계획하고 있음을 알게 되었고, 태어나서 처음으로 그리고 유일하게 제정신이 아닌 상태가 되어버렸다. "그때 난 전화통에 대고 악을 썼어요, 꺼져버리라고요. 난 한 번도 언성을 높인 적이 없었는데, 그땐 정말이지 화가 치밀더라고요. 그이도 깜짝 놀랐죠, 자존심도 상했을 테고, 물론 상처도 받았겠죠."

다시금 평온이 찾아왔다. 알렉스는 플로랑스에게 전화를 걸어 안부를 물었다. 이어서 이렇게 말했다. "내가 당신을 얼마나 사랑하는지 말을 한다고 하고선 깜빡 잊었어. 당신은 정말로 세상에서 제일… 세상에서 제일… 미안해…."

15분쯤 지났을까, 플로랑스는 그제야 통화가 심상치 않았음을, 굳이 그녀를 사랑한다는 사실을 상기시키고 싶어 하는 대화 방식이 예사롭지 않다고 느꼈다. 왜 그런 짓을? 동생의 말들은 마치 신호처럼 메아리치면서 사각지대에 부딪혀 맥없이 부스러지는 것 같았다. 플로랑스가 그 말들을 되새김질하면 할수록 불안한 마음이 커져갔다. "남편은 함정에 빠졌고, 난 그이가 거기서 빠져나오지 못하고 있다고 느꼈어요." 플로랑스는 요양병원에 전화를 걸어서 당직 간호사에게 남편의 병실을 주의 깊게 살펴달라고, 그에게 별일이 없는지 자주 확인

해달라고 부탁했다. 남자 간호사는 귀찮아했다. 방금 당직 시간 마지막 순회 근무를 마쳤는데, 특이 사항이라고는 전혀 없었기 때문이다. 그래서 플로랑스는 막무가내로, 성질을 내서라도, 원하는 바를 얻어내야 했다. "다시 한번 가봐요, 내가 그렇게 해달라잖아요!" 간호사는 내키지 않았지만 그녀의 요청을 따랐다. 그리고는 얼마 후에 소스라치게 놀란 상태로 플로랑스에게 전화를 걸었다. "지금 당장 병원으로 오셔야겠습니다! 드 랑베르트리 씨가 욕조에서 혈관을 그었습니다."

알렉스는 구급차에 실려 파리 남부에 있는 교외 응급실로 이송되었다. 친구에게 잠든 아이들을 맡긴 플로랑스는 즉시 택시를 타고 병원으로 향했다. 알렉스는 상처를 꿰매고 붕대를 감는 등 필요한 치료를 받았다. 수선된 몸뚱어리. 나는 그런 정도의 상처로 사람이 죽을 수 있는지 잘 모르겠으나, 암튼 그 애는 손목을 제법 깊이 그었다. "눈 뜨고 보기에 너무 끔찍했어요." 플로랑스가 나중에야 나한테 그때 심정을 털어놓았다. 의사들은 메종블랑슈에 위치한 정신과 병동으로 그를 이송하는 문제를 의논했다.

메종블랑슈에서는 침묵 작전을 고수했다. 환자 면회는 절대 금지였다. 의사들은 모호한 말만 늘어놓았다. 플로랑스가 전화를 걸어 "내가 아직 그 사람 부인이니까"라고 운을 떼면서 환자의 소식을 요구했을 때, 정신과 의사라는 사람이 한다는 소리는 "특별히 드릴 말씀이 없습니다. 어쩌고저쩌고 검사를 해봐야겠습니다만…"이 고작이었다. 그러면서 의사는 달랑 몇 분 만에 끝나버린 그 대화 아닌 대화 동안, 겨우 몇 시간 전에 도착한 환자에 대해 이상한 소리를 내뱉었다. "부인, 이 관계는 이제 끝을 내셔야 할 것 같습니다." 그로부터 여러 해가 지날 때까지도 플로랑스는 의사의 그 말에 담긴 폭력성과 무례함을 잊을 수 없다고 분개했다. "아니, 그 멍청한 인간은 자기가 뭐라고 남의 일에 끼어드는 거냐고요? 왜, 도대체 무슨 권리로 나한테 그런 소리를 한 걸까요?"

그때 그 의사, 폭탄 투하하듯 되는 대로 말을 내뱉은 불쾌하기 짝이 없는 그 폴란드 의사는 알렉스의 입원 초기에 부모님과 면담을 수락했다. 의사는 동생이 겪고 있는 우울증, 깊은 나락, 납덩어리 같은 무게, 서글픔, 너절함 같은 증세에 대해 콕 집어 정확한 병명을 제시하지는 않으면서도 단정적으로 말했다. "두 분의 아드님은 대단히 심각한 병을 앓고 있습니다." 이어서, 신사 숙녀 여러분, 모처럼 가족이 다 모이셨으니, 어디 이번 일을 잘 해결해보시죠.

이번만큼은 그대로 넘어갈 수 없었다.

그 후 이 의사는 우리라는 적—그의 입장에서는 병원에 출현한 성가신 우리 가족을 골치 아픈 적으로 여겼을 것이다—앞에서 회피하는 듯한 태도를 보였다. 온갖 색상의 약을 제외하고는 그 어떤 치료법도 제시하지 못했으니까. 그러다가 당시 나의 연인이었던 유명 신경외과 교수 덕분에 생탄 병원에 입원 자리를 얻는 데 성공했고, 우리 가족은 알렉스가 마침내 제대로 된 치료를 받을 수 있으리라는 희망을 품게 되었다. 그런데 그 멍청이 정신과 과장이 환자 이송에 반대하고 나섰다. 나는 그자가 내세운 말도 안 되는 반대 이유를 지금까지도 또렷하게 기억한다. 내가 원래 누군가를 미워하고 증오하는데 일가견이 있는 사람은 아니지만, 그자의 멱살이라도 잡고 실컷 욕을 퍼부어주고 싶은 마음을 억누르느라 애먹었던 기억이 난다. 당연히 나는 멱살도 잡지 않았고 욕도 하지 않았다. 그자의 허가서가 있어야 알렉스의 반대를 무릅쓰고 아버지와 내가 강제 입원에 동의했던 그 병원에서 동생을 퇴원시킬 수 있었으니까. "동생분이 다른 환자들에게 큰 도움을 주고 있습니다. 동생분이 우리에게는 매우 소중하죠. 그래서 저로서는 우리 병원에 남아 있어 주기를 바랍니다."

알렉스는 환자들에게 담배를 배급해주고, 그들의 이야기를 들어주며, 때로는 그들의 용기를 북돋아주곤 했다. 내 동생은 정신이상자들 사이에서나 인생에서나 항상 이타적이고 카리스마 넘쳤다.

아버지와 나는 거의 매일 알렉스를 보러 갔다. 우리가 가가멜이라는 별명을 붙여줄 정도로 만화영화 〈개구쟁이 스머프〉에 나오는 심술쟁이와 똑같이 닮은 한 환자는 내 아버지를 프랑스 공화국 대통령, 그중에서도 자크 시라크라고 확신했다. 우리가 도착할 때마다 그자는 다가와서 존경심을 가득 담은 태도로 아버지와 악수를 했다. 처음엔 아버지도 "아닙니다, 이러지 마십시오" 같은 말을 했다. 하지만 가만히 받아들이는 게 그 딱한 환자를 기쁘게 하는 것임을 알아차리자, 아버지도 기꺼이 대통령 연기를 했다. 어느 날 오후엔가 내가 혼자 동생을 보러 갔더니, 가가멜은 그 때문에 몹시 화가 났다. 그가 나를 베르나데트*로 대해주었더라면 나는 몹시 즐거웠을 텐데, 그게 아니었다. 그자는 틀림없이 나를 대통령의 비서로만 생각했다. 나는 그자에게 자크 시라크는 오늘 일이 너무 많아서 오지 못했다고 누누이 설명해야 했다. 그럴 테죠, 그 뭐냐, 대통령 노릇이 장난도 아니고. 우리는 친구가 되었다. 나는 또 양팔, 양다리, 목 할 것 없이 온몸을 붕대로 칭칭 동여맨 한 여자 환자도 기억나는데, 죽으려고 온갖 방법을 다 시도해보다가 결국 그처럼 분노에 찬 미라가 되고 말았다. 제법 몸무게도 나가던 아가씨에서 이제 작은 계집아이처럼 겨우 한줌 뼈만 남게 된 것이었다. 그 여자를 바라보는 건 고역이었다. 다른 환자들 역시 거꾸로 굴러가는 돌멩이 같았다.

검정색 표지의 똑같은 수첩 여러 권에 알렉스는 메모를 적어두었는데, 나는 그걸 훑어보면서 불안에 휩싸인 날이면 그가 어떤 기분인지 조금이나마 이해할 수 있었다. 2002년 2월 25일, 그는 이렇게 적었다. "끝." 그가 ㄲ, ㅡ, ㅌ 이렇게 세 개의 기호를 떨리는 손으로 꾹꾹 눌러 적은 다음에 욕조로 갔고, 그 욕조는 이내 붉은 핏빛으로 변했다고 생각하니 나는 심장에 구멍이 뻥 뚫리는 것만 같았다.

---

* 자크 시라크 대통령의 부인.

뒤이어서 알렉스는 "끝"을 실패한 다음에 겪은 과정도 수
첩에 적어두었다.

메종블랑슈 병원(57 병동) 클라마르 응급실.
26일 화요일. 독방(61병동). 강제 입원 27일 수요일. 마찬가지이
긴 하나 약간 자유롭다.
28일 목요일. 조금 나은 상태.
1일 금요일. 카프카+브라질. 3명의 의사. 생탄 병원에 한 자리가
났으나, 행정 절차 문제로 이송 불가. 월요일까지는 57병동에 있
어야 하려나?
3일 일요일. 오늘은 날씨가 화창하다. 눈이 부시도록 파란 하늘.
지붕이며 잔디밭, 그리고 나무들 위로 근사하게 그늘이 진다. 나
가서 달리고 싶지만 나에게는 그럴 권리가 없다. 그래도, 체조는
조금 했다.
3월 4일 월요일, 여전히 57병동. 이곳의 초현실주의적인 면모라
고 한다면, 누군가에게 말을 걸 때 무슨 일이 닥칠지 전혀 예측
을 할 수 없다는 점이다. 어떤 환자는 무슨 말인지 이해하지 못
하겠다는 얼굴로 나를 막연하게 바라볼 수도 있고, 아니면 완전
히 엉뚱하게 대답을 할 수도 있고, 그것도 아니면 정상적으로 시
작했다가 망상으로 새버리는 대답을 할 수도 있다. 이도 저도 아
니고 그냥 모른 척하고 가는 사람도 물론 있다.
68병동에서는 조금 더 위험했다. 치고받고 싸움을 하기도 하고
고함을 지르거나 침을 질질 흘리거나 나한테 껌 딱지처럼 딱 달

라붙어 다니는 사람도 있었으니까. 이 사람들이 왜 이러는지는 절대 알 수 없을 것이다. 일반적으로, 그런 것에 대해서는 이야기를 하지 않는다. 그러므로 조현병 환자, 우울증 환자, 가볍거나 심각한 망상 환자들이 두루 다 있을 것이고, 또 불행한 사람들도 많이 있을 것이다. 그런데 그 사람들과 이야기를 하려고 애를 쓰면, 상대는 대체로 만족해한다. 여기 있는 모든 사람의 유일한 공통점은 그들이 앓고 있는 질병이 아니라, 모두들 파리 9구에 거주한다는 사실이다. 이건 부조리 그 자체다! 자기가 사는 곳이 화제의 중심이다. 너는 어디에서 살다가 왔는데? 길 이름이 뭔데? 아, 거기, 나도 알아, 담배 가게 근처. 거기, 길 끝에 있는 빵집은 빵이 맛있어?

이따금 불쑥 솟아오르는 빛이나 건축물의 세부 사항 같은 아름다움에 감동한 알렉스는 나에게 일회용 카메라를 갖다달라고 부탁했다. 원래 병원 내로 반입이 금지된 물품이었지만, 아마도 나는 그 애가 칼라시니코프 총을 가져다달라고 했으면 훔쳐서라도 가져다주었을 것이다. 병원은 확실히 근사한 곳에 위치해 있었다. 나중에, 몇 년 후, 아르노 데스플레생 Arnaud Desplechin의 영화 〈킹스 앤 퀸〉에서 입원 환자 역을 소화해내는 배우 마티외 아말릭Mathieu Amalric을 보았을 때, 나는 그가 구사하는 판타지며, 공감 능력, 완전히 비정상적인 행동 등을 통해서 내 동생을 떠올렸다. 알렉스는 왕이었다. 나의 왕. 제정신이 아닌 상태에서 그 애는 파리 9구에 거주 중인 목걸이 없는 길 잃은 개들의 사연에 기꺼이 귀를 기울였다. 그 애는 그 사연들 속에서 순간적으로 반짝이는 뭔가를 포착하고 싶어 했다. 남자 간호사 한 명이 알렉스가 사진기를 소지하고 있음을 알아차렸다. 폴란드 의사는 거의 발작적으로 나를 소환했다. 이 병원 안의 상황은 절대 외부로 유출되어서는 안 됩니다, 이미지가 되었든 글자가 되었든 안 됩니다. 내가 기자이기 때문이었을까, 암튼 그는 나를 두려워했다. 도대체 숨겨야 할 무엇이 있어서 그러는 걸까? 그 자신의 너절한 무능함이 아니라면 말이다.

3월 5일 화요일. 부모님이 나를 데리러 오셨다. 우리는 생탄 병원으로 향했다. 아직 시간적으로 여유가 있으므로 근처 식당에서 식사를 할 예정이다. 음, 좋아.

폴란드 의사가 모범생 환자를 순순히 놓아주고 싶어 하지 않아서, 아버지는 어떤 이의 제기도 허용하지 않는 목소리로 그와 상대했다. 분노와 결단력 때문에 아버지는 평소보다 키가 몇 센티미터는 더 커진 것 같았다. 아버지는 거대했고, 굉장히 인상적이었으며, 아들 없이는 절대 한 발짝도 움직이지 않겠노라고 단호하게 못 박았다. 내 아버지, 중대한 사안에만 앞으로 나서는 이 점잖은 중년의 사내는 자기 안에서 불쑥 솟아올랐다. 아버지는 조금도 냉정함을 잃지 않고 처신했다. 아버지는 감정의 소용돌이가 몰아치는 날이면 항상 나의 영웅이었다. 알렉스의 퇴원은 행정적으로 처리하면 될 일이었으나, 폴란드 의사는 굳이 각본에도 없는 5막을 덧붙였다. "선생의 아들이 고속도로에서 자동차 문을 열고 도로로 뛰어내려서 죽기라도 한다면, 그건 전적으로 선생 책임입니다." 아버지는 전혀 머뭇거리지 않았다. 지루하고 긴 협상 끝에 우리는 마침내 알렉스와 함께 그 병원을 탈출했다.

3월 8일. 알코올 중독 전문의와 면담 약속. 첫 번째 시련은 부모님 댁에서의 점심식사. 로스트비프, 감자튀김, 그리고… 와인은 금지. 이따금씩 이상한 기분이 들었지만, 사실 괜찮았다. 그런데 나는 다른 때보다 두 배나 많이 먹었다. 그 때문에 다섯 시까지 낮잠을 잤다. 내 딸 쥘리에트를 거의 보지 못했다.
2002년 3월 10일. 병원에 입원 중. 앞으로는 어떤 식으로 치료가 진행될 것인가? 회복 기간. 절반은 치료 기간. 많은 질문. 심리학자. 행동주의 심리학자.

그런데 의사란 작자들은 도대체 무슨 치료를 한 걸까? 그들은 동생에게 약을 처방해주고 면담 약속을 잡았다. 알렉스의 상처에 붕대를 감았고, 멜랑콜리를 뿌리 뽑을 시도 따위는 아예 하지 않은 채 그냥 꼼짝 못 하도록 눌러버렸다. 바퀴벌레라는 더러운 벌레는 거의 모든 것에 저항한다. 동생은 서른세 살에 부인과 어린 딸, 마음으로 낳은 아들이 있으므로 분연히 고개를 쳐들었다. 인내심 많고 거의 요구하는 것이라곤 없는 그의 아내는 그가 이 심연을 무사히 건널 수 있도록 도왔다.
"내가 보기에 그는 기다려줄 만한 가치가 있어요."

그 어떤 병명도 드러나지 않았고, 따라서 장기적인 치료법
도 결정된 바 없었다. 주머니에 약 몇 움큼을 받아 넣은 동생
은 두 주먹을 불끈 쥔 채 다시금 정글 속으로 뚜벅뚜벅 걸어
들어갔다.

·
·

알렉스는 왕이었다.

나의 왕.

·
·

파리, 2015년 가을

·

·

·

　나는 줄에 매달린 인형들이 노니는 극장에서 사는 느낌
이 든다. 무슨 말인가 하면, 하루는 패션쇼에 초대를 받았다.
무대에서 제일 가까운 첫줄엔 유명한 여배우들이 장내가 어
두운데도 불구하고 선글라스를 쓴 채 나란히 앉아 있다. 그
여배우들에게 약속된 개런티는 분명 미소까지 포함될 정도
로 높지는 않은 모양이다. 그중 한 사람은, 항상 검은 말총 같
은 머리로 사진을 부스스하게 만들곤 하는데, 양옆으로 한 가
닥 그리고 뒤로 한 가닥, 이렇게 세 가닥의 긴 머리를 늘어뜨
렸다. 다른 한 사람은 동화 속에 나오는 빨간 고깔모자 같은
차림새인데, 늑대를 잡아먹었는지 살이 두둑하게 올랐다. 그리
고 그 옆의 여배우는 모피 코트 속에 넣어온 반려견에게만 정
신이 팔려 있는데, 가슴을 어찌나 심하게 노출했는지 마치 강
아지에게 젖을 물리고 있는 듯한 모습을 연출한다. 그다음 사
람은, 이렇게 생각하면 나쁘다는 건 나도 잘 알지만, 영락없이

원숭이 판박이 같다. 줄 맨 끝에 앉은 뷰티계의 인플루언서 블로거는 당장이라도 샤워를 해야 하지 않을까 싶을 정도로 얼굴에 덕지덕지 화장을 한 모습이다. 그 여자들이 신은 구두가 나를 사로잡는다. 날씨와 거의 어울리지 않는 샌들, 뾰족하고 높은 굽이 달린 스키부츠, 수도사나 신을 법한 로퍼 등. 대다수는 벌써 여러 날째 피죽도 못 얻어먹은 것 같은 몰골로 고행 중이니, 그이들에게 샌드위치 하나씩 선사하는 것만이 지금 할 수 있는 유일하게 적절한 행동일 것으로 사료된다. 이 여자들은 모두들 하나같이 시들시들하다. 그들이 입은 새 옷도 아무 소용이 없다. 프루스트가 쓴 《잃어버린 시간을 찾아서》의 제일 마지막 권에 등장하는 무도회에서 빠져나오는 여자들 같으니 말이다. 그들의 눈은 누구라 할 것도 없이 모두 휴대폰에만 쏠려 있다. 따분해하는 연기를 하고 있는 거라면 상당히 수준급이다. 따라서 사람들은 그 여자들이 박제된 것인지, 아니면 그레뱅 밀랍 박물관에서 도망쳐 나온 것인지, 고개를 갸우뚱거린다. 여가수 카트린 랭제Catherine Ringer만이 회색으로 쪽 지은 머리와 루마니아 농부들이 입는 원피스 같은 차림새로 확실히 살아 있다는 느낌을 준다. 그리고 낡은 코트를 걸친 나는 스스로 알프스 산 속 하이디만큼이나 건강하다고 느낀다.

　패션쇼가 시작되자 휴대폰들이 높이 올라간다. 모두들 휴대폰 화면을 통해서 패션쇼를 구경한다. 대부분의 모델은 광이 나는 파운데이션 크림을 두텁게 발라도 잘 가려지지 않는 여드름이 얼굴 하나 가득이고, 눈썹은 빗질이 잘못되었는데, 나는 그런 것보다도 그들의 엄청나게 길고 휜 다리들이 잘못 꼬여서 무대 위에서 걷다가 꽈당 넘어질까 봐 더 걱정이다. 모델들은 예쁘다고 할 수 없고, 그냥 깡말랐다. 왜 이들은 학교에 있지 않고 여기 있는 걸까? 더러는 아직 중학교 졸업할 나이도 되지 않은 것 같아 보인다. 어쨌거나 쇼에 나온 옷들은 화려하기 그지없고, 그래서 황홀한 나는 조명이 완전히 꺼지기도 전에 잔뜩 열광한 상태에서 열렬히 박수를 친다. 서커스가 끝나면 열정적으로 박수를 치는 내 아들들처럼. 내 옆자리에 앉은 여자는 경멸에 찬 눈길을 내게 보내면서 얼핏 엉덩이를 십 센티미터쯤 멀리 옮긴다. 나와의 사이에 마지노선을 긋기라도 하겠다는 듯, 자기는 나 같은 촌스러운 여자와는 질적으로 다르다는 것을 보여주려는 듯. 패션쇼장에서 여자들은 살날이 얼마 남지 않은 늙은이처럼, 최신형 아이폰을 쥔 손끝으로 뜨뜻미지근하게 박수를 치는데, 그 모습이 불편해보일 뿐 아니라 우스꽝스럽기까지 하다.

이윽고 모두들 형편없는 쇼였다고 쑥덕거리고는, 관례대로 무대 뒤로 디자이너를 보러가더니, 더할 나위 없이 좋은 쇼였다고 입에 침이 마르도록 칭찬한다. "디자이너에게 악수하자고 손을 내밀면 절대 안 돼, 그 사람은 누가 자기 몸에 손대는 건 질색이라잖아. 멋졌다고 말해서도 안 되고. 그런 말은 혐오한다니까. 그 대신 '현대적'이었다고 말하래." 디자이너를 만나기 위해 무대 뒤로 늘어선 사람들의 줄에서 우연히 마주

친 패션계 소식에 밝은 한 친구가 귀띔해준다. 문제의 디자이너는 머리 색깔이 괴상한데, 분명 원래 머리는 아닐 테고, 새하얗다 못해 거의 투명해 보이는 치아를 백스물두 개 정도는 머금은 것 같은 입가에 틀로 찍어낸 듯한 미소가 붙박이처럼 고정되어 있는 데다, 치어리더 같은 차림새였다.

　나는 문득 동생을 생각했다. 나의 벌거벗은 임금님은 이곳을 메우고 있는 주름살도 없는 사람들보다 훨씬 생기 넘치며, 허공을 응시하는 초점 없는 눈을 가진 그 애의 친구들조차도 이 가식덩어리 여자들보다는 상식적인 것 같건만 도대체 누가 죽었고, 누가 잘못한 걸까? 이 사람들은 자신들이 이성을 잃었다는 사실조차 모르고 있는데.

몬트리올, 2015년 여름

.
.
.

보이지 않는 존재들이 있는 곳으로 귀환. 나는 세상 끝이나 다름없는 정신병동 응급환자 구역에 머물러야 하는 이 사람들에게 무한한 연민을 느꼈다. 눈이 유난히 둥그런 남자 환자는 여전히 우리를 구심점 삼아 빙글빙글 도는 원운동을 계속한다. 플로랑스와 내가 유일한 면회객이다. 이 사람들에게 관심을 가진 사람은 아무도 없는 모양이다. 그런데 새로 들어온 환자가 있어서 우리를 놀라게 한다. 체구가 아주 작은 이 혼혈 여인은 엄청나게 큰 금발의 꼰 머리채를 이고 있다. 머리채가 어찌나 무거워 보이는지 혹시라도 무게 때문에 안 그래도 왜소한 여자가 뒤로 넘어가지는 않을지 걱정이 되는데, 정작 본인은 품에 아기를 안고 어르는 데만 집중한다. 여자는 품에 안고 있는 꼬질꼬질한 플라스틱 인형에게 부드러운 음성으로 자장가를 흥얼거린다. 여자 간호사들은 익숙한 사람들답게 서로 의견을 교환한다. "저 인형을 지금 빼앗아야 할까, 아니면 조금 후가 나을까?" 나는 간호사들이 여자에게서 인형을 빼앗지 않게 해달라고 속으로 신에게 기도했다. 삶의 마지막 기회가 될 수도 있는 이곳에서 길을 잃고 서성대는 신이 있다면 말이다.

알렉스는 여전히 흉한 가운 차림이었는데, 나는 어째서 그 옷이 나를 그토록 불편하게 하는지, 그 이유를 퍼뜩 깨달았다.

그러니까 우리가 아직 전前 청소년pré-adolescent—당시 이 용어는 베스트셀러를 찍어내는 심리학자들에게 아직 승인을 받지 못한 상태였다—이던 무렵이었다. 우리는, 부모님이 저녁 식사하러 외출한 틈을 타서, 보세주르 대로변 아파트의 거실에 놓인 밤색 가죽 소파에 웅크린 채, 둘이 꼭 붙어서 텔레비전에서 방영되는 〈암흑가의 두 사람〉을 시청 중이었다. 변호사가 지켜보는 가운데 형 집행자가 알랭 들롱이 입은 셔츠의 깃을 잘라냈다. 알랭 들롱의 변호를 맡은 장 가뱅은 의뢰인의 목숨을 구하지 못했다. 우리에겐 너무도 받아들이기 힘든 이 비극에 잔뜩 겁을 집어먹은 알렉스가 얌전히 내 손을 잡았다. "우리 그냥 자러 가자", 단두대의 무서운 칼날이 그의 목 위로 떨어지기 전에. 형 집행에 방해가 되지 않도록 깃을 뜯어낸 들롱의 셔츠(그 당시 나는 아무것도 이해하지 못했고, 그저 죄수를 죽이기 전에 셔츠의 깃을 자른다는 것이 참 이상하다고만 여겼다)가 정신과 병동 응급실에서 환자들에게 입히는 깃 없는 환자복 가운과 다르지 않았던 것이다.

알렉스는 피곤해했다. 얼굴은 잔뜩 경직되고, 눈가엔 거의 주먹으로 얻어맞은 사람처럼 다크서클이 잔뜩 내려왔으며, 물기라고는 없이 바짝 마른 입술 때문에 환자 기색이 역력했고, 지친 시선에선 초점마저 느껴지지 않았다. 의사가 처방하는 약의 용량을 줄인 덕분에 덜 멍해 보이고, 현실 감각도 약간 되찾은 듯이 보이는데도 그랬다. 나는 할 말을 찾지 못하고 그저 동생의 두 손만 꼭 잡았다.

끝나지 않을 것 같은 하루가 이어지는 동안, 동생은 아무것도 할 수 없다. 모든 것이 그에게 위험할 수 있기 때문이다. 이곳에서 환자들은 오로지 반복적으로 돌아가는 텔레비전 수상기에만 의지해서 생각이란 것은 떨쳐버리고, 자기만의 불행에 얽혀 있다. 동생은 담당 의사를 다시 또 만나보았는데, 여전히 그에 대해서는 확신 없는 투로 말한다. 나는 그 애를 물끄러미 바라본다. 얼굴이 누렇게 뜨고 뻣뻣하게 굳어 있는 모습이 금방이라도 닻줄을 풀어버리려는 사람 같다. 그런 동생 앞에서 나는 한없이 무력하다고 느낀다.

우리의 사랑만으로는 충분하지 않을 모양이다.

우리에겐 도움이 필요하다. 플로랑스와 나는 병동 책임자와 면담을 시도했다. 여자 책임자는 이해심이 많은 사람으로, 말을 할 때마다 폴란드 억양이 느껴진다. 정말이지 폴란드는 지척에서 내 동생에게 관심을 보인다. 폴란드식 억양과 결합한 퀘벡식 프랑스어 표현이라니. 병동 책임자는 정신과 병동의 집중 치료 의국에 침상이 하나 나오기를 기다린다면서 거기가 조금 더 편안하고 덜 엄격하다고 덧붙였다. "의료진이 전반적인 검사 결과를 정리했는데, 드 랑베르트리 씨께서는 복용의 문제가 있는 것 같아 보입니다." 복용이라니, 뭘 복용한다는 말인가? 병원에서는 항상 어떤 단어를 그 단어의 본래 뜻과는 다르게 사용하는 경향을 보인다. 의국 책임자는, 보물이라도 찾아낸 어린아이처럼, 그의 중독 증세를 치료하려 한다고 설명했다.

"그건 빗나간 진단입니다." 플로랑스가 즉시 반박했다. 남편이 술을 많이 마시는 건 그가 잘 지내지 못하기 때문이다, 다시 말해서 숲이 나무를 가리고 있다, 술병 뒤엔 질병이 숨어 있다는 말이다. 그래 봐야 소용없었다. 여자 책임자는 "알코올 중독자들에게 도움을 주는 단체에 가입하면, 드 랑베르트리 씨도 알코올 섭취를 절제하는 방법을 습득할 수 있을거"라고 설명을 이어갔다. 내 올케가 충격적인 반론을 제시했다. "남편의 집안엔 자살한 가족이 여러 명 있습니다. 그런데그건 알코올 때문이 아닙니다." 플로랑스는 설득력을 더하기위해 과장된 의학적 수사를 구사했다. 우리는 의사를 만나고싶다고 계속 강조했지만, 보아하니, 의사 쪽에서는 우리를 보고 싶지 않은 모양이었다.

·

·

우리의 사랑만으로는

충분하지 않을 모양이다.

·

·

파리, 2015년 가을

•

•

•

더는 책을 읽지 못할 지경인데, 앞으로 나는 어떻게 일을 계속해야 한담? 단어들은 나의 신경 회로에 도착하기도 전에 어느새 저만치 멀리 달아나 버린다. 그러니 독서는 달아나기 경주일 뿐이다.

나는 《세상에 존재하기》《52개의 시로 명상법 익히기》 같은 책을 읽으려고 시도해본다. 성스러움이라는 말의 의미를 재발견하기, 하늘보다 더 광활한 정신세계, 전적으로 나 자신이 되기, 무의 충만함을 만끽하기. 무엇이든 다 좋다, 새들과 이야기를 나누고 싶기도 하고, 태양에 인사를 건네고 싶기도 하고, 싹이 난 배아를 먹어보고 싶기도 하지만, 현실의 나는 줄담배를 피우며, 하늘이 아닌 천정을 올려다보며, 아이들이 먹는 페피토 과자만 우적우적 삼킨다.

소설은 따분하고, 코미디는 멍청해 보이고, 드라마는 외설적인 것 같고, 암튼 모든 게 다 작위적이고, 오직 피가 뚝뚝 떨어지는 현실만이 나의 주의력을 붙잡는다. 나는 점점 더 괴물이 되어간다. 나의 정서 지수는 완전히 바닥이다.

7시 30분, 나는 택시를 타고 프랑스2 방송국으로 간다. 그 방송국의 〈텔레마탱〉이라는 프로에서 내가 맡은 책 소개 꼭지를 실수 없이 해내야 한다. 나는 균열을 일으키고 있는 나의 상황을 고려하여, 이미지가 많은 책을 골라 별다른 생각 없이 읽어치웠다. 택시 기사는 나를 태우게 되어 흡족한 눈치다. "아, 텔레비전에 나오는 분, 맞죠? 아침마다 그 프로 빼놓지 않고 봅니다. 난 당신을 아주 좋아해요. 당신이 하는 말을 공기 마시듯 마신다니까요."

나는 그에게 고맙다고 인사를 하고, 윌리암 레이메르지의 넥타이며 쥘리앵 르페르가 〈문제풀이 챔피언〉 프로그램에서 하차하게 된 결정의 부당함 등 그가 하는 모든 말에 순순히 동의한다. 그러고 나서 그에게 어떤 책을 좋아하는지 묻는다. 그는 대답 대신 "오늘은 날씨가 어떨까요?"라고 묻는다. 나는 그 질문에 대한 나의 무지함을 고백한다. "자, 그러지 말고, 나한테만 미리 말해줄 수 있잖습니까!" 택시 기사는 나를 기상 캐스터로 착각한 것이다. 때문에 나는 웃음이 나왔지만 그래도 그를 굳이 착각에서 벗어나도록 하지 않으려고 강한 고기압 때문에 쾌청한 하루가 될 거라고 말해준다. 해가 쨍쨍할 겁니다, 기사 양반.

갑자기 한 권의 책이 뿜어내는 아름다움이 나를 사로잡는다. 캘리포니아의 한 해변에서 보름달이 뜬 어느 날 저녁, 한 소녀가 옷을 다 입은 채 다시는 물 밖으로 나오지 않겠다는 결연한 마음으로 물속으로 걸어 들어가는 첫 장면부터 예사롭지 않았던 책. 알프레드 헤이스*가 쓴 소설 《세상과 대면하는 나의 얼굴My Face for the World to See》이 떠오르자 나는 말 그대로 배가 뒤틀리듯 격렬한 통증을 느낀다. 나는 줄곧 도처에서 모종의 신호를 발견한다. 실제로는 믿지 않으면서 나도 모르게 어린아이처럼 믿게 되는 이야기.

컴퓨터에서 나는 동생이 몬트리올에 간 첫 해에 가족 모두에게 보낸 여러 통의 이메일을 연다.

그를 생탄 병원으로 이끈 심각한 우울증 소동 이후, 동생이 그전과 같은 생활을 그대로 이어간다는 건 생각할 수 없었다. 그런 생활 때문에 그 같은 사달이 났으므로. 동생은 다니던 회사에 사직서를 냈으나 사장은 이를 거부하고 대신 뉴욕으로 전근 갈 것을 제안했다. 알렉스는 거기 갈 때 받는 스트레스가 파리에서보다 더더욱 견디기 어려울 것이라면서 이 제안을 탐탁하게 여기지 않았다. 그렇다면 몬트리올은 어떨까? 마침 캐나다 사람들이 회사의 자본금 일부를 매입한 참이었다. 동생은 연초에 일주일 정도 그곳에서 일한 경험이 있는데, 그때 그 도시를 무척이나 마음에 들어 했다. 때문에 알렉스는 직관적으로 거기라면 뭔가 일어날 수도 있다고 느꼈다.

●   Alfred Hayes. 1911~1985년. 영국에서 태어나 이탈리아와 미국에서 주로 활동한 시인, 소설가, 시나리오 작가, 극작가.

그러고 보면 알렉스에게는 선견지명이 있었다. 1993년에 벌써 회사 사장에게 "나는 인터넷 사이트를 만들어야 한다고 생각한다, 그게 미래다"라고 주장했는데, 그때만 해도 그의 이런 주장을 믿는 사람은 거의 없었다. 새로운 예술가, 디자이너, 뮤지션을 발굴하고, 현대적인 감각의 트렌드를 느끼며, 새로움을 찾아내는 일, 동생은 그런 일에서 기회를 노렸다. 그리고 이를 통해서 찾아낸 발견들이 그에게 긍정적인 자양분이 되었다. 그러는 동시에, 앞서가는 사람들이 느끼는 지극히 동시대적인 불안감 또는 두려움이 그에게 부정적으로 작용했다. 동생은 웹에 관한 정보를 얻기 위해 어마어마한 시간을 투자했으며, 웹상에서 자기만의 네트워크를 짜나갔다.

드러내놓고 허무주의자였던 동생은, 혁명이라면 어쩔 수 없이 매혹당하는 기질에도 불구하고, 그 어떤 정치 운동에도 참여하지 않았는데, 그럼에도 몬트리올에 대해서는 확신을 보였다.

그는 플로랑스에게 함께 가자고 청했다. 플로랑스가 그래픽 디자이너로 일하던 광고 대행사 파리 브니즈Paris Venise에서는 플로랑스에게 동업자가 되어달라는 제안을 한 상황이었다. 다시 말해서 플로랑스는 경력 관리 관점에서 굉장히 중요한 시기를 보내고 있었다. 하지만 그녀는 단 일 초도 망설이지 않았다. 플로랑스는 모든 것을 포기하고 동생에게 그러자고 대답했다. "우리 두 사람의 관계가 나한테는 언제나 제일 우선이었죠, 그건 자명해요. 난 그 안에서 아주 작은 불씨라도 느껴지는 한 그 관계를 보호하고 지켜야 했다"고, 플로랑스는 내게 털어놓았다.

나는 바티뇰 근처 한 식당에서의 저녁식사를 기억한다. 동생과 나는 마주보고 앉아 있었는데, 그 자리에서 동생이 캐나다로 떠날 거라고 말했다. 동생을 볼 수 없으리라는 슬픔과 그 애가 다시금 욕망을 갖는 모습을 볼 수 있으리라는 기대감이 내 안에서 싸웠다. 그 애가 살아 있기만 하다면야. 몬트리올 원년.

7월 10일, 알렉스와 플로랑스는 퀘벡으로 날아갔고, 그들의 보금자리가 될 부아예가의 집을 방문했다. 파리로 돌아온 두 사람은 3주 만에 모든 것을 싹 정리했다. 각자의 아파트를 해약하고, 이삿짐센터와 계약을 맺고, 회사 사람들과 작별 인사까지 마쳤다. 8월 23일, 두 사람은 몬트리올에 정착했다. 심리적 압박이 컸던 만큼 정신과 상담도 받았으며, 치료는 효과가 있었다. 평생 처음으로 플로랑스는 직장 일을 하지 않으면서, 이러한 변화에 따른 모든 자질구레한 일을 도맡아 처리했다. 알렉스는 직장 일과 새로운 생활 방식, 새로운 도시에 적응했다. 새로움이 그를 흥분시켰다. 아니 그 정도가 아니라 그는 행복감에 취했다. 마치 마약이나 아주 센 알코올처럼. 이 두 번째로 맞이하는 갖가지 '최초'들이 그 애에게 열정과 에너지, 경이로움을 안겨주었다. 맹추위의 발견, 크리스마스 휴가 때마다 태양의 나라로의 여행, 새롭게 싹트는 우정, 아이스하키 등이 기분전환에 유용했다. 고질적인 불안감도 모처럼 그를 모르는 척 방치했다. 아주 소소한 것 또는 아주 많은 것이 다시금 그의 관심을 끌고 그를 흥분시켰다. 플로랑스의 표현대로라면, "12년 동안 지속된 좋은 여행"이었다. 그 여행의 흔적은 그가 온 가족에게 보내온 이메일들에 고스란히 남아 있다.

우리의 새 차

몽땅 가죽, 딜러에게서 구입. 신용카드로. 사은품으로 스키 캐리어까지 얻었음.

진짜 어른들을 위한 차.

그런데 제일 고약한 건, 그게 무지무지 우리 마음에 든다는 겁니다! 아침마다, 이건 즐거움 그 자체입니다. 우리는 전자 장치로 자동차 지붕을 열죠. 새파란 하늘. 스테레오 스피커도 짱짱하다니까요. 나쁘지 않아요.

알렉스

날씨에 관해 한 마디

여러분들께서는 잠깐 주의를 집중해주시기 바랍니다, 이게 그다지 간단하지 않은 문제이기 때문입니다.

어제의 경우, 몬트리올 기온은 12도였습니다. 해가 쨍쨍한데다 바람이 약간 있었죠. 쾌청한 날이었어요.

그런데 오늘은 영하 10도입니다! 시간이 지나면서 바람 때문에 영하 13도까지 내려간다는 예고입니다. 우린 완전히 충격 먹었죠.

(하지만 어쩌겠어요, 이게 다 원자폭탄과 그걸 약간씩 고친 파생물들 때문이라는데요. 다리가 다섯 개 달린 소를 만들어내는 세상이니, 자연이 가만히 팔짱만 낀 채 바라보고 있지 않는다고 해도 놀랄 일이 아니죠.)

알렉스

젠장, 오늘은 엄청 추워요!

우리는 이런 날씨엔 익숙하지 않죠. 진짜로 머지않아 무지 추워질 거라고 생각하고 있으려니 참 기분이 묘합니다. 아무튼 파리 16구(를 비롯하여 다른 동네 모두—이건 내가 토요일에 파리에서 직접 내 눈으로 확인한 사실이라고요)에 사는 촌뜨기들이 다들 H&M에서 52유로 주고 하나씩 구입한 파카를 가져왔으니 참 다행입니다. 그런데 이곳 몬트리올에서는 그런 걸 입은 사람이 나 혼자뿐입니다. 그래서 조금 우쭐하네요. 하긴, 얼핏 보기에, 아직은 좀 이른 감이 있긴 하지만 말입니다. 그 파카는 정말이지 딱 보아도 너무 겨울 옷 같은데, 여기 사람들은 가을엔 그런 걸 입고 돌아다니지 않는 모양입니다. 까딱하다간 사람들에게 당신 때문에 기온이 내려갔다는 비난을 받는 불상사가 생기지 말란 법도 없죠.

이건 프랑스에서 겨울 외투를 장만할 때, 특히 H&M 같

145

은 곳에서 쇼핑을 할 때 만나게 되는 문제입니다. 마치 북극 탐험에 나서는 사람을 위한 옷처럼 생겼는데, 사실은 바깥 기온이 5~10도 정도일 때나 유용하거든요. 그러니까 그런 옷을 입을 수 있는 기간은 너무 짧죠(기껏해야 11월 둘째, 셋째 주 정도). 간절기 옷 전반의 문제죠.

곧 몰아칠 얼음 같은 추위로부터 신경을 분산시키기 위해서 몬트리올 사람들은 할로윈 장식에 열을 올립니다. 시간이 어찌나 빨리 흘러가는지, 어느새 크리스마스도 성큼 다가왔잖아요! 그게 끝나면 곧 스키의 계절이 돌아오겠죠, 다행스럽게도. 스키 계절은, 4월이면 벌써 끝나니까, 기회가 있을 때 실컷 즐겨야 해요. 그 후로도 약간 춥긴 하니까, 그때 또 내 파카를 입을 수 있겠네요. 모두에게 뽀뽀.

알렉스

화제의 뉴스도 그 얘기네요

몬트리올에서 조현병 환자 하나가 루이이폴리트 라퐁텐 병원에서 사라졌습니다. 경찰은 마르탱 울이라는 이름을 가진 이 환자를 찾고 있는데, 그는 금요일 오후 늦게 병원을 빠져나갔답니다. 서른 살의 이 남자는 조현병을 앓고 있긴 하나, 폭력적인 성향은 보이지 않는다고 합니다. 키가 1미터 85센티미터에 체중은 81킬로그램. 머리며 눈동자는 모두 갈색이고, 안경을 꼈을 수도 있답니다. 관계 당국은 그가 외투에 청바지, 운동화 차림일 거라고 추측하고 있습니다. 특징이라면 한쪽 엄지손가락에 녹색 매니큐어를 발랐답니다.

매니큐어라는 특징이 있어서 천만다행이지, 아니면 그 사람을 알아보기가 쉽지 않을 것 같더군요. 상대를 겁먹게 하는 인상이라는 것 같던데….

어쨌거나, 오늘 나는 사람들 손에만 자꾸 눈이 갔어요. 그런데 문제는 날씨가 춥다 보니 사람들이 장갑을 끼고 있다는 겁니다…. 여러분들 모두에게 따뜻한 입맞춤을 보냅니다.

알렉스

"그 구멍"을 기억 하십니까?

혹시 그거 아세요, 수수께끼처럼 물건들이 사라지는 곳이 있다는 거 말입니다. 보세주르가 아파트에서 뭔가가 사라지면, 다들 "분명 그 구멍에 있을 거야"라고 말했죠.

그런데 바로 그 구멍을 찾아냈습니다! 그건 바로 우리 집에 있었습니다. 안타깝게도 그 구멍에 떨어진 물건들은 찾아내지 못했습니다. 물건들을 찾아내기는커녕 계속해서 막대한 양의 물건을 거기에 빠뜨립니다. 그중에 특히 털모자, 장갑, 머플러 같은 것이 많죠. 심지어 내가 파리에서 샀는데 몬트리올에서 한 번 쓰기도 전에 사라져버린 털모자까지 거기 포함됩니다(그 모자가 올리비아의 자동차에 떨어진 게 아니라면 말이죠. 카키색 모자입니다). 올해 들어 벌써 세 번째인데, 겨울은 아직 시작도 하지 않았으니!

그래서 말인데, 여러분들이 좀 도와주셔야겠습니다. 대대적인 연대의식을 발동시켜 달라는 말입니다. 일종의 가족적 '모자 마라톤' 같은 거죠. 여러분 중에서 누군가가 대표로 H&M에 가서 우리를 위해 털모자를 사서 보내주시겠습니까? 그냥 제일 단순한 벙거지 모자, 챙 같은 건 달리지 않은 털모자로, 값은 2.95유로 정도였던 것으로 기억합니다. 검정색 두 개, 카키색 두 개만 사서 보내주시면 올 겨울 내내, 어쩌면 그보다 더 오랫동안 고맙게 잘 쓰겠습니다. 미리 감사드립니다. 뽀뽀.

알렉스+그의 가족

살림 정착 일지

지난주에 우리는 언젠가 우리가 그런 일을 할 수 있으리라고는 전혀 생각조차 하지 않았던 뭔가를 했습니다. 정원용 가구를 사들인 거죠. 뭐랄까, 정원용 가구 일습(테이블 하나, 의자 둘, 장의자 하나)이라고 해야 하나! 테크 가구풍의 모조품이죠(이케아에서 샀어요, 텍토나가 아니라!). 하지만 뭐, 아무렴 어떻겠습니까! 게다가 여러분은 고전적인 소비라고 생각할 텐데, 그게 시골집을 위한 것이 아니라 우리의 주 거주지용이라고 한다면, 이야기가 완전히 달라질 테죠. 안 그런가요? 암튼 그렇게 되자 모든 것이 줄줄이 연결되었습니다. 우선 아주 근사해요(우리가 그 덕을 보니까). 그리고 곧이어 어머니날이 되었죠. 바로 어제. 네, 여기선 그날이 여러분이 사는 곳보다 몇 주쯤 빠르더군요!(원하신다면 증거도 있어요, 사진을 찍어두었으니까요.) 이케아의 대형 상자들을 가지고 우리는 온 가족이 모여서 페인트칠 아틀리에를 열었습니다. 각자가 저마다의 창의성을 마음껏 발산하는 거죠.(바스키아의 영향을 받은 듯한 프랑수아의 스타일에 주목해보시죠. 정치의식이 배어나오는 게 느껴진다니까요!) 여기 사람들은 이런 걸 가리켜 가족끼리 보내는 '질적 가치가 있는 시간'이라고 한답니다.

요컨대 다들 마당 딸린 주택을 장만하시란 말입니다, 그러면 행복해지실 겁니다. 내가 드리는 충고입니다.

알렉스

내 생일

우리가 소식 보내는 빈도가 요즘 들어 뜸해졌다고 느끼셨을 줄로 압니다. 그런데 그렇게 된 건 글을 쓸 시간이 없어서가 아니라 엄청나게 많은 일이 일어나기 때문입니다! 예를 들어 지난 주말만 하더라도, 우리는 컬링을 했습니다! 컬링은 역사상 제일 초현실적인 스포츠입니다(빗자루로 얼음판을 문질러대는 스포츠라니! 게다가 또 얼마나 힘이 드는데요).

어제는, 프랑수아가 벨 센터에서 자기 학교의 하키 클럽에 끼어 운동하는 모습을 지켜봤습니다! 글쎄, 상상을 좀 해보시라고요. 이건 이를테면 바질이 파르크 데 프랭스[•]에서 축구 시합하는 격이라니까요.

암튼, 나는 다양한 사건들 속에서 허우적거리기 시작하는 참입니다. 따라서 여러분께서는 사건 당일로부터 상당한 시간이 경과한 다음에야 그 사건을 담은 사진들을 받아보시게 될 겁니다. 솔직히 오늘 보내드리는 사진도 작년에 찍은 것들이라니까요! 아니 어쩌면 내년일지도, 뭐라는 건지 나도 모르겠네요….

지난 일요일,
차고 세일을 거행했습니다

원리는 간단합니다. 벽장을 가득 채우고 있긴 하나 더는 사용하지 않는 온갖 쓸데없는 잡동사니를 집 앞에 늘어놓는 겁니다. 그러면 동네를 어슬렁거리던 사람들이 동전 몇 푼에 그걸 사가죠.

집 정리가 됩니다. 사는 사람들은 요긴한 걸 싼값에 손에 넣을 수 있어서 만족하고요. 날씨도 좋고, 동네 사람들과 얼굴도 트고요. 아이들은 자기들이 쓰던 사이다 잔(또는 오렌지 잔)을 25센트에 팝니다. 이런 게 아메리카랄까요!

[•] Parc des Princes. 프랑스 파리에 위치한 축구장으로, 올림픽이나 월드컵 경기 등 굵직한 시합이 주로 열리는 곳.

우리야 잡동사니랄 것은 별로 없지만, 그래도 치워버리고 싶은 물건은 있는 법이죠.

결과로 말하자면, 자기가 500달러 주고 산 물건을 4달러에 내놓게 되는 건데, 사람들이 그것도 비싸다고 투덜거리면서 2달러에 달라고 하면, 결국 그 값으로 흥정이 되어버리는 겁니다. 그 사람 말고는 그걸 원하는 사람이 없을 테니까, 2달러를 더 받은들 덜 받은들….

그렇긴 해도 이따금씩 막연하게 빈정이 상하기도 합니다. 그래도 호의적인 사람들을 만날 수도 있고, 아이들은 아이들대로 재미있어하고(아이들은 자기들이 방금 1.25달러에 판 장난감의 원래 가격이 얼마였는지 알지 못합니다), 그래서 거리엔 유쾌함이 그득합니다. 장사를 마무리하고 결산을 할 때면, 그래도 거의 50달러를 벌었음을 깨닫고 흡족해할 수밖에요!(그 정도면 사놓고 한 번도 신지 않다가 방금 전에 판 디젤 구두 한 켤레 값의 4분의 1에 불과합니다만.)

희한하게도, 아무도 진짜 잡동사니는 원하지 않았습니다. 더구나 옆집 사람도 차고 세일에 참여해서, 작동은 하지 않지만 근사한 흑백 텔레비전 수상기(5달러), 눈이 휘둥그레지는 부속 안테나(3달러), 귀여운 귀걸이, 군데군데 망가진 장난감, 핸드백, 줄리에트가 한눈에 반한 라디오, 오렌지나 만드는 데 사용되었던 5리터짜리 물 여과기 같은 것들을 사들였습니다.

요컨대 이제 새로 사들인 잡동사니들을 정리하는 일이 남왔다, 이런 말이죠(다음 번 차고 세일에서 되팔게 될 테지만).

다음 주엔 또 새로운 모험 소식을 들고 찾아뵙겠습니다.

알렉스

몬트리올, 2015년 여름

●

●

●

　병원 측에서 마침내 동생을 다른 층 병실로 옮겨주었다. 정신과 집중 치료 병동이었다. 하지만 우리는 여전히 신분 확인 과정을 거치고, 주머니 속 소지품을 비워야 했으며, 핸드백은 보관소에 맡긴 다음 감옥처럼 굳게 잠긴 문을 넘어야 했다. 환자 가족이라기보다 그저 단순한 방문객으로서, 열쇠 소리를 쩔꺼덕 거리는 남자 간호사의 뒤를 졸졸 따라가는 것이었다. 그래도 이번 병동은 훨씬 덜 음울해서 휴머니즘의 관점에서 몇 단계 올라선 기분이었다. 사방의 벽도 응급실 병동에서 우리의 가슴을 철렁 내려앉게 했던 방치 상태에 비하면 훨씬 잘 관리되고 있다는 느낌을 주었다. 우리는 이제 인생의 나쁜 쪽에 서 있다는 감정을 훌훌 떠내려 보내며, 돌아오지 않는 강을 건넜다. 노숙자들도 시야에서 사라졌다―그런데 그 딱한 사람들은 어디로 간 걸까? 진정제 한 움큼만 지어주고 다시금 거리로 내몬 걸까?―그리고 그 빈자리를 그렇고 그런 환자들이 차지했다. 병실은 병실답게 개인실이었고, 잘 닦인 공동 공간은 반짝반짝 빛이 났지만, 망할 놈의 텔레비전만큼은 여전히 계속 켜져 있었다. 7층 병실엔 햇빛이 넉넉했다. 가족에게 편지를 쓸 형편까지는 아니더라도, 다시금 내일을 기약할 수 있는 가능성이 열린 것이었다.

처음으로 알렉스가 미소를 보였다. 희미하게. 그런 동생을 보자 나는 친구 커플이 입양한 어린 소년 생각이 떠올랐다. 처음 찍은 사진에서 그 사내아이는 근사했다. 하지만 미소 짓는 법을 아직 잘 알지 못한 까닭에, 두 눈은 분명 엄마를 보며 행복해하는데, 딴엔 웃는다고 웃는 얼굴이 잔뜩 찡그린 표정이었다. 알렉스의 입술 또한 이렇듯 묘하게 미소를 지었는데, 그래도 시선만큼은 예전으로 돌아왔다. 그 애가 말을 할 때마다 따라서 움직이던 동생의 유난히 긴 두 손도 모처럼 다시 움직이기 시작했건만, 나는 동생에게서 풍겨 나오는 쇠진함을 무어라 표현해야 할지, 적절한 말을 찾을 수 없어 속을 끓인다. 그건 아마도 이곳에서는 간호사들조차 기진맥진한 것 같아 보이기 때문일 수도 있다.

동생의 담당 간호사는 상냥하고 싹싹했다. 퀘벡 사람들 눈에는 생소하기 짝이 없는 이름을 입에 올릴 수 있어서 흡족하다는 듯, 한 문장을 마칠 때마다 꼬박꼬박 무슈 드 랑베르트리라고 덧붙였다. 그는 동생에게 어린아이에게 하듯 부드러운 투로 말했다. 나는 그에게 무슈 드 랑베르트리는 어른 말에 반항하는 어린 사내아이나 알코올 중독자, 마약 중독자가 아니라, 그저 상처받은 어른일 뿐이라고 말해주고 싶었다. 비상한 투시력을 가진 데다, 엄청나게 예민한 사람. 우울증 기질이 있는 데다 세상에 환멸을 느끼는 사람.

알렉스는 잠을 덜 자게 되면서 따분해했다. 병원 측에서 자기에게 손목시계를 돌려줄 것을 거부했다면서 불만을 털어놓기도 했다. 그 손목시계로 말하자면, 그로부터 석 달 뒤에 깨진 채로 그의 손목에 채워져 있던 것을 어떤 경찰이 풀게 된다. 그 경찰은 피 묻은 그 시계를 투명한 비닐봉투에 넣어 플로랑스에게 건넸다. 동생은 시간을 알고 싶어 했고, 시간이 흘러가는 광경을 지켜보고 싶어 했다. 글을 쓰면서도 나는 그 끔찍했던, 그러나 우리가 함께했던 그 순간들이 떠올라서 눈물을 주체할 수 없다. 차라리 나는 우리가 받아들일 만한 가까운 미래를 함께 그려보려고 몸부림쳤던 그 익명의 공간에서 그대로 화석이 되었다면 좋았을 뻔했다.

밖에서, 내 사무실 창가 쪽에서, 이상한 소리가 들린다. 까마귀 한 마리가 홈통에 대고 날개를 퍼덕거린다. 동생은 멀지 않은 곳에 있다. 나는 그걸 확신하며, 그래서 소리 내어 말한다. 나는 동생에게, 그 애가 새로 환생했다고 굳게 믿으면서, 제발 나를 좀 도와달라고 애원한다.

플로랑스는 청결함의 향이 난다며 동생이 좋아한다는 도브 비누와 미셸 우엘벡의 신작 《복종》을 가져다주었다. 이 병동에서는 착각이 가능하다. 그저 어디가 조금 아픈 평범한 환자로 행세할 수 있다는 말이다. 영혼에 약간 금이 간 건 팔 하나가 부러졌을 때처럼 얼마든지 수선이 가능하다고, 수술만 하면 곧 퇴원할 수 있다고 믿으면서.

식사는 잘 나와? 잠도 잘 자고? 이런 말들은 쉽사리 목구멍을 빠져나오지 못한다. 어머, 너 지금 있는 병실은 전망이 좋구나. 그러나 우리에겐 그 병실에 들어갈 권리라곤 없고, 그저 조금 열린 틈으로 얼핏 바깥 풍경을 가늠할 뿐이다. 어색한 침묵을 메우기 위한 입에 발린 말. 본론으로 들어가기에 앞서 몸을 푸는 짧은 순간에 툭, 내뱉는 말. 나는 혹시라도 입을 잘못 놀릴까 봐, 그 애는 더 이상 상상조차 하지 않는 미래에 대해 언급함으로써 상처를 주는 말을 하게 될까 봐 두려웠다. 그래서 우리는 짐짓, 우리가 어린아이였을 때 그랬던 것처럼, 지금 이 순간에, 물질적인 삶의 언저리에서만 맴돌았다. 행여 얼룩이 될 만한 질문 같은 건 아예 입 밖에 내지 않았다. 우리는 서로를 품에 얼싸안았다. 몬트리올식 포옹이랄까. 그런 다음 나는 플로랑스가 남편과 둘이 있도록 슬며시 자리를 비켜주었다.

이 병동에 있는 환자들은 불안감을 조장한다기보다는 그저 정신이 약간 이상한 것 같다는 느낌을 줄 뿐이었다. 손가락 끝이 닳아버릴 정도로 손으로 자기 환자 가운을 줄기차게 다림질하는 한 명이 눈에 띈다 싶더니, 허공에 대고 큰 소리로 이야기하는 사람 여럿이 눈에 들어왔다. 메트로놈의 움직임처럼 규칙적으로 몸을 움직이는 사람도 있고, 자기 머리카락을 한 움큼씩 뽑아서 그걸 입으로 가져가는 여자도 있었다. 그런데 도대체 방문객들은 어디에 있는 걸까? 이 환자들은 정신줄을 놓으면서 가까운 사람들의 애정마저도 놓게 된 걸까? 끝없이 늘어진 꼰 머리의 몸집 작은 여자도 병동을 옮긴 모양이었다. 늘 안고 다니던 플라스틱 아기가 사라지자 정신이 돌아온 것이었다. 그 여자가 함박 미소를 지으며 내게 다가왔다.

"당신들은 아주 아름다우시군요. 남편인가요?"

"아뇨, 남동생입니다."

"아, 그럼 저기 저 아가씨는 딸인가요?"

"아뇨, 동생의 부인이에요."

"아, 당신은 프랑스 사람이로군요?"

"네."

"루마니아에서 온 프랑스 사람?"

"아뇨, 파리에서 온 프랑스 사람."

"아, 에펠탑은 참 아름답죠. 그럼 이제 곧 루마니아로 돌아가시나요?"

아, 잘하는가 싶더니 왜 또 괜한 상상력을 발휘한담!

동생은 부모님께도 알리기를 원했다. 그런데 부모님에게 무슨 말을 어떻게 해야 한단 말인가? 아들이 하루 종일 가장 효과적인 자살 방법만 궁리하고 있으니, 힘이 드시더라도 조금만 더 기다려보시라고, 그러면 기어이 아들이 성공하고야 말 거라고? 동생의 요구가 나에게는 나쁜 징조처럼 여겨졌다. 그 애는 자기만의 번민 속에 칩거 중인 게 확실했다. 동생은 우리가 익숙해지기를 원하는 것이었다. 그 애는 자기가 어쩌다가 지나가는 소나기를 통과하는 중이 아니라, 해피엔딩이라고는 있을 수 없는 궤도 열차에 몸을 실었음을 잘 알고 있을 테니까.

지난여름, 프랑스에 온 동생은 브르타뉴의 부모님 집에서 묵겠다고, 여느 때보다 훨씬 여러 날 동안 그곳에 머물기를 원했다. 그땐 상태가 아주 안 좋았다고, 그래서 부모님에게 마지막 인사라도 드리고 싶었노라고, 동생은 후에 플로랑스에게 털어놓았다. 케리벨에 머무는 일주일 내내 동생은 전혀 투덜대지 않았다. 그 애는 명랑했고, 햇빛처럼 눈부셨고, 열정적이었으며, 모든 것에 만족해했다. 마치 부모님에게 자신이 지닌 제일 좋은 모습만 남기려는 듯이 말이다. 우리는 그야말로 온 가족이 다 모였다. 스케줄이 맞지 않아 여간해서는 한 자리에 모이기 힘든 아이들 네 명까지 모두 참석했다. 알렉스와 함께 보낸 순수한 기쁨의 나날들. 우리 가족은 때로 서로를 아끼고 보듬어주는데 서투를 순 있지만, 거기에 천박함이나 상스러움이 끼어들 여지라고는 없다. 나는 자기 형제자매들에게 무심한 사람들을 이해하지 못한다. 그런 태도는, 적어도 나에게는, 자기 자식을 사랑하지 않는 것만큼이나 용납할 수 없다. 나는 어렸을 때부터 알렉스를 애지중지했으며, 우리 두 사람 사이에 놓인 수천 킬로미터라는 거리는 사랑하는 알렉스를 비이성적이지만 실재적인 후광으로 에워쌌다.

그해 여름 브르타뉴의 트레파세만으로 소풍 나가서 찍은 사진들 속에서, 바다는 물이 빠져 저만치 멀리 달아났고, 그림엽서에서처럼 해가 뉘엿뉘엿 바다 속으로 잠겨가는 가운데 알렉스가 껑충껑충 뛰고 있다, 두 팔을 번쩍 치켜든 멋진 모습으로. 십자가에 박힌 예수 형상 같기도 하다.

병원에서, 남편과 단둘이 시간을 가진 플로랑스는 이번엔 우리 두 남매가 같이 있을 수 있도록 자리를 비켜준다. 동생은 나를 안심시킨다, 여기서 지내는 것도 나쁘지 않다고. "문제는, 내가 생각이란 걸 하게 될 때지." 그 애는 나에게 고마워한다. "여기까지 와주다니 누나는 진짜 멋져." 그러더니 금세 우울해지는데, 죽지도 못하고, 내 휴가를 망쳐놓고, 자기를 사랑하는 사람들에게 짐만 되는 자신이 하찮은 놈이라고 느끼는 모양이었다. "나만 없으면 그 사람들은 훨씬 잘 살 수 있을 텐데. 나를 버리고 떠나는 편이 플로랑스에게는 더 좋을 텐데." 나는 동생에게 감히 우리 입장에서 생각하는 주제넘은 짓은 당장 집어치우라고 으름장을 놓는다. "네가 없는 삶은 견딜 수 없을 거야." 우리는 오래도록 서로를 있는 힘껏, 미련한 곰처럼, 끌어안았다. 나는 세상이 끝날 때까지 그렇게, 삐걱거리는 그 애의 몸에 의지해서 언제까지고 그렇게 있고 싶었다. 나는 맨주먹으로 이름도 없는 병에 맞서서 그저 "반드시 너를 여기서 나가게 해줄게"만 반복하는, '여기'가 병원을 뜻하는지, 그 애의 고통을 뜻하는지, 아니면 다른 모든 너절한 것들을 뜻하는지조차 모르면서, 같은 말만 앵무새처럼 뇌까리는 가엾은 전사였다. 그래도 동생은 이 감옥 같은 생활을 잘 견딜 수 있다고 장담했다.

"누나, 그거 알아, 의사는 내가 맡을게. 여기서 나가고 싶다는 마음이 드는 순간이 오면, 난 의사에게 설득력 있는 어조로 이젠 괜찮다고 말할 거야. 그러면 의사도 순순히 나가게 해 줄 거야. 난 내가 원할 때 여기서 나갈 거야."

동생의 이 말을 나는 아주 나쁜 조짐으로 받아들였다. 그 정도로 그 애의 말에서는 효과적인 치료에 대한 확신 따위는 전혀 느껴지지 않았다. 동생은 정신과 의사들을 우롱할 작정이었다. 그들의 권력에 몸을 맡길 마음이라곤 전혀 없었다. 동생은 과연 치료받기를 원할까?

소심한 승리라고 해야 하려나, 암튼 플로랑스는 병동 책임자와 면담 약속을 받아냈다.

몬트리올, 2015년 여름

•
•
•

동생과 헤어지면서, 우리는 온통 돌아와서 쉬고 싶은 마음뿐이었다. 이제 용기 같은 건 잠시나마 한쪽으로 밀어둘 수 있을 터였다. 알렉스와 플로랑스는 이 집, 자로 그은 듯한 반듯한 길과 나지막하면서 똑같은 생김새의 건물들―디딤돌 몇 개, 선명한 빛깔의 대문, 외부로 난 계단 등―이 가지런히 서 있고, 집 주위로 나무들이 줄지어 늘어서 있는 조용한 동네에 자리 잡은 이 집을 보고 대번에 반했다.

실내장식은 두 사람이 세상과 맺고 있는 세심한 관계를 고스란히 반영했다. 두 사람은 가구 하나하나, 방 하나하나를 취향에 따라 선택했다. 동생은 작은 것 하나도 우연에 맡기는 법이 없었다. 전체적으로 어두운 색채라 근엄하게 보일 수도 있었을 분위기가 그 안에 옹기종기 모여 있는 물건들이 지닌 판타지 덕분에 반전되는 맛이 있었다. 물건들 각각은 집을 장식한다기보다 자기들이 지닌 독특한 이야기를 들려주는 듯했다. 액자에 담긴 포스터며, 오래된 수공예점에서 간판으로 쓰이다가 인도에 버려진 것을 한밤중에 등에 짊어지고 와 쓰레기 처분을 면하게 된 큼지막한 나무 가위, 식탁 위에 매달아 놓은 "흡연실"이라는 큰 글씨, 창가의 검고 보드라운 새 곁에 놓인 알렉스의 머리글자 A. 이 집 곳곳에 놓인 그 글자들, 알렉스가 색연필을 쥘 수 있게 되었을 때부터 줄곧 그리고 모아온 그 글자들은 무슨 의미를 담고 있을까? 그 애의 멜랑콜리를 상징하는 알파벳일까? 너무 큰 날개 때문에 똑바로 걷지도 못한다는 새 알바트로스의 A? 도대체 어떤 무서운 독이 그 애의 인생을 하루는 눈부시게 훨훨 타올랐다가 다음 날은 바닥으로 곤두박질치는 청룡열차로 바꾸어놓았으며, 자기 집 마당에서 담배 한 대도 마음 편히 피울 수 없게 만들었단 말인가? 지난번에 이 집에 왔을 때만 해도 나는 그 애와 함께 담배도 피우고, 이야기도 하고 술도 마셨는데.

2014년 5월, 나는 다니 라페리에르와 인터뷰 기회를 잡아 몬트리올 출장길에 오르면서, 좀 더 자주 동생을 보러 가지 않은 나 자신을 원망했다. 나는 알렉스에게 아이티 출신으로 퀘벡에서 망명 생활을 하는 이 작가를 소개해주고 싶었다. 십 년을 공장에서 일하다가 작가로 변신한 다니 라페리에르는 불평이라고는 아예 모른다는 듯 환하게 미소 지으며 나에게 고백했다. "난 내세울 거라곤 아무것도 없습니다, 그저 태어나기를 행복하게 태어난 것뿐이니까요."

그 애는, 내 동생은, 태어나기를 불행하게 태어난 걸까, 아

니면 자신만의 불행과 견딜 수 없는 실존에 등 떠밀려 그렇게
되어버린 걸까? 그도 그럴 만한 것이, 동생이 처한 객관적인
현실은 그 애가 갖고 있는 현실관과는 전혀 어울리지 않으니
까. 근거 없는 절망은 그 애를 조금씩 죽음으로 데려갔고, 그
에 따른 죄책감 때문에 동생은 지속적인 사랑, 조화로운 가정,
어느 모로 보나 만족스러운 직업 등, 자신이 애써 구축한 것마
저 누리지 못하는 무력감에 빠져버리게 되는 악순환이었다.

　　그러니까 그해 5월에, 친구 프랑크와 기욤이 저녁을 먹으
러 집에 왔고, 동생은, 남들이 자동차를 자랑스러워하듯 자
기 집 바비큐 장비를 자랑스러워했다. 사실 알렉스는 자동차
엔 도통 관심이 없었는데, 그 애가 어른다운 삶과 맺는 관계
라고 하는 건 자연스럽다기보다 지나치게 기교적인 느낌이 있
었다. 그 애는 항상 자신의 미학적인 관점과 개인적인 윤리관
에 입각해서 그러한 관계를 재설정하고자 했다. 그런 동생에
게서 나는 권태와 노화, 동생의 머리를 벗겨지게 하고 배를 나
오게 하는 그 끔찍한 늙어감에 맞서려는 투쟁을 보았던 것 같
다. 그 애는 말하자면 나이 먹음이 부여하는 책임은 지면서도,
젊음의 특전인 무사태평은 단념하지 않으려는 불가능한 싸움
을 벌이고 있는 것이었다. 그날 저녁, 알렉스는 자신이 퀘벡 주
류 유통 매장에서 구입한 프란시스 포드 코폴라 감독 제조 백
포도주를 곁들인 고기구이를 친구들과 나눠 먹는 소박한 즐
거움 정도는 얼마든지 누릴 수 있는 사람임을 나에게 과시하
고 싶어 했다. 한눈에도 됨됨이가 훌륭해 보이는 동생의 친구

들이 내게 말했다. "알렉스가 자주 누나 얘기를 했다"고 말이다. 그 말은 나에겐 뜻하지 않았던 보상, 초콜릿으로 만든 좋은 누나 메달이었을 뿐 아니라, 충분히 가치 있는 메달이었다. 이 세상 그 무엇도 이보다 더 나를 기쁘게 해줄 순 없었다(너무 속 보이는 말이지만).

동생은 그날 술을 너무 많이 마시더니 기어이 먹은 걸 토하기까지 했다, 처음 술을 입에 댄 사춘기 청소년처럼. 그 애는 다음 날 아침에 무안해서 어쩔 줄 몰라 했지만, 난 동생과 알코올의 관계가 위험한 수준은 아닌지 의심하면서도 특별히 걱정스러워하거나 불안해하지는 않았다.

우리는 몬트리올에서 한창 뜨는 동네인 마일 엔드 근처를 산책했다. 가로수가 우거지고 안락한 주택들이 들어선 데다 벤처 기업과 채식주의자를 위한 카페들이 성업 중이어서, 어디서든 턱수염을 길게 기른 힙스터와 하이웨이스트 청반바지 차림의 젊은 아가씨, 몸에 문신을 잔뜩 새기고서 유모차를 끄는 젊은 동성연애자 커플, 얼굴 양쪽으로 갈래머리를 늘어뜨린 독실한 유대인을 마주칠 수 있는 동네였다. 길에서 마주치는 사람들은 모두 삼십 대 정도 되었을까, 나이 든 사람이라고는 거의 눈에 띄지 않았는데, 이러한 노인의 희소성은 나 같은 파리 사람에겐 충격적이었다. 이렇듯 몬트리올은 젊음으로 인하여, 또 부르주아들이 보여주는 특정한 체제 순응주의나 눈에 띄는 계급 투쟁적 요소의 부재로 말미암아, 파리에 비해서 훨씬 앞서가는 도시였다.

우리는 동생이 하루 일과에 따라 지나가게 되는 길을 걸었다. 그 애가 근무하는 유비소프트의 빨간 벽돌 건물, 그 애가 점심 때 즐겨 가는 식당, 그 애가 옷을 구입하는 상점. 평온하고 안락한 현대적인 면모, 미래의 진보가 가져다 줄 웰빙을 반영하는 그 모든 장소는 파리의 트렌디한 몇몇 지역에서 이따금씩 감지되는 공격성—본인이 거기에 속하든 그렇지 않든—에서는 멀찌감치 물러나 있었다. 그날 오후 나는 알렉스와 플로랑스가 그토록 마음에 들어 한 생활방식의 결을 이해했다. 두 사람은 새롭게 태동하는 한 시대와 보조를 맞춘다는 동질감, 거기에 속하며 거기에서 나름대로의 역할을 할 수 있다는 소속감을 공유하고 있었다. 나는 왜 두 사람이 이곳에 계속 머물고 싶어 하는지, 그 이유를 이해했다. 미래를 포착하는 이 나라 사람들의 방식이 두 사람의 기질과 잘 맞아떨어졌던 것이다.

하지만 별 거 아닌 소소한 세부 사항 하나가 나에게 경각심을 심어주었다. 우리가 장을 보는 동안이었는데, 동생은 한사코 내 남편의 막내딸 클라라에게 털 인형을 사주고 싶다고 고집을 부렸다. 알렉스가 클라라를 퍽이나 예뻐하는 건 사실이었고, 게다가 클라라는 임신 중이었다. 뱃속의 아기가 태어나면 내 남편 장마르크에게는 첫 번째 손주가 될 것이었고, 그건 우리 집으로선 대단한 가족 혁명에 해당될 터였다. 그런데 아기는 10월이나 되어야 태어날 예정이었다. 그전에 알렉스와 플로랑스 그리고 두 사람의 딸 쥘리에트는 여름에, 그러니까 아기가 태어나기 전에, 해마다 여름휴가는 남프랑스에서 지낸다는 전통에 가까운 습관에 따라 프랑스에서 다시 볼 게 확실했다. 내가 벌써부터 그런 인형을 살 필요가 있겠느냐고 반대해도 동생은 아랑곳하지 않았다. 남들이 하는 대로 하기를 무엇보다도 싫어하는 동생이었다. 그 애는 다른 사람에게 줄 선물이라면, 거의 편집증적이라고 할 만큼 꼼꼼하게 고르는 성질이었다. 마흔 살 생일을 맞이하는 아내에게 마흔 개의 선물을 선사한 알렉스였다. 생일 40일전부터 매일 하나씩. 이 특별한 선물 공세 때문에 온 가족의 관심이 집중되었고, 엄마는 몬트리올에서는 구할 수 없는 물건을 파리에서 우편으로 보내는 수고도 마다하지 않았다.

클라라의 아기를 위해 미리 애착인형을 사겠다고 고집을 부린 건, 가을이면 아마도 자신은 죽고 난 뒤가 될 것임을 예감했기 때문일 것이다.

그때가 5월이었으니까, 운명의 10월 14일이 되기 18개월 전이었다. 자살은 그때부터 벌써 동생의 상상 속 친구였던 것이다.

몇 주 후, 플로랑스는 동생이 좋아하는 상점 가운데 한 곳에서 겨울 내내 어떤 꽃무늬 반바지를 만지작거리며 그 주변을 맴돌았노라고 나한테 털어놓았다. 그래서 플로랑스가 그 바지가 그렇게 마음에 들면 사라고 했더니, 동생은 이렇게 말했다. "아무려나, 돌아오는 여름엔 그 바지를 입을 나는 더 이상 여기 없을 텐데 뭐. 괜히 돈만 날리는 거지."

다 지나갈 거야. 아니, 동생은 다 지나가지 않을 것임을 잘 알고 있었다.

그 애의 분자들이 부유하는 동생 집에서 나는 그 애가 바라보던 것을 바라보기를 좋아했다. 우리 가족 전부가, 나만 빼고—나는 사실 물건을 잘 고를 줄 모른다—엄마의 영향으로 가꿔 나가게 된 물건에 대한 취향이란 게, 생각하면 참 재미있다. 나는 어떤 형태가 되었든 종이로 된 거라면 다 좋아한다.

플로랑스와 나는 동생의 컴퓨터를 켰는데, 특별히 그 애의 영역으로 무단 침입한다는 느낌은 들지 않았다. 그도 그럴 것이 컴퓨터는 그 애가 쓴 작별 편지가 저장된 문서가 보이도록 열렸기 때문이다. 우리는 함께 사진들을 훑어보았다. 동생의 얼굴에서는 7월 19일에서 20일로 이어지는 밤까지 계속된 그 애의 기나긴 추락의 전조를 읽을 수 있었다. 사진들 속에서 동생의 움푹 팬 얼굴엔 턱수염이 짙고, 시선은 초점을 잃은 채 허공을 떠다녔다.

우리는 그 애가 즐겨듣던 음악도 함께 듣고, 그 애가 좋아하던 비디오도 보았다. 그러자니 그 애도 조금은 같이 있다는 기분이 들었다. 우리는 심지어 "가면과 펜"이라는 제목이 붙은 파일도 찾아냈다. "가면과 펜"은 내가 출연하는 프랑스 앵테르 라디오 방송의 프로그램 제목이다. 그 소설, 윌리엄 보이드가 쓴 그 소설 말이야, 누나는 그 소설을 읽고 싶은 마음이 들게 말을 아주 잘 하던데. 누나, 브라보, 누나는 이제 확실히 자기 목소리를 찾아냈어. 동생의 이 말은 나를 확 뒤집어 놓았다. 내 동생이 이토록 애틋하게 나를 생각했다니. 그러고 보면 책은 항상 나와 동생을 이어주는 끈이었다. 나는 동생에게 언제고 엄청나게 많은 책을 보내주었다. 동생은 어떤 메일에선가 이렇게 콕 집어서 말했다. "내가 읽고 싶은 건, 누나가 좋아하는 책이야. 난 다른 책은 관심 없어."

플로랑스와 쥘리에트에게도 계속해서 책을 보낼 것.

·

·

그 애는, 내 동생은,

태어나기를 불행하게 태어난 걸까,

아니면 자신만의 불행과 견딜 수 없는 실존에 등 떠밀려

그렇게 되어버린 걸까?

·

·

파리, 2015년 가을

.
.
.

《크랜스몬타나Crans-Montana》의 저자 모니카와 점심식사. 《크랜스몬타나》는 길게 기른 머릿속에 우중충한 생각을 지닌 각양각색의 여인들, 단단한 대지 위에서 길을 잃은 메두사 같은 여인들의 이야기가 수놓인 묘한 소설이다. 그녀에게 삶은 때로는 몹시 복잡하지만, 모니카는 앞으로 나아간다, 우아하고 용기 있게. 우리는 각자의 슬픔을 털어놓는데, 이상하게도, 두 개의 조약돌이 부딪치면 불꽃이 일어나는 것처럼, 우리의 서글픈 마음이 서로 엉키자 그 안에서 유쾌함이 제조된다. 모니카와 나는 아무 얘기에나 같이 울고 같이 웃는다. 세상은, 지난여름 이후, 알렉스를 이해하는 사람과 그렇지 않은 사람들로 이분된다. 나는 모니카에게 암울한 마음을 가진 이 눈부신 동생 이야기를 들려주고, 나 역시 책을 쓰기 시작했다고 고백한다. 그러고는 그녀에게 묻는다. "소설에서는 사람들이 어떻게 문을 열죠? 내가 우습게 여기는 시시한 작가들은 아주 작은 세부 사항까지도 빠짐없이 묘사하죠. 그가 손잡이에 손을 얹고서 그걸 힘껏 누르자, 문이 열렸다. 아니, 문이야 당연히 열릴 테죠!"근데 말이죠, 나는 문을 열어야 할 필요가 있을 때면, 항상 빛을 뿜는 머릿결을 가진 여자를 통해서 그렇게 해요. 그렇게 하면 말이죠, 사람들은 대번에 문 따위는 보려고 하지 않거든요!"

등이 몹시 아파서 물리 치료사와 약속을 잡아두었다. 치료실에 들어서면서 나는 왜 내가 절대 의사를 보러 가지 않는지, 그 이유를 깨닫는다. 대기실 때문이다. 나에겐 몬트리올 병원의 그 이름 없는 방이 차라리 백배는 더 낫다. 왜, 파리—지방 도시는 사정이 어떤지 나는 알지 못한다, 말이 나온 김에 앙굴렘에 있는 치과 의사를 보러 가야 할까 보다—의 모든 의사란 의사의 대기실은 네 벽이 온통 철 지난 1996년도 퐁피두 센터 전시회 포스터로 덮여 있고, 테이블은 꼬질꼬질한 손 냄새가 배어 있는 해묵은 신문들로 덮여 있으며, 소파는 물고기가 그려진 쿠션들로 덮여 있는지. 게다가 심술궂은 눈초리로 나를 뚫어지게 바라보는, 막연하게 아시아 분위기를 풍기는 잡동사니들은 또 뭐란 말인가? 이런 곳은—낡은 킬림 양탄자도 있는데 깜빡 잊었다—나를 우울하게 만들고, 당장 뛰쳐나가고 싶은 마음이 들게 한다. 재활 치료 의사는 내 등을 보며 감탄한다. "완벽하군요, 이 정도로 근육이 잘 발달한 등을 볼 기회란 흔하지 않죠. 이런 등을 가지고 계시면 아플 수가 없으실 텐데요." 하지만 아픈데 어쩌라고. "그러니 문제는 환자분

머릿속에 있습니다." 그럴 리가요, 난 분명 등이 아프고, 팔도 어찌나 아픈지 칫솔질하려고 들어올리기조차 힘들어요. "그러면 치약이나 바꾸세요! 환자분은 지금 기진맥진한 상태입니다, 아시겠습니까!" 하하, 박사님 말이 맞네요. 기진맥진, 심신쇠약. 난 이내 엉엉 울기 시작한다. 그래도 의사에게 고맙다고 인사하고, 치료비를 지불하고, 칭찬까지 늘어놓는다. 진료실을 나오자 수치심이 몰려오는데, 팔이 어찌나 쑤시는지 시원하게 코도 풀지 못한다.

몬트리올, 2015년 여름

.
.
.

내가 마지막으로 알렉스를 본 날, 우리가 함께 보내는 마지막 날인 줄도 모르는 채 동생을 본 그날 이야기를 하지 않을 수 없다. 내가 그 애의 눈을 똑바로 본 날, 내가 그 애의 살갗을 마지막으로 스친 날. 그 후로 우리는 그저 스카이프를 통해서, 품질 나쁜 인터넷 통신을 통해서만 이야기를 나눴다. 그 애는 몬트리올에서, 나는 파리에서.

오늘 나는 아침부터 줄곧 구실만 찾고 있다. 우리 두 사람이 나눈 대화를 옮겨 적지 않을 수만 있다면, 무슨 짓이든 할 준비가 되어 있다. 가령 영수증을 정리한다거나 진공청소기를 돌린다거나 은행에 전화를 한다거나… 어차피 이건 해피엔딩이 아니라 새드엔딩이니까. 그것도 아니면 올해의 가장 뛰어난 문학비평가 상으로 받은, 내 이름이 새겨진 헤네시 코냑 한 병을 몽땅 입속에 털어 넣거나.

당연히 상을 받아서 행복했지만, 그렇다고 그 이야기를

동네방네 떠들고 다니진 않았다. 그래도 동생한테는 말을 했던가? 아마 나 대신 엄마가 소식을 전했을 것이다. 엄마 눈에 우리는 이 세상에서 제일 예쁘고 제일 완벽한 자식들이니까. 어쩌면 부분적으로 이것 때문일 수도 있다. 우리는 완벽하지 않고, 그저 최선을 다할 뿐이다. 그래서 언제나 기대치에 도달하지 못하고, 그 아래에서 헤맨다. 우리 자신이 이룬 성과에 만족하지 못하고, 우리가 맛보아야 했던 실패 때문에 불행하다. 들쥐처럼 덫에 걸리는 것이다. 난 몬트리올에 사는 알렉스와 플로랑스를 시상식에 불러서 동이 틀 때까지 샴페인을 부어라 마셔라 했어야 했다. 젠장, 모처럼 우리가 제일 잘났다고 떠들 수 있는 기회였는데. 하지만 우리는 별것도 아닌 일로 시끌벅적 이야깃거리를 만드는 일에 익숙하지 않다. 그렇기 때문에 내가 노상 남이 쓴 글만 읽는지도 모르겠다.

지금부터 15년 전—날짜까지도 거의 맞는다—에, 나는 〈엘르〉의 출판 담당 부서장에 임명되었다. 그때가 2001년 4월의 어느 아침이었는데, 그 후 15년이 지난 지금까지도 나는 작가들에게 왜 글을 쓰는지 묻는다.

이제는 내가 그 수수께끼 같은 질문에 답을 내놓을 차례다. 나는 죽은 내 동생을 기리기 위해 글을 쓴다. 백지에 그 애의 빛나는 미소와 마지막 절규를 박아 넣기 위해 글을 쓴다. 그 애가 희생자인 동시에 죄인인 끔찍한 범죄에 대해 말하기 위해서. 우리가, 그 애의 행동을 막지 못한 우리 모두가 죄인이 아니라면, 아니 그 일이 있은 후 반쪽짜리 삶을 살아가야 하는 우리 모두가 희생자가 아니라면 말이다. 그렇지만 나는 동생처럼 헤어날 길 없는 절망에 빠진 사람들의 자살을 막을 수 있다고 믿지 않는다. 게다가, 그게 과연 그들을 도와주는 걸까? 아, 얄궂기 짝이 없지만 유효한, 그래서 답이 필요한 진짜 질문.

"글을 쓰고 싶은 욕망 때문에 쓰는 게 아니라, 그냥 쓰는 거죠." 프랑수아즈 사강은 이렇게 대답했다. 언제나 명언 제조기였던 프랑수아즈 사강. 나는 처음으로 내가 상상조차 하지 않았던, 내 안에 들어 있으리라고 한 번도 생각하지 않았던 단어들이 새겨지고 있음을 의식한다.

정말 신기하기 짝이 없는데, 오늘 나는 처음으로 작가들이 지난 15년 동안 내게 줄곧 들려주던 말, 그 말이 무엇을 뜻하는지 몸으로 깨달았다. 글쓰기란 어느 순간 갑자기 자신을 넘어서는 것이다. 문장이 어딘지도 모를 곳에서 저절로 용솟음치고, 인물이 저 혼자 살아서 움직이면서 자기들이 하고 싶은 대로 행동하기 시작한다. 맞아, 그 말이 맞아, 책은 저절로 써지는 거야.

나는 알렉스가 다시 살아나면 좋겠다. 독자들이 그 애가 얼마나 경이로운 인물인지 알게 되면 좋겠다. 빛을 뿜는가 하면 다 타버린 듯한 길쭉한 자태와, 부드러운 듯하다가도 한순간에 세상을 치사한 머저리들과 그렇지 않은 사람으로 재단하던 칼같이 날카로운 시선을 가진 알렉스.

나는 어디에서나 동생의 흔적, 동생이 보내는 신호를 찾으려고 기를 쓴다. 나는 점점 미친 사람이 되어 간다. 나는 생각이란 걸 하지 않으려고 쉬지 않고 일한다. 머릿속에 떠오르는 말을 거를 생각도 하지 않고 그대로 뱉어버리는데, 그러고 나면 즉시 골치 아픈 문제가 되어 나에게 되돌아온다. 나는 어디에서나 새를 본다. 때문에 어제는 〈잠자는 숲속의 미녀〉에 나오는 사악한 요정 멀레퍼선트처럼 심술궂은 표정의 까마귀가 인쇄된, 값은 굉장히 비싼데 보기 흉한 스웨터를 살 뻔했다. 그런데 혹시 그 새가 동생이라면?

착한 새들이 수놓인 점퍼를 하나 장만하면서 나의 이상 행동은 비교적 잠잠해졌다. 탈의실에서 입었을 땐 합성섬유의 감촉 때문에 세상 끝에 사는 어린아이들이 만든 낡은 중국식 실내복을 떠올렸으나, 집에서 다시 입자 나무랄 데 없이 근사했다. 내 여자 조카애들인 콜롱바, 팔로마, 비앙카도 무슨 우연의 일치인지 똑같은 점퍼를 살 작정이란다. 나는 한 벌을 더 사서 우편으로 쥘리에트에게도 보낼 예정이다. 알렉스의 점퍼. 나는 어딜 가든 그 점퍼를 입고 다닐 테다, 그 옷이, 알렉스가, 나를 머저리와 사악한 계획으로부터 지켜주리라는 확신을 안고서.

나는 알렉스의 삶을 연장하고, 나 자신이 나락으로 떨어지지 않기 위해 글을 쓴다. 모든 것을 다 떠나서, 나는 그 애가 존재하지 않았던 것처럼 앞으로 다시 살아나갈 용기가 없기 때문이다.

나는 알렉스의 딸 쥘리에트를 위해서도 글을 쓴다.

그러니 나는 그 애와의 마지막 만남을 기억하려 애를 써
볼 작정이다.

·
·

오늘 나는 아침부터 줄곧 구실만 찾고 있다.

우리 두 사람이 나눈 대화를 옮겨 적지 않을 수만 있다면,

나는 무슨 짓이든 할 준비가 되어 있다.

가령 영수증을 정리한다거나 진공청소기를 돌린다거나

은행에 전화를 한다거나….

·
·

몬트리올, 2015년 여름

·

·

·

　아침나절엔 원칙적으로 환자 면회가 금지되어 있지만, 나는 머나먼 프랑스에서 왔을 뿐 아니라 곧, 그러니까 바로 그날 저녁에 떠나온 곳으로 돌아가야 할 처지였다. 병동 담당 직원은 열한 시 무렵에 나에게 면회를 허락해줬다. 플로랑스는 밖에서 기다렸다. 나는 우리 사이를 갈라놓는 울타리란 울타리를 모조리 넘고, 경비원에게 미소도 지어 보인 다음 대기실로 들어가 주머니에 들어 있던 소지품들을 모두 꺼내고, 핸드백을 맡기고 나서, 잠자코 정해진 대로 돌아가는 세상과 더 이상 정해진 궤도를 따라 돌지 않는 세상을 갈라놓는 자물쇠가 떨그럭거리는 소리를 들었다.

　그날 아침, 알렉스는 다시금 정신을 차린 상태였다. 여느 때 같은 내 동생. 여전히 서글프긴 해도 예리한 총기가 엿보이는 눈길. 동생의 뇌는 더 이상 약물 때문에 감속 운행되는 것 같지 않았다. 남자 간호사가 우리를 작은 방, 눈을 굴리는 대신 프리스비를 들고서 주변을 돌아다니는 머리 약간 돈 사람들이 없는 방으로 데려갔다. 우리는 비로소 진짜 이야기를 나눴다. 솔직하고 소박하게, 마치 동생이 그다지 좋아하지 않았던 웨스 앤더슨 감독의 최근 작품에 대해 이야기하듯이. 우리에겐 시간이 많지 않았으므로, 나는 그 엄청난 주제에 대해 입을 떼기 위해 오래 머뭇거릴 여유가 없었다.

"너 정말 죽으려고 했어?"

"응."

"지금도 여전히 죽고 싶어?"

"응."

"인생에서 네 삶을 조금은 더 견딜만 한 것으로 만들어줄 무언가가 없을까?"

"일을 그만둬야겠어."

동생이 별 생각도 없이 툭 내뱉었다.

"그렇다면 그만두렴. 그만두고 창작을 해, 그림을 그리고 자크와 같이 새로운 계획도 세워보고. 조각을 해보렴. 네가 친구네 산장에서 만들었다던 그 나무 조각, 나도 봤는데, 정말 좋더라."

"난 브랑쿠시 모조품이나 만들면서 살진 않을 거야!"

우리는 같이 웃었다. 동생이 방금 내 앞에서 털어놓은 고백—죽음이 목표인데 브랑쿠시가 웬 말이냐—은 너무도 끔찍했으므로, 웃고 나니 차라리 좀 나았다. 동생은 아무것도, 아니 모든 것이 그에게 엄청난 노력을 요구한다고 설명했다. 자리에서 일어나는 것만도 무지 힘드니, 걷고, 일하고, 친구들하고 저녁 먹고, 술 한잔 하는 건 두말할 필요도 없다는 것이었다. 결국 그에겐 모든 것이 불가능하게 되어버렸다. 목숨을 부지하는 일만도 천 톤은 되는 무게로 그를 짓눌렀다. 때문에 나는 이성의 잔가지나마 붙잡으려고 안간힘을 썼다. 계속 허공에서 페달을 밟는 기분이었다.

"우울증이란 게 원래 그런 거야. 치료를 받겠다고 마음먹기조차 싫고, 네가 신뢰하는 의사를 만나거나 정신분석을 시도해보는 일도 다 싫지."

"죄 머저리들인 걸 뭐."

"아니, 넌 아주 똑똑한 정신과 의사를 한 명쯤은 만날 수도 있어, 여럿 만날 수도 있고. 그중에서 네가 신뢰할 만한 사람을 고르면 돼."

"그런 사람을 택해서 내 어린 시절 이야기를 미주알고주알 들려주어야 한다고 생각만 해도 벌써 피곤해. 게다가, 의사에게 무슨 말을 하지? 내가 버릇없는 아이였다고? 모든 것을 가졌는데도 성공하지 못한 아이였다고 말하란 말이지. 맞아, 난 행복해질 수 있는 모든 요소를 다 가진 게 사실이야. 내 성격이 그런 거야, 부정적이고 우울하고, 더는 사랑하는 것도 없어. 난 우리 집안 남자들 여러 명과 똑같은 병을 앓고 있어. 기할아버지만 해도 그렇잖아, 또 그 외에 자살한 아버지 쪽 사촌들도 있잖아, 세 명인가, 네 명인가? 난 몇 명인지조차 모르겠어, 누나."

"그러니까 그런 말을 의사한테 다 하라고, 혹시 그쪽에서 원인을 찾을 수 있는지 물어보자고… 나 역시 모든 걸 어둡게 보는 편인데, 정신분석을 받고 여러 해 동안 치료를 받아서, 이젠 괜찮아. 물론 쉽지 않았어, 어떤 땐 진짜로 의사 진료실 장의자에 드러누워야 하는 게 짜증나더라고. 그런데, 왜 그런지 모르지만, 어떻게 해서 그렇게 되었는지 잘 모르겠는데, 아무튼 나는 살아가는 법을 배웠어."

"나는 아무런 의욕도 없어. 그저 플로랑스, 쥘리에트, 프랑수아를 위해서 돌진할 뿐이지. 내가 사랑하는 사람들이니까. 그런데 나 자신을 그렇게 돌진하게 만들려면 무진 애를 써야 하는데, 이제는 내 에너지가 바닥났어."

그러더니 알렉스는, 내가 묻지도 않았는데, 자전거를 탄 채로 버스를 향해 돌진하고 싶었다고, 그러고 싶었지만 그럴 용기가 없었다고 털어놓았다. 게다가 실패할까 봐 두렵기도 하더라는 것이었다. "그렇게 된다면 더 고약할 테니까."

이렇듯 청천벽력 같은 말을 주고받은 뒤, 우리는 한결 가벼운 이야기를 나눴다. 그제야 동생에게는 욕망이나 욕구, 치료를 받느냐 마느냐가 아니라 그보다 더 모호한 무기력, 나로서는 그 고통을 짐작조차 할 수 없는 지옥이 문제라는 걸 내가 깨달았기 때문이다.

"뭔가 달라져야 해, 그런데 난 그 뭔가가 뭔지 모르겠어."

뜬금없이 알렉스는 자기가 함께 이야기를 나누곤 하던 부랑자를 떠올렸다. 그 애는 그자에게 자기 옷도 주곤 했는데,

중요한 건 그게 아니었다. "그 사람하고 대화를 하는 건 나름 대로 의미 있는 일이었어, 내 마음을 가볍게 만들어주는 몇 안 되는 일 가운데 하나였거든."

나는 동생에게 세상엔 아직 경험해볼 만한 일들 천지라고 강조했지만, 문제는 그 시점에서 그 말이 심지어 나 자신에게 마저 전혀 설득력이 없었다는 점이다. 나는 허둥대며 말의 갈 피를 잡지 못했다. 잔에 술이 반밖에 남지 않았다고 생각하지 않으려고 기를 쓰는 것만으로도 내게는 충분히 버거웠다.

보기 흉한 가운을 입고 있는 이 멋진 상처받은 자가 보이 는가? 그 사람의 고귀함을 짐작이나 할 수 있겠는가? 그 사람 의 무구함은? 그리고 그 사람의 누나인 나, 비상 탈출구를 찾 아내기 위해 고군분투하는 용감한 누나의 마음을 안다면. 나 는 내 동생에게 햇빛 쏟아지는 테라스에서 술 한잔 마시고 싶 다는 욕망을 솟아나게 해줄 수만 있다면 그깟 팔 한 쪽, 가슴 한 쪽쯤은 얼마든지 내어줄 것이다. 마지막 한 잔. 하지만 난 그 정도는 알고 있었다. 누구도 모르는 깊은 나락에 떨어져 헤 맬지라도, 동생은 우리와의 동행은 받아들이지 않으리라는 것 을.

"난 인도주의 활동을 하고 싶어."

동생이 불쑥 한마디 했다.

하늘에서 뚝 하고 떨어진 이 동아줄, 마침내 내가 매달릴 만한 줄.

"그럼 일 그만두고, 어디 협회 같은 데 가입하면 되잖아,

그런 다음 모든 걸 다 바꾸는 거야! 플로랑스는 돈을 잘 버니까 너희 둘은 이제까지와는 다르게 살 수 있을 거야. 뜨개질도 하고, 기타도 치고, 공부도 계속 하고, 뉴질랜드건 멕시코건 플로랑스와 같이 떠나렴, 변화를 가져보라고! 게다가, 너, 플로랑스와 뉴멕시코 갔을 때 엄청 좋아했잖아, 안 그래? 그 여행으로 너는 많이 행복해했잖아?"

"그럼, 굉장했어, 하지만 그건 진짜 삶이 아니었잖아."

"진짜 삶이라니, 그게 뭔데? 진짜 삶은 각자가 만들어가는 거야. 다른 게 아니라고."

우리는 내 큰아들 바질에 대해서 이야기한다. 그 녀석도 절망의 심연을 가로지르는 중이다. 빌어먹을, 이놈의 집안에서는 제대로 살기가 왜 이리도 힘든 걸까?

우리는 또 내 남편, 다니 라페리에르처럼 행복하게 태어난 내 인생의 반려자 장마르크에 대해서도 이야기한다. 알렉스는 그와 아주 마음이 잘 통한다.

"난 매형이랑 다시 함께 일하고 싶어. 아무래도 유비소프트는 그만둬야 할까 봐."

알렉스는 그 생각이 마음에 드는 눈치다.

우리는 서로에게 투명하다. 우리는 우리만 아는 비밀들을 털어놓는다. 나는 이 가짜 면회실에 있는 것이 절망적이지만, 그래도 행복하다. 나는 동생과 같이 숨이 턱에 닿도록 달려서 이곳을 빠져나가고 싶다. 우리가 알렉스를 뇌이쉬르마른 병원에서 납치하다시피 빼돌리던 날처럼.

여자 감독관이 들어온다. 몇 분만 더 있을게요, 감독관님. 동생은 자신은 휴가 여행을 떠날 처지가 못 되니, 나더러 쥘리에트를 라크루아발메르에 우리 식구들과 같이 데려가서 보살펴달라고 부탁했다.

"딱 한 가지 내가 확신할 수 있는 건 말이지, 내가 좋은 아빠라는 사실이야. 난 그래도 그 분야에서는 성공했다고 믿어."

동생은 나를 사랑한다고, 나는 멋진 여자라고 말한다. 우리는 서로 얼싸안는다. 그걸로 끝이었다. 동생을 품에서 떼어놓은 나는 그 애에게 등을 보이며 돌아선다. 동생은 여행 떠나는 사람처럼 손을 흔든다, 얼굴 가득 지어보이는 미소는 기운이라고는 전혀 없어 보이는 두 눈 때문에 이내 진심이 아님이 들통난다. 우리가 다시는 못 보리라는 것을 그 애가, 내 동생이 알기는 하는지, 나는 모르겠다.

마침내 나를 무겁게 짓누르던 이 이야기를 글로 옮겨 적었으니, 이제 헤네시 코냑을 마셔야겠다. 동생아, 너를 위해 건배. 네 이름마저 잊어버릴 때까지 건배, 또 건배.

．
．

"뭔가 달라져야 해,
그런데 난 그 뭔가가 뭔지 모르겠어."

．
．

파리, 2015년 가을

·

·

·

나는 내 서가에서 동생들을 찾느라 여념이 없다.

제롬 갸르생Jérôme Garcin의 산문집 《올리비에Olivier》를 꺼내 몇 쪽을 쭉 다시 읽어 내려간다. 여섯 살이 될 무렵 죽은 쌍둥이 동생을 위해 세운 뜻깊은 무덤 같은 책이다. "사람들은 말로는 할 수 없었던 것을 표현하기 위해, 우리의 마음속 보이지 않는 감옥에 죄수처럼 갇혀서 억압당하고 있던 모든 것을 풀어주기 위해 글을 쓰지. 고해를 들어주는 자로는 백지가 최고야. 그러므로 사람들은 그 백지에, 말없이, 자신을 사로잡고 있는 집착, 환상, 죽음을 위임한다고. 넌 계시처럼 나에게 문학의 놀라운 권능을, 죽은 자들의 삶을 연장해주는 동시에 산 자들이 죽음 속으로 자취를 감춰버리는 일을 방지해주는 그 엄청난 권능을 보여주었어."

나는 전보를 통해 남동생의 자살 소식을 전달받은 마르그리트 뒤라스의 절망과도 만난다. 살아 있는 동안 내내 그녀를 짓누른 슬픔, 난 그 슬픔을 이해한다.

나는 고집을 부린다. 죽은 자들을 배반하지 않으면서 그들과 더불어 살아가는 법을 고집스럽게 익힐 것이다. 그들이 우리와 동행할 수 있도록, 영원토록ad vitam aeternam. 고집스럽게, 묘지와 기억 속에 망각의 씨를 뿌리는 시간이라는 이 온화한 모습의 적에 대항해서 싸울 것이다.

나는 나 자신에게 용기를 불어넣기 위해 로베르 샤를르부아Robert Charlebois의 노래를 듣는다.

"나는 몬트리올로 돌아갈 거야/ 바다 빛깔 대형 보잉 비행기를 타고서/ 나는 겨울을 다시 봐야만 하거든/ 그리고 새벽의 오로라도."

나는 처음으로 그의 〈카르티에(자크)〉라는 제목의 노래도 들어본다. "네가 만일 항해한 적이 있다면/ 겨울의 이면으로 (…)."

이제 그만, 위험해. '만일'이란 말을 더해 가면서 죽음을 다시 쓰려 하는 건 금지.

몬트리올, 2015년 여름

.

.

.

프랑스로 돌아가기 전날 저녁. 동생을 지옥에 내버려두고 떠난다는 참담한 느낌. 나와 플로랑스는 소피와 스테파니의 집에서 저녁을 함께 먹자는 초대를 받았다. 두 여자는 아주 가깝게 지내는 친구 커플이다.

소피는 프랑스 사람으로 심리학자인데 마치 지푸라기 같아서, 얼핏 보기만 해도 아주 멀리까지 갔다가 돌아온 사람임을 금세 느낄 수 있다. 언젠가 알렉스는 나에게 소피가 어떤 심연을 거쳐왔는지 이야기해주었다. 그 험한 심연이 알렉스와 소피를 가까워지게 만들었다.

스테파니는 퀘벡 출신으로 변호사이며, 여동생인 가수 아리안 모파트Ariane Moffatt의 매니저 일도 겸하고 있다. 스테파니는 두 팔을 활짝 벌린 단단한 바위 같다.

두 사람의 딸 엠마를 보니 새삼 내 아이들을 향한 그리움이 솟구쳤다. 나는 집으로 돌아가서, 땀에 젖은 그 아이들의 머리털에 입을 맞추고, 수영장에서 "제로니모!"*라고 외치면서 연거푸 열 번쯤은 폴짝폴짝 물속으로 뛰어든 다음, 장마르크 의 품에 안기고 싶다. 이토록 너그러운 여자들이 플로랑스 가 까이에서 앞으로 닥칠 어려움을 함께 나누어 갖게 되리라는 걸 알게 되자 나도 한결 기운이 난다. 두 여자는 내 동생을 아주 잘 알지만, 그럼에도 당황한 기색이 역력하다. 전혀, 아무것도 눈치채지 못했다는 것이다.

퀘벡 사람들은 말하자면 일요일을 맞은 파리 사람들이다. 일요일은 파리 사람들이 일주일 가운데 남의 눈치 보지 않고 지내는 유일한 날이다. 퀘벡 사람들은 전혀 '오르부아르'**라 고 말하는 것 같지 않은 표정으로 '봉주르'***라고 말한다.**** 이곳 사람들은 온 몸을 죄 검정색 옷으로 휘감고 다니지는 않는다. 이 사람들은 자신들의 안락함에 대해서 생각할 줄 아는데, 그건 보기보다 그리 나쁘지 않다. 이 사람들은 항상 비가 오거나 눈이 올 수 있기라도 하듯, 전천후용 두툼한 신발을 신고 다닌다. 퀘벡 사람들은 가끔 내가 이해하지 못하는 말을

---

* Geronimo. 1829~1909년. 아파치 인디언 리더. 멕시코 군대에 의해 가족이 몰살당하는 비극을 겪은 뒤, 미군이건 멕시코 군대건 아파치 족의 땅을 위협하는 자들은 모조리 적으로 간주해서 전투를 벌였으며, 결국 미군에게 체포되어 전쟁 포로로 생을 마감했다. 그의 용맹을 기념하여 낙하산 부대원들이 "제로니모!"라고 외치면서 허공으로 뛰어내렸다고 한다.

** au revoir. 프랑스어에서 헤어질 때 하는 작별 인사.

*** bonjour. 프랑스어에서 만날 때 하는 인사.

**** 퀘벡 사람들은 프랑스 사람들과는 달리 헤어질 때 '봉주르'라고 말한다는 뜻.

190

툭툭 던진다. 이 사람들은 생각하는 속도보다 말이 훨씬 빠르며, 말을 입 밖으로 토해내기 전에 뒷일을 미리 생각하지 않는다. 때문에 이 사람들은 일단 말을 먼저 하고 그런 다음에 말해놓은 것에 대해 생각한다는 느낌을 준다. 나는 이들의 친절함과 자연스러움 앞에서 그대로 무장 해제되고 만다.

소피와 스테파니, 이 두 여자가 따뜻한 마음, 격식 차리지 않는 자연스러운 태도, 너그러움으로 힘든 문제를 함께 해결해주려 한다. 두 사람은 함부로 사람을 판단하려 들지 않아 내 눈을 초롱초롱하게 만든다. 사실 함부로 남을 판단하는 건 특별히 우리 집안사람들의 주특기이자 일반적인 파리 사람들의 성향이기도 하다.

저녁식사 자리는 바위틈으로 흘러내리는 물처럼 청아하다. 처음으로 거의 정상적으로 저녁을 먹는 플로랑스를 보며, 나는 그것이 올케를 두고 떠나도 좋은 징조라고 해석했다. 와인 잔을 비우며, 최고로 힘든 고비는 넘겼으니 지금부터는 오로지 동생 구완에 전념하면서 그 애의 숨통을 죄는 것의 정체를 찾아내는 일만 남았다고 스스로를 설득했다. 의사들을 믿어보자.

나는 언제 다시 몬트리올을 찾게 될지 알지 못한 채 그곳을 떠났다.

파리, 2015년 겨울

·
·
·

내 아들 발타자르는 나를 감시한다. 내 마스카라가 번진 걸 보면, 녀석은 즉시 엄마 혹시 울었냐고 묻는다. "그래도 크리스마스 축하 파티는 할 거야?" 녀석이 어느 날 아침 학교 가기 전에 내 의중을 떠본다. 크리스마스 축하 파티야 당연히 해야지, 게다가 뭐든 많으면 많을수록 좋다니, 기왕이면 한 번 말고 두 번 하자꾸나, 아들아. 입이 떡 벌어지는 잔치도 열고, 다른 사람들보다 더 크게, 더 많이 웃고, 산타 할아버지도 초대해야지. 그래서 말이지, 큰일을 겪었으니 죽을상을 하고 지내야 한다고 믿는 바보 멍청이들에게 제대로 본때를 보여주자꾸나. 우리가 나서서 슬픔을 표현하는 새로운 방식을 창조해보자. 우린 즐거운 마음으로 패배자가 될 거야, 엄마가 약속할게, 발타자르. 우리가 말이다, 죽은 자들을 의기양양하게 기리는 방법을 고안해내자.

나는 내 아이들을 위해서라도 가벼워져야 한다, 유쾌해

져야 한다. 나는 내 아이들이 자기들이 제일 좋아하던 외삼촌을 마술사 같은 존재로 기억해주기를 바란다. 몬트리올 사람들의 표현을 빌리자면, 그 사내는 너그러움에 있어서는 절대 타협하지 않았다. 알렉스는 단호한 사람이다. 아, 내가 아이들에게 외삼촌과 같은 눈으로 세상을 바라보는 방식을 가르쳐줄 수만 있다면. 그러니까 물에 빠져서 허우적거리는 자의 시선이 아니라 일상을 황홀하게 변화시키는 마법사의 시선 말이다. 나는 내 아이들에게 자주 외삼촌에 대해, 그의 장난꾼 같은 면모에 대해 이야기한다. 그렇다, 삶은 계속된다. 그런데 그애 없이 어떻게 계속 살아야 할까? 나는 서툴기 짝이 없지만 내가 가진 온갖 수단을 동원해서 그 애의 부재를 찬란한 현존으로 바꾸기 위해 고군분투한다. 나는 내 동생을 애도하지 않기로 결정했다. 동생을 애도한다는 말은 곧 나 자신의 일부를 애도하게 된다는 뜻일 테니까.

아니, 그런데 넌 왜 그 애를 그토록 사랑하는 거지? 가끔 내가 나에게 묻곤 한다. 남동생이라는 존재는 부모와 마찬가지 존재인데, 부모에게서 몰이해와 성가심을 뺀 나머지이다. 동생은 나의 뿌리이며, 우리를 키워준 어린 시절의 토양이다.

동생은 내가 아는 모든 것이면서 남들에게는 말할 수 없는 모든 것이다.

동생과 나, 우리는 서로에게 속이 환히 들여다보이는 유리잔처럼 투명했다.

·
·

넌 왜 그 애를 그토록 사랑하는 거지?

가끔 내가 나에게 묻곤 한다.

·
·

라크루아발메르, 2015년 여름

·
·
·

　몬트리올에서 돌아오는 비행은 끝도 없이 계속되었다. 팔백 쪽에 이르는 《작은 암컷》이 비행기에서 주는 짙은 노란색 샴페인과 취침용으로 먹은 두통약 애드빌, 내 가슴을 쥐어짜는 회한과 마구 뒤섞여 엉망이 되어버린 여행에서 나를 구해주었다. 마침내 돌아와 장마르크의 품과 아이들의 미소를 되찾은 기쁨도 잠시, 카다케스는 금세 매력을 상실해버렸다. 나는 사소한 일에도 짜증을 낼 정도로 예민했으며, 따라서 남편과 함께 와서 며칠 머물고 있던 내가 가장 아끼는 친구이자 친자매처럼 여기는 델핀에게 좋은 친구가 되어줄 수 없었다.

　산바람은, 오후 한나절 만에 여름의 기세를 납작하게 만들어버렸다. 바람이 일면서, 새큼한 레몬이 치아를 자극하듯 바닷물과 타파스 만찬의 열기가 식어버리자, 마음속에 화를 불러일으켰다. 집 안에 식구가 너무 많은 데다 준비해야 할 식사 회수도 너무 많이 늘어나다 보니, 생활 리듬이 헝클어지고 휴가 자체도 완전히 망쳐버리기 직전이었다. 다행히 아이들은, 몇몇 허접한 심리학자들의 주장과는 달리, 주변의 모든 것을 고스란히 빨아들이는 스펀지가 아니었다. 아이들은 저희들끼리 수영장에서 쉬지 않고 헤엄을 쳤으며, 시도 때도 없이, 누구의 구속도 받지 않은 채, 아무 때나 삶의 기쁨을 목청껏 외쳤다. 난 적어도 그 아이들과 있는 동안엔 행복한 표정을 지었다. 나는 사람들의 눈을 속이는 데에는 가히 전문가급이니까.

나는 머릿속에서 동생의 이미지를 따로 떼어내느라 애를 먹었다. 죄수복 같은 가운을 입고 얌전하게 앉아서, 아무 생각도 하지 않아도 되니 그게 마음에 든다며 죽음의 복도에서 한없이 대기 중이던, 개들도 먹지 않을 서글프기 짝이 없는 동생의 그 이미지.

알렉스는 카다케스의 바로 이 집에서 한 번인가 우리와 함께 여름을 보낸 적이 있다. 시원찮은 내 기억력은 이번에도 그때 일을 또렷하게 기억하지 못하고 그저 경중경중 건너뛴다. 동생 사진 두 장이 갑자기 떠오르는데, 공교롭게도 그 두 사진은 음과 양만큼이나 서로 반대되는 모습을 보여준다. 한 사진 속에서는 동생이 저녁식사 후 해변에서 어릿광대짓을 하고 있다. 흰 옷을 입은 동생의 양 손목에 길에서 산 형광색 팔찌가 빛나고, 동생은 어린아이들 사이에서 미소를 함빡 머금고 있다. 동생의 길고 우아한 실루엣은 그 애가 스스로를 구경거리로 만드는 걸 싫어하지 않는 성품임을 보여준다. 나머지 한 장은, 굳은 표정의 동생 얼굴을 보여준다. 플로랑스가 정원에서 동생의 머리를 잘라주고 있는 광경을 찍은 사진으로, 그 애는 내가 알 수 없는 무슨 이유 때문인지 잔뜩 화가 나 있어서 동생 자신조차 무엇이 문제인지 잘 알지 못하고 있다는 인상을 풍긴다. 그 와중에 언제나 동생 편인 누나, 동생 바보인 나는 그 애의 기분을 풀어주려고 까치발로 살금살금 다가가고 있는 중이다.

카다케스의 매력은 이제 빛을 잃었다. 그러니 사람을 가득 태운 자동차에 짐을 싣고, 젖은 수영복 말릴 자리를 마련한 후, 해변에 놓인 루쿰 과자*처럼 생긴 장마르크의 고향집이 있는 라크루아발메르로 출발한다. 원래대로라면 동생은 플로랑스, 쥘리에트와 함께 거기로 올 예정이었다. 그들의 빈자리는 너무도 컸다. 역설적으로 동생 가족들의 그림자 속에서 지내는 것이 나에겐 차라리 위로가 되었다. 나는 알렉스가 걷던 길을 걷고, 말보로 라이트를 입에 문 그 애가 내뿜던 공기를 들이마시고, 뜨끈한 열기로 살아 있다는 행복과 화해시켜주는 태양 아래서 해바라기할 수 있어서 좋았다.

내가 마음의 평온함을 되찾은 건 혹시 쥘리에트가 우리 모두가 왕이라도 된 것처럼 행복했던 이곳 지중해에 자기 아빠의 유골을 뿌리고 싶다고 했기 때문일까? 쥘리에트. 불행에서 지켜주어야 할 빛나는 사춘기 소녀 쥘리에트까지 우리와 합류하면서, 나는 온화한 풍경 속으로 녹아들었다. 내 아들

---

*   설탕에 전분, 견과류를 더해 만든 달콤한 터키 과자로, 로쿰이라고도 한다.

녀석들은 다람쥐들이 노니는 커다란 소나무 두 그루 사이에 매단 해먹에서도 즐거움으로 빛을 반짝이고, 내 (남편의) 두 딸 쥘리아와 조안나는 거의 동물적이라 할 만한 삶의 환희를 퍼뜨린다. 그리고 나를 넉넉하게 품어주는 장마르크의 두 팔이 있다. 우리는 알렉스와 플로랑스가 끔찍하게도 좋아했던 모든 의식을 끝냈다. 내 귀엔 지금도 동생의 목소리가 들린다. "배에 샴페인 가져가는 거 잊으면 안 돼, 모래가 대리석을 닮은 해변에서 피크닉을 할 땐 그게 꼭 필요하거든." 하얀 조약돌들이 알려주는 그 애의 흔적을 따라간다. 완벽함이 비밀스러운 통행자처럼 우리 곁을 스쳐지나갔던 그날을 떠올려본다. 물안경과 오리발을 착용하고서 투명한 물속으로 잠수했다가, 해변에서 샴페인을 마시고, 르방섬에 있는 나체 식당에서 점심을 먹던 날. 남자들은 수건으로 중요한 부위를 가리는 둥 마는 둥 허둥댔다. 포르 크로에서는 이탈리아 아이스크림도 먹었다. 돌아오는 길에는 파도 소리와 배의 모터 소리 때문에 얼얼했다. 여름날의 달콤한 내 동생.

멕시코식 저녁식사도 생각난다. 음울한 형광등 불빛 아래서 알렉스는 열심히 타코를 준비했다. 그 애는 휴대폰을 스피커 삼아 뱅상 들레름Vincent Delerm의 노래를 듣겠다면서 전화기를 샐러드에 얹어놓았다. 우리가 각자, 그러니까 동생은 몬트리올에서 나는 파리에서 자주 들었던 안 실베스트르Anne Silvestre 노래의 리메이크였다. 그때 우리는 그 노래가 우리 두 사람 모두를 감동시켰다는 사실조차 모르고 있었다.

"나는 좋아해 의문을 품는 사람들을/ 그리고 제발 자기를/ 가끔씩이라도 가만히 내버려두기를 바라는 사람들을 (…)."

나는 행복하다고 느꼈다. 그 한 주 동안, 노란 튜브가 놓인 곳까지 삼백 미터가량을 헤엄쳐서 나아갔고, 갈대 울타리 아래서 신문을 읽어가며 끝도 없이 이어지는 아침식사를 즐겼다. 남프랑스의 휴가족들에게는 새벽이나 마찬가지인 오전 아홉 시의 생 트로페 시장, 상인들이 한창 판매대를 준비할 무렵의 시장도 그 한 주 사이에 새로이 발견했다. 테라스에서 쥘리에트의 생일도 축하해주었다. 내 두 딸과 그 애들의 고운 마음에 축복을, 해변의 인어 아가씨 같은 쥘리에트에게 축복이 함께하길, 기운을 추스르고 우리에게 아직도 기회가 있음을 믿게 해준 그 시간들에 축복 있기를.

알렉스라면 그건 진짜 삶이 아니라고 말했을 게다. 하지만 아무리 그래도 이것 역시 삶이야, 신비스러운 어느 별들 사이에서 길을 잃은 내 동생아.

파리로의 귀경과 쥘리에트와의 마지막 시간. 데카포타블 차에 타고 도시의 불빛 속으로 질주하기. 공항에서의 슬픈 작별. 최후의 여담이 적힌 페이지를 넘기는 기분. 쥘리에트는 자기 아빠의 어떤 모습을 만나게 될까?

파리, 2015년 가을

.
.
.

9월, 거짓 평온함. 프랑스는 최악은 지났다는 생각으로 스스로를 위로하는 중이었다. 테러범들은 〈샤를리 에브도Charlie Hebdo〉 테러 공격• 이후 우리를 잠재웠다. 삽화가들도 평화의 비둘기를 일단 정리했다. 내 동생도 우리에게 환상을 심어주었다. 그랬다, 그 애는 좀 괜찮아졌다면서 우리를 안심시켰다. 금요일 오후에 리튬 덕분에 기분이 한층 상기된 중증 우울증 환자들과 주방에서 요리를 하는 것도 즐겁다고 했다. 따라서 나역시 불안 따위는 9월 문학계 소식들과 더불어 정리를 했어야 했는데, 다 소용없었다, 그렇게 쉽사리 정리되지 않았으니까. 나로 하여금 높은 곳에서 상황을 지배해나가고 있다고 착각하게 만드는 굽 높은 샌들을 신은 채, 나는 지나치게 많은 생각

• 2015년 1월, 파리 소재 풍자 주간지 〈샤를리 에브도〉에 잠입한 이슬람 원리주의자들이 무차별 사격을 퍼부어 12명의 사망자와 10명의 부상자가 발생한 사건.

을 하지 않겠다는 일념으로 몸을 많이 움직였다. 나는 너무도 익숙한 이도 저도 아닌 둘 사이라는 감정에서 머뭇거렸다. 두 번의 테러 사이? 알렉스가 살아남은 7월 19일의 작은 죽음과, 플로랑스가 근무 시간이 아닌 시간에 전화로 알려오게 될 진짜 죽음 사이?

이번엔 동생이 절대 주저하지 않을 거라는 확신이 그림자처럼 나를 따라다녔다. 그러니 나는 경보등을 울렸어야 하는 걸까? 동생을, 노먼 메일러**의 여러 부인 가운데 한 명이 남편이 심한 우울증 증세를 보일 때면 철제 침대에 묶어두고 한 달 동안 팔뚝에 꽂은 영양주사로 연명하게 하라고 요구했던 것처럼, 나도 그렇게 요구했어야 하는 걸까? 그런데 쓰나미가 일어나고, 화산이 폭발하며, 그때 흘러나온 용암이 풍경을 영원히 고정하는 걸 한낱 인간이 막을 수 있을까? 개인의 자유라고? 난 항상 내 동생의 자유를 존중했다. 그 애가 자기 마음의 평화는, 비록 어디인지 기억은 못 하지만, 우리가 떠나온 그곳만큼 따뜻한 저 높은 곳에 있다고 생각한다면, 우리는 과연 그 의견에 반대할 수 있을까, 아니 반대해야만 하는 걸까? 논쟁거리가 되고 있는 존엄하게 죽을 권리? 대답 없는 이런 질문들, 여기에 임박한 재앙의 위협까지 더해지면서 모든 환희와 희열을 질식시켜버린다.

나는 일반적으로 여름휴가가 끝나면 찾아오는 개학이니

** Norman Mailer, 1923~2007년. 미국의 기자, 소설가, 극작가, 영화 제작자, 배우.

신학기니 하는 것을 몹시도 싫어하는데, 어쩐지 저녁노을 같아서였다. 준비물을 챙겨서 책가방을 준비하고 아이들을 차에 태워 학교에 데려다주는 일이 마치 그 아이들에게 나쁜 짓을 하는 것 같은 느낌, 그러니까 천진함을 게걸스럽게 먹어치우는 괴물 앞에 아이들을 내팽개친다는 얄궂은 느낌이 드는 것이다. "여러분은 좋은 직업을 갖고, 실업 같은 건 모르고 살기 위해서 여기 와 있는 겁니다." 여자 교장은 이제 겨우 철이 들까 말까 한 나이의 아이들에게 엄숙하게 말한다. 멍청하긴! 나는 발타자르의 귀에 대고 속삭였다. "아니, 그렇지 않아, 너는 재미난 시를 배워서 암송하고, 친구들과 신나게 놀기 위해서 여기 온 거야."

19시 45분에 가까스로 나는 지베르 문구점에 도착한다. 사야 할 학용품 목록을 손에 들고서 문구점 입구를 지키는 경비원에게 들여보내 달라고 애원한다. "복사는 지하에서, 미술 재료는 2층, 베슈렐 시리즈는 옆 건물 5층, 라퐁텐 우화는, 손님이 원하는 판본으로는 재고가 한 권도 없습니다."

나는 무슨 일인가 일어나기를 기다려왔다. 요 며칠은 일종의 말줄임표였다. 불안감은 언제라도 나를 집어삼킬 듯 아가리를 크게 벌렸고, 내 두 눈은 몬트리올에서 들려올 소식을 두려워하며 전화기를 향했다. 알렉스는 그 긴 다리로 캄캄한 심연을 잘 건넜을까, 아니면 거기에 머리를 박고 굴러 떨어졌을까?

나는 정말이지 전혀 평소 같을 수 없었다. "무슨 일이야,

너, 지금 여기가 아니라 어디 딴 세상에 있는 거야?" 친구 마리옹이 휴가 마치고 돌아와 〈엘르〉 편집실에서 다시 만난 날 묻는다. 난 문학계의 개학 같은 건 안중에 없었다. 여느 때 같으면 이 시기에 맞춰 쏟아져 나오는 신작과 각종 문학상을 둘러싸고 벌어지는 공방전의 후끈한 열기에 즐겁게 몸을 맡기는 나였는데. 나는 출판사 사람들과 줄줄이 약속을 잡고, 그들의 입을 통해 흘러나오는 전문 용어를 내 나름대로 해석한다. 까다로운 소설이라고? 지루하고 따분하다는 말이겠지. 순백의 글쓰기? 평이하다는 말일 테고. 두 책 사이에 있다? 그야 실패작을 뜻하겠지. 나는 전과는 다른 새로운 거리감을 두고서 책을 읽는다. 이 남자 작가들은 각종 달콤한 말을 쏟아내는 남자들이 나타나기만 하면 분별력을 상실한 채 그들의 품으로 달려들어 자기들의 개성과 가능성을 모조리 망쳐버리는 금발 미녀들이 없다면 어떻게 글을 쓸까? 소설가들은 자기 꼬리를 물고 뱅뱅 맴돌고, 평론가라는 사람들은 맹렬하게 싸우는 시늉을 한다. 나는 직업을 가진 사람이 누리는 몇 안 되는 이점, 즉 자동조종장치마냥 늘 하던 대로 하면서 늙어가고 있다는 사실을 새삼스럽게 발견한다. 자동차에 탄 개들이 그러는 것처럼, 확신에 차서 고개만 끄덕이면 사람들은 그 말을 듣는다.

매일 플로랑스는 나에게 전화로 근황을 알린다. 알렉스는 이제 전통적인 정신과 병동에 입원한 상태다. 그러니 병명도 모르는 질환 때문에 정신이 이상한 자들과 접촉하는 것은 끝났고, 고만고만한 환자들과 이웃하고 지내는 것이다. 나는 입원 층을 바꿀 때마다 동생이 살아 있는 자들에게 가까워졌다는 생각에 안심하며 가슴을 쓸어내린다. 너무 격하게 기대를 해서일까, 고통 뒤에 찾아올 기쁨이 영 불확실해 보인다.

의사들이 연이어 드나들면서 적확한 진단과 처방을 위한 검사가 줄줄이 이어진다. 알렉스는 하루에 몇 시간 정도는 외출도 허락되기 때문에, 나는 인스타그램에서 동생이 피사체로 찍힌 사진이 아니라 그 애가 바라본 것을 볼 수 있다. 플로랑스와 알렉스는 몬트리올의 거리를 산책하고, 영혼을 깨우는 아름다움을 만나고자 박물관을 찾는다. 오후의 휴식.

어느 날 저녁, 플로랑스는 전화로 의사들이 마침내 알렉스의 병명을 찾아냈다고 알렸다. 기분부전증. 나는 그토록 여러 해째 자신의 삶을 좀먹고 있는 납덩어리의 정확한 이름을 알게 된 것이 동생에게 어떤 효과를 가져왔을지 궁금했다. 그 애가 안도의 숨을 내쉬었는지, 한층 더 불안해했는지, 나는 알지 못한다. 동생은 결국 실패로 끝난 7월의 자살 기도에 앞서 공터에 휴대폰을 버렸기 때문에, 우린 그 후 전화기 너머로나마 직접 이야기를 나누지 못했다. 그런데 그건 심각한 병인가?

나는 다른 사람들이 그렇게 하듯이 위키피디아의 도움을 받는다.

기분부전증(dysthymie: '멜랑콜리'를 뜻하는 그리스어 ΔΥΣΘΥΜΙΑ에서 유래)은 만성적인 기분 장애로 우울증 증세를 포함한다. 기분부전증은 만성적 우울증으로 간주되나, 임상적 우울증에 비해서는 그 정도가 심각하지 않다. 이 장애는 만성적이고 집요한 질환이다. 1970년대에 제임스 콕시스 교수에 의해 공인된 용어이다.

기분부전증은 중간 정도 우울증의 한 유형이다. 우울증의 한 부류로 이 병에 걸린 환자들은 정확한 진단을 받기까지 여러 해 동안 지속적으로 우울증 증세를 보일 수 있다(분명한 증세가 전혀 드러나지 않을 경우). 환자들은 흔히 우울증 증세가 자신의 기질의 일부라고 생각할 수도 있으며, 따라서 자신이 느끼는 증세에 대해 의사나 가족, 친구와 이야기조차 나누지 않을 수도 있다.

"내 성격이 원래 그런 걸, 뭐." 알렉스도 나한테 정확하게 그렇게 말했다. 병이 아닌 것 같아 보이는 이 질병, 행복 한가운데 똬리를 틀고서 호시탐탐 취약한 시간, 비가 오는 아침이라거나 월요병이 발현하려 하는 일요일 저녁, 새해를 맞이하기 위해 한껏 기뻐해야 하는 12월 31일 밤 같은 시간만 노려, 십자가에 못질할 기회만 엿보는 이 질병은 내 동생에게 딱 들어맞는다. 그 애는 이제까지 이 유령과 숨바꼭질을 했던 것이다. 언제까지고 현실을 왜곡시키는 거울. 눈속임에 능한 이 우울증의 특성이 왜 동생이 한 번도 지속적으로 치료를 받은 적이 없는지를 잘 설명해준다.

46년이란 시간이 기분부전증이라는 조명을 받아 전속력으로 내 눈앞으로 흘러간다. 어린 시절엔 충만한 에너지가 멜랑콜리를 잠재웠다. 포크너와 그의 출구 없는 말은 지갑 한 귀통이로 밀려났다. 성인이 되려 할 무렵, 동생은 괴물이 완전히 죽었다고 믿었다. 실제로는 놈이 수많은 '태어나서 처음으로'—처음으로 갖게 된 직업, 처음으로 알게 된 여자 등. 물론 이 연애사는 플로랑스의 출현으로 막을 내리게 되지만 말이다—의 열정에 재갈이 물려 잠시 숨을 죽였을 뿐인데. 플로랑스를 만나기 전의 알렉스는 사랑 연습을 한 셈이었다. 그 애는 직업 분야에서 너무도 일이 술술 잘 풀려서 빠르게, 너무 빠르게 많은 팀원을 거느린 우두머리가 되었다. 한번은 동생이 나에게 털어놓았다. "나는 직원들이 아침에 늦게 출근하면 야단치고 큰소리를 쳐야 하는데 말이지, 솔직히 내가 하고 싶은 유일한 일이 있다면 바로 회의실 책상 위에 올라가 춤이라도 추어서 팀원들을 웃게 해주고 그들에게 뛰어난 사람이 되고 싶은 마음을 불어넣어주는 거야."

알렉스와 플로랑스는 브르타뉴 지방의 케리벨에서 결혼식을 올렸는데, 그날 두 사람은 무척 화려했다. 나는 평생 처음이자 마지막으로 짧은 머리를 했는데, 영 나 같지 않았다. 나는 그날 새벽 네 시에 댄스홀에서 〈노트르담 드 파리〉를 열창하던 내 모습이 기억난다. 술이 잔뜩 취한 친구들은 마당에 연상 토악질을 해댔고, 부모님은 서로 손을 꼭 잡고 계셨고, 우리 자매들은 눈을 반짝거리며 예식에 집중했다. 두 사람의 브르타뉴식 결혼식은 한마디로 순수한 환희의 순간이었다. 태명이 플뢰르였던가 세르주였던가, 아무튼 쥘리에트는 생트펠리시테에서 태어났다. 알렉스와 플로랑스가 사는 마르티르가의 예쁜 아파트에서 일상은 달콤하게 흘러갔다. 하지만, 실상은 미끄러운 내리막 경사였다.

서른세 살. 휴식은 끝났다. 삶은 갈팡질팡 갈피를 잡지 못한 채, 이전에 비해 덜 새롭고, 덜 짜릿했다. 알렉스는 자신의 장래에 대해 끝없이 자문하고 또 자문했으며, 자기기만 속으로 빨려 들어가면서 불확실한 장래를 술로 달랬다. 급기야 그애는 바보 같은 짓을 해서 요양병원에 입원하기에 이르렀다. 그리고 행동으로 넘어갔다. 뇌이쉬르마른의 정신병원, 병원에서의 납치 행각과 생탄 병원으로의 이송. 캐나다로의 이주.

9월 내내 주도면밀하게 기록한 메모에, 알렉스는 흰 종이 위쪽 "잘한 결정" 란에 "몬트리올로 이주"라고 선명하게 적었다. 한동안 멜랑콜리가 눈 속에서 스르르 녹고, 울적함도 잠시 휴지기를 가졌지만, 알렉스가 마흔다섯 살이 되자 위키피디아에도 명시되어 있듯이 이전보다 한층 든든하게 양분을 취해 기세등등한 모습으로 돌아왔다. 그렇게 되자 알렉스는 발목에 쇠뭉치를 찬 사람처럼 하루하루를 힘겹게, 마지못해 버텼다. 10월 14일까지. 그 애는 과연 살아 있긴 했던 걸까?

망할 놈의 기분부전증, 그건 동생의 병명이지만, 거의 나의 증세이기도 했다. 그 병의 거의 모든 증세가 나와 맞아떨어졌으니까. 우리는 종합적으로 똑같은 불행을 만들어가고 있었다. 너울은 나를 먼저 덮쳤다. 우울증이 마치 악마처럼 내 몸에서 분출했다. 내가 첫 아들을 낳은 후였다. 그때 나는 겨우

스물한 살이었고, 행복한 산모인 척 하느라 온몸의 피를 다 쏟을 지경이었다. 어떻게 해야 무너져 내리는 딸을 버티게 할 수 있는지 속수무책이었던 부모님은 서둘러서 나를 정신과 의사에게 데려갔다. 프로이트와 동시대인이라고 해도 이상하지 않을 정도로 늙은 의사였다. 난 그 의사에게 할 말이 없었고, 그건 의사도 마찬가지였다. 의사는 신기한 짐승 보듯 나를 바라보았다. 나는 예의 바른 미소로 그에게 화답했다. 계속 상대에게 절을 하는 두 명의 일본 사람이랄까. 게다가 의사는 나에게 차를 대접했고, 나는 그 차를 마셨다. 차라면 질색인 내가 말이다. 나는 프로비당스 학교에서 처음으로 고해성사를 하던 어린 시절의 나로 돌아간 것 같은 느낌을 받았다. 그때 나는 사제를 만족시키기 위해서 아무 잘못이나 꾸며댔다. 어쨌거나 먼지 뽀얗게 앉은 진료실을 벗어나 테오필 고티에가로 나선 내 손엔 인생을 장밋빛으로 보게 해준다는 약이 들려 있었다. 밤이라고 해서 낮보다 나을 건 없었지만, 적어도 나는 잠은 잘 수 있었다. 잠에서 깨어나면, 기진맥진할 때까지 일에 매달렸다. 내 몸 안의 독에 물을 타서 희석하는 심정으로. 사랑스러운 아들이 나를 지탱해주었다. 그 아이 때문에라도 난 일어서야 했으니까.

그로부터 몇 년 후, 나는 렝가의 한 정신분석가 진료실을 장의자가 닳도록 드나들었는데, 공부 못하는 학생이 된 것 같은 기분은 어쩔 수 없었다. 나는 공감이 느껴지지 않는 상태에서 남과 소통하는 법을 알지 못했다. 난 누구에게든 일단 잘 지내는지 묻지 않고는 다음 이야기로 넘어갈 수 없는 사람이었다. 그래서인지 나는 자꾸만 들어가서는 안 되는 일방통행 길로 들어간다는 느낌을 지울 수 없었다. 그래도 그 분석가와의 상담 덕분에 나에게 해가 되는 사람들의 영향력으로부터 벗어날 수 있었다. 결국 나는 지하철 레오뮈르역 부근의 햇빛 같은 치료사의 품에 안겨 폭포 같은 눈물을 쏟았고, 내가 나 자신이 되는 것을 방해하는 내 안의 검은 괴물을 콕 집어서 끌어냈다. 그 여자 치료사 덕분에 나는 늘 양지 바른 쪽으로 걷겠노라고 결심했다. 나에게는 행복해질 권리가 있었다. 정확한 말을 찾아내기까지 치료실에서 보낸 수백 시간이 내 안의 심연을 모두 메워주는 건 아니지만, 적어도 거기에 익숙하게 만들어주는 건 사실이었다. 그 후, 나는 깨금발이로 그럭저럭 앞으로 나아간다. 하이힐을 신고 비틀거리며 걷지만, 그러다가 넘어져서 얼굴이 깨져도 적어도 어떻게 하면 다시 털고 일어날 수 있는지 안다. 절망이 나를 덮칠 수 있겠지만, 기쁨도 나를 찾아줄 것이다. 멜랑콜리가 계속 내 현실을 일그러뜨린다고 해도 말이다. 아직도 절반은 가득 찬 잔이랄까? 사실, 난 잔 자체를 의식하지 못할 때가 자주 있다.

의사인 친구는 내가 기분부전증에 대해 묻자 이렇게 대답한다. "아, 그건 심각하지 않아, 기분 문제에 불과한 거잖아." 말은 쉽지, 친구야. 그런가 하면 나중에 같은 질문을 받은—난 동생이 그 병 때문에 죽었다는 말까진 하지 않았다—한 정신과 의사는 이런 말을 했다. "그거 아주 골치 아픈 겁니다. 제대로 된 치료법을 모르거든요." 요컨대, 기분부전증은 수수께끼 같은 병이다.

의사들이 동생에게 어찌나 약을 많이 먹이는지, 동생은 자기 자신을 제대로 느끼지도 못할 지경이었고, 따라서 동생은 치료법을 바꿔줄 것을 요구했다. 그들은 연구하고, 모색하고, 실험했다. 그들은 갈매기들이 바다 한가운데에서 피크닉 부스러기를 향해 무섭게 달려들 듯, 동생의 기분 향상 문제를 향해 돌진했다. 우리는 그들을, 그들의 노력을 믿으려고 무진 애를 썼다. 알렉스는 다시금 잠은 자기 집에서 자면서, 통원치료만 받게 되었다. 정상적인 생활이, 애매하고 불분명한 가운데, 기선을 잡아가기 시작했다. 열여섯 살 생일날 찍은 사진 속에서 쥘리에트 뒤로 '해피 버스데이'라고 적힌 은색 풍선들이 후광처럼 빛난다. 그 딸의 아버지는 피곤에 지친 수도사 같아 보인다. 두 눈 아래로는 아몬드 형태의 다크서클이 불행처럼 내려앉았다.

알렉스는 몇몇 친구와 다시 만나기 시작했고, 심지어 충성스런 팬 스테파니와 함께 '푀! 채터턴'* 콘서트에도 다녀왔다. 나에겐 세상과 다시금 만나려는 동생의 노력이 고무적으로 다가왔다. 완전 오산이었다. 그 애는 단지 아무렇지도 않게, 세상과, 자기가 사랑했던 사람들과, 자기 나름대로의 방식

---

* Feu! Chatterton. 2011년에 결성된 프랑스의 록 밴드.

으로 작별하는 중이었다.

하루는 알렉스가 오후 내내 제시 프레스턴의 집에 머물면서 팔뚝 위쪽에 뱀 한 마리와 머리 없는 호랑이가 뒤엉켜 있는 문신을 새겼다. 두 짐승이 서로를 잡아먹는 형상이었는데, 결국 어느 녀석이 승리를 거두게 될까? 플로랑스는 멋진 꽃 도안을 골랐는데, 그 고혹적인 꽃은 올케의 손목에 영원히 피어 있을 것이다. 2015년 9월 28일 날짜가 찍힌 동생의 마지막 인스타그램 사진은 나란히 붙은 두 사람의 팔을 장식한 보석 같은 잉크를 보여주는데, 근사하다. 나는 궁금하다. 이제 곧 죽을 작정을 한 사람이 과연 자기 몸에 문신—본질적으로 죽어서 불로 화장할 때까지도 문신 잉크와 치아의 납땜을 지니고 있어야 하니, 거의 영원토록 남는 행위라 할 수 있다—을 새기고 싶을까? 풀리지 않는 수수께끼다. 그래도 나는 스스로를 안심시킨다. 스스로 사형선고를 내린 자라면 굳이 세 시간 동안 고통을 참으려고 이를 악물지 않을 거라고 말이다. 하지만 내 마음은 이내 오락가락한다. 아니, 오히려 그 반대로, 동생은 늘 꿈꿔왔던 일들을 하는 걸 거야. 내가 만일 동생이었다면, 난 아편을 시도했을 텐데.

．
．

절망이 나를 덮칠 수 있겠지만,

기쁨도 나를 찾아줄 것이다.

．
．

파리, 2015년 가을

·
·
·

우리를 이어주던 끈이 끊어졌다. 알렉스에게 휴대폰이 없으니, 플로랑스가 전령 역할을 한다. 10월 14일보다 며칠 앞서서 나는 동생에게 이메일을 한 통 보냈는데, 그땐 그게 마지막이 될 줄 꿈에도 몰랐다. "내가 팔을 뻗으면, 설사 대양이 있다 한들, 너를 만질 수 있을 것 같아." 그건 정말이었다. 내가 적어 보낸 그 몇 마디 말은, 아침 일찍, 그 말을 그 애에게 전하고 싶은 절박한 필요에 따라 떠오른 것이었다. 나는 동생이 잠에서 깨어나면서 바로 내가 보낸 말을 발견했으면 싶었다. 하루 종일 나는 동생의 답신이 오는지 살폈는데, 기다리는 답장은 영 오지 않았다. 그런데도 나는 동생에게 전화를 걸 수 없었다. "안녕, 잘 지내지?" 나는 동생으로 하여금 모든 게 다 좋아, 아니, 아니, 정말입니다, 후작 부인이라고 말하는 코미디를 연기하도록 강요하고 싶지 않았다. 다 지나갈 거야. 이미 엉망으로 찌부러진 그 낡은 표지판을 따라가진 말자.

답신 대신 동생은 우리 둘이 같이 찍은 사진 한 장을 보냈다. 햇빛을 잔뜩 머금은 두 아이, 여름방학 중에 "포르-그리모"라고 적힌 똑같은 티셔츠를 입고서 칸의 백사장에 앉아 있는 우리 남매. 달랑 사진 한 장, 미소 짓는 기억의 깊은 곳에서 건져 올린, 내가 모르고 있던 그 사진. 한 마디 말도 없이. 오늘 나는 동생이 그때 나에게 작별 인사를 건넨 거라고 믿는다. 나는 동생이 나에게 우리가 닮은꼴이었음을, 그래서 그 애가 없어도 우리는 늘 함께 있을 것임을 확인시켜준 거라고 생각하며 내 마음을 달랜다.

동생이 보고 싶다. 나는 사람이 그 정도로 깊이 고통 속으로 빠져들 수 있는지 예전엔 미처 몰랐다. 얼마나 오래도록 그래야 할까? 모리스 피알라 감독이 어느 작품에선가 반 고흐의 말을 인용하면서 말했듯이, 슬픔은 언제까지고 영원히 계속될 것이다.

어째서 소멸을 택했을까? 나는 동생을 배반하고 싶지 않다. 나는 동생이 정신과 통원 치료를 받던 병원에서 수첩에 손글씨로 써놓은 내용, 흰 종이에 파란 잉크로 쓴 그 내용을 제외한 다른 설명을 굳이 찾을 마음은 없다. 여느 때처럼 아주 꼼꼼하게, 동생은 자기가 느끼는 불안감을 도식으로 만들었다. 불안감을 일목요연하게 분류해서 표를 만든 것이다. 동생의 글씨가 나를 뒤흔들었다. '현재 느끼는 주요 문제들'이라는 문항에 동생은 쭉 적어 내려갔다. 자존감. 행복해질 수 있는 역량 부재. 항구적인 불만. 의혹. 아무것도 하지 않으려는 수구적인 태도. 기대에 부응하지 못할 것 같은 두려움, 민감함.

그보다 약간 아래쪽, '앞으로 8주 동안의 목표' 칸엔 다음과 같이 적혀 있다. 내가 자랑스럽게 여길 수 있는 일을 하기. 자기파괴, 나 자신만 생각하기. 친구들과 다시 교류하기. 멀어진 가족들과 화해하기. 되는 대로 살기. 말하기. 긍정적인 태도 갖기. 뒷일을 준비하기. 정신과/심리치료. 운동. 기타를 쳐볼까?

알렉스는 낫기 위해서 열심이다. 감사합니다, 박사님, 이만하면 제가 착했죠? 그는 환자들 집단에 녹아들어 간다. 하루는 모든 환자가 대형 단체 자화상을 그리게 되었는데, 내 동생, 자기 재능이나 성공담을 떠벌이는 체질이 아닌 사람답게 자신의 진면목을 드러내지 않아 온 그 애는, 동료 환자들을 규합해 그림을 어떻게 그리는지 시범을 보였고, 결국 그의 지휘에 따라 모두가 자랑스러워할 멋진 벽화가 완성되었다. 의사들은, 그 전문가라는 멍청한 사람들은 어떻게 그런 일이 가능한지 믿을 수 없어 했다. 다른 환자들과는 전혀 다른 저자가 도대체 누구지? 나는 아무것도 이해하지 못한 채 그저 알코올 중독이라는 손쉬운 방편 쪽으로만 몰아가면서 다쳐서 부목을 댄 다리를 진정제로 치료하려 한 그 어리석은 의사들을 죽을 때까지 혐오할 것이다. 게다가 내 동생을 퇴원시켜버린 그 의사들. 그 의사들이 책임져야 할 몫은 얼마나 될까?

그 의사들의 책임을 덜어주려는 듯, 알렉스는 완벽하게

주변 사람들을 속였다. 너무도 세상을 어둡게만 보던 끝에 정말 상태가 호전되었던 걸까? 아니면 스스로 모든 것을 끝낼 작정을 했기 때문에 마음이 한결 편해진 걸까? 10월 14일 이후 내가 찾아 읽은 글들을 보면, 자살한 자와 가깝게 지냈던 사람들은 예외 없이 모두 행동으로 넘어가기 전에 잠깐 찾아오는 일시적인 차도에 대해 언급한다. 더는 괴로워하지 않으리라는 확신이 날개를 달아주는 모양이다.

오래전부터 내 동생은 상상 속의 친구와 함께 살았다. 자살은 그 애에게 상상 속의 친구였다. 쥘리에트도 어렸을 때 늘 함께하는 친구를 하나 만들어서 파가르 혹은 팍가르—정확한 철자는 잘 모르겠다, 아무도 그 이름을 글자로 쓴 적이 없으니까—라는 이름을 지어줬다. 아무튼 쥘리에트는 몇 달 동안인가 그 친구에게 조잘조잘 이야기를 하곤 했는데, 어느 날 갑자기, 아무도 영문을 모르는 채로, 친구가 자취를 감춰버렸다.

우리는 스카이프를 이용해서 다시 만났는데, 왠지 좀 어색한 가운데 서로 마음속 깊은 곳에 숨겨둔 묵직한 이야기를 털어놓았다. 입 밖으로 나오는 말들은 어쩐지 공허하게 들렸다. 나는 그때 흰 레이스 앞치마를 걸친 차림이었다. "네가 보기에 내가 브론테 자매랑 닮은 것 같지 않아?" 동생은 속절없이 웃었다. "아니, 그보다는 초원의 집에 나오는 배우 같아." 바보 같은 질문 때문에 깔깔거리며 웃어보는 덧없는 기쁨.

나는 동생이 마지막으로 보내준 알렉스 HK의 노래 〈마지막 선물〉을 듣고 또 듣는다.

"매 순간을 마지막 선물처럼/ 미래가 암울하다는 걸 느낄 때면/ (…) 떠나야 할 시간에 대한 두려움이 느껴질 때면(…)."

•
•

내가 팔을 뻗으면,

설사 태양이 있다 한들,

난 너를 만질 수 있을 것 같아.

•
•

몬트리올, 2015년 10월 13일

.

.

.

내 동생은 주차 위반 범칙금을 지불했다. 그 애는 이날 쥘리에트의 고양이 무쉬 때문에 수의사를 보러 갔다. 그리고 그자에게 분명 작별 인사를 했을 것이다. 나는 동생이 수의사에게 고양이 무쉬는 모든 걸 다 안다고 말했을 거라고 확신한다.

파리, 2015년 10월 15일

·

·

·

　사람이란 마지막 아침까지도 자기가 이제 곧 세상의 종말을 맞이하게 되리라는 걸 알지 못한다. 왜 나는 그날, 10월 14일에서 15일로 넘어가는 밤에 내 전화기를 비행기 모드로 해놓았을까? 난 그런 짓은 통 하지 않는다. 큰아들 바질이 필요하면 언제 어느 때고 나와 통화할 수 있기를 바라는 마음에서 말이다. 혹시 알렉스가 나에게 마지막 휴식의 밤을 선물해주기라도 한 걸까? 물론 그건 아니다. 그런데도 이 얼토당토않은 생각이 나에게는 큰 위안이 된다. 평소 습관대로 7시 30분에 잠이 깬 나는 평소 습관대로 알람을 끄기 위해 휴대폰을 집어 들었고, 다시 잠이 들어 토요일까지 내리 자고 싶다고 생각하면서, 평소 습관대로 딱 십 분 정도 한숨 돌린다. 그런데 휴대폰의 알람을 다시 설정하려는 순간 나는 전화기가 비행기 모드로 되어 있음을 발견한다. 어찌 된 영문인지 몰라 두 눈이 번쩍 떠져 전화기를 다시 와이파이 모드로 바꾸자 이내 플로랑스로부터 새벽 네 시 무렵 여러 통의 부재중 전화가 왔다는 소식이 발신 번호와 함께 화면에 나타난다. 내가 익히 알고 있는 캐나다 지역 번호로 시작하는 번호. 게다가 한밤중에 언니 카롤린이 건 세 통의 부재중 전화도 있다. 적어도 나는 전화를 받지 않는 사람이라는 명성에 금이 갈 행동은 하지 않은 건가.

나는 다 틀렸음을 직감한다. 모든 것이 끝났음을 깨닫는다. 의심할 여지없이 여름은 리허설 기간에 불과했고, 이제 주사위가 던져졌으니, 바야흐로 비극의 막이 올라갈 참이었다. 아주 짧은 찰나지만, 전화를 걸지 않으면 내가 두려워하는 그런 일은 일어나지 않을 거야, 난 그저 악몽을 꾸었을 뿐이야, 라고 생각하고 싶었다. 하지만 거의 동시에 내 손은 이미 플로랑스의 번호를 누르고 있었다. 스테파니가 전화를 받더니 조용하고 차분한 목소리로 내 동생이 죽었다고 알려준다. 이건 도저히 말이 안 되고, 글로도 쓸 수 없고, 실제로 있어서도 안 되는 일, 그러니까 한마디로 불가능한 일이다. 그렇긴 한데도 내 귀엔 그 말이 또렷하게 들린다.

알렉스는 어제 오후 몬트리올의 자크-카르티에 다리에서 뛰어내렸다. 경찰이 늦은 오후에 집으로 찾아와 가족들에게 그 소식을 전했다. 신원 확인이 쉽도록 배낭 속에 신분증을 넣어 가지고 나갔다는 것 같았다. 견디기 힘든 묵직한 무게가 결국 이겼다. 살아간다는 것이 그 애를 죽였다.

내 동생은 죽었다. 완전히 죽었다. 그리고 나는 그 애가 죽은 한 우리도 역시 죽은 거라고 생각한다.

소식을 들은 친구들이 부아예가 동생의 집으로 달려와 플로랑스와 쥘리에트, 프랑수아와 함께 있어주었다. 그 친구들은 함께 밤을 보냈다. 서둘러서 거실에 깐 매트리스 위에 다닥다닥 붙어서 잠을 청하려고 애쓰는 시늉을 하면서. 머리와 고향을 잃은 피난민들.

이번엔 정말이지 내가 할 일이 아무것도 없다. 눈 장화나 조리를 신은 채 비행기를 타러 갈 일도, 조개껍질 무늬가 찍힌 죄수복 같은 가운을 입고서 초점 없이 풀린 눈을 가진 사람들 틈에 우두커니 앉아 있는 동생을 볼 일도 없다. 알렉스는 진짜 죽었다. 나의 슈퍼히어로 동생은 마술 망토를 걸치는 걸 잊은 채 다리에서 몸을 날렸다. 내 동생, 그 애는 마침내 행복해졌을까? 아무쪼록 나는 몸과 마음을 다해 그렇게 되었기를 소망한다. 나는 그 애가 박살난 채 차가운 테이블 위에 누워 있지 말고 평화를 얻었기를 간절히 바란다.

전해들은 소식이 미쳐버릴 것 같은 내 머릿속에서 갈 길을 몰라 헤맨다. 나의 뇌에 제대로 전달되지 않고 귀 바깥쪽 어딘가에서 옴짝달싹 않고 머물러 있는 것 같다. 막연하게나마 조앤 디디온*이 쓴 《상실The year of magical thinking》의 첫 구절을 기억해낸 나는, 마치 자동인형처럼, 책을 가지러 서가로 간다. "인생은 빠르게 변한다. 인생은 한순간에 변한다. 저녁식사를 하

---

*   Joan Didion. 1934년생. 미국 작가.

려는 찰나에 우리가 알고 있는 인생이 멈춰버리기도 한다."

나를 사로잡는 유일한 감정은 이 순간은 돌이킬 수 없다는 것이다. 뒤로 돌아가기란 불가능하다. 나는 이와 똑같은 감정을 딱 한 번 느껴본 적이 있다. 어느 날 샹젤리제를 걷고 있는데, 불현듯 나는 더 이상 아이를 가질 수 없다는 명백한 사실이 나를 압도하는 것이었다. 이 확실성 때문에 나는 속절없이 무너졌고, 길에서 펑펑 눈물을 쏟기 시작했다. 태어나서 처음으로 온몸으로 "더는 할 수 없다"는 감정과 맞닥뜨린 것이었다. 젊음의 끝, 모든 것이 가능한 시절의 끝. 그날 나는 늙은이가 되었다. 오늘, 나는 또 다른 사람이 된다고 느낀다. 두 번째 삶을 시작하는 기분이랄까. 알렉스 없는 삶. 내가 그토록 좋아하고, 좋아하는 감정을 가질 수 있다는 사실마저도 좋아하게 만들어준 동생이 빠진 삶.

나는 장마르크의 품에 안겨 하염없이 운다. 그래도 아이들을 학교에 보낼 힘은 내야 한다.

나는 아이들을 깨우러 아래층으로 내려간다. 다행히 거실은 쓰나미로 뒤덮이지 않았다. 모든 것이 전과 같고, 물건들은 제자리에 얌전히 놓여 있다. 요란스러운 소리가 나고, 고함 소리도 들리고, 사람들이 온 사방으로 바쁘게 돌아다녀야 할 것만 같은데. 안에서 무너져 내리고 있는 내 감정은 고요한 밖과 너무도 대조적이다. 그렇긴 해도 전과 같은 것이라곤 하나도 없다. 말들은 이제 아무 의미도 없다. 사건들을 평가하는 기준도 모두 무효다. 이 자발적인 죽음의 본질을 파악하기 위해서

는 앞으로 새로운 가치 척도를 도입해야 한다. 아, 그 다리. 그
건 감정과도, 지성과도, 용기와도, 윤리와도 아무 상관이 없는
무언가다. 인간적인 것을 넘어서는 무언가. 동생은 그 다리의
가드레일을 타넘으면서 무슨 생각을 했을까?

플로랑스가 다시 전화를 걸었는데, 모기소리만큼이나 작
은 올케의 목소리를 들으며 나는 "내가 곧 갈게, 곧 간다니까"
라는 말만 연거푸 중얼거린다. 지금은 세부적인 것을 따지거
나 설명이 중요한 게 아니라, 도저히 용납할 수 없는 현실을 직
시하기 위해 집중해야 할 때다. 파리에서는 주검 없는 죽음이
문제지만, 몬트리올엔 산산조각이 난 채 어딘가에 있을 주검
이 있다. 장마르크가 나를 얼싸안는다. 남편 역시 아무 말이
없다. 나는 이제 울지도 않는다. 우리는 이제까지는 모르고 지
냈던 새로운 차원으로 진입한다. 나는 아이들을 깨우고, 아침
식사를 준비하고, 아이들 옷을 입히고, 그 애들이 학교로 출
발할 때까지는 아무 내색도 하지 말아야 한다. 아이들 책가방
에 그 무거운 짐까지 넣어 주어선 안 된다. 아이들에게 사실을
말해줄 시간은 따로 마련해야 할 것이다.

게다가, 내가 아무 일도 없었던 것처럼 이 하루를 살아내
면, 혹시 그 괴물이 사라질 수도 있지 않을까. 사실은 너무도
거대한데 눈에는 보이지 않는다. 비가 억수처럼 내리는데 몸이
젖지 않는다. 나는 얼마든지 거짓말을 할 수도 있다. 더구나
오늘 오후엔 예정대로 〈텔레마탱〉 칼럼을 녹음할 작정이다. 그
렇게 하면, 어쩌면, 그 애가 죽지 않을지도 모른다. 진짜로. 영

원토록. 끝나지 않는 삶을 위하여.

무너지는 순간을 조금이라도 늦추기 위해서라면 무슨 짓이든 가능하다.

나는 언니 카롤린에게 전화를 건다. 언니도 나지막한 목소리로 조용조용 말한다. 나는 방음 장치가 되어 목소리가 모두 꺼져버린 이상한 세상에서 살게 되려는 모양이다. 모두가 속삭이듯 말하는 세상. 상대의 슬픔을 방해하지 않기 위하여. 클로에는 벌써 알고 있었다. 사실 나는 모두들 무슨 일이 있어도 보호해주고 싶어 하는 이 어린 동생에겐 전화를 걸 용기가 나지 않았다. 우리는, 엄연히 살아 있는 세 딸들이자 남동생을 잃은 세 자매는, 부모님 집에서 만나 함께 소식을 전해드리자고 약속한다. 이건 정말 비인간적이다.

장마르크는 동생은 어쩌면 저 높은 곳, 지금 그 애가 있는 곳에서 더 행복할 거라고, 그 애는 여기서 너무 괴로워했는데, 이제 더는 고통스럽지 않을 거라고 내 귀에 대고 속삭인다. 이런 빌어먹을, 그런데 내 동생은 도대체 어디에 있는 거야?

남편은 아이들을 학교로 데려가고, 나는 오스트리아 출신 베이비시터와 동그마니 혼자 남아 있다. 그 아가씨의 동생은 지난봄에 자살했다. 나는 아가씨에게 말한다. "내 남동생이 죽었어요. 그 애는 스스로 목숨을 끊었어요." 아가씨가 자지러질 듯이 놀란다. 난 상대의 상처를 다시금 깨운 나 자신이 원망스러운 나머지 뭐라고 말해야 할지, 나를 어떻게 해야 할지 몰라 쩔쩔 맨다. 샤워 줄기에 맞춰 몸을 움직이고, 옷을 입고, 장례식 가는 사람 같은 얼굴에 화장품을 찍어 바르고, 핸드백을 찾아 들고… 머릿속에서 질문을 쫓아내려면 정신을 다른 곳으로 돌려야 한다.

동생은 아팠을까? 비명을 질렀을까? 어떻게 떨어졌을까? 몸이 다 부서졌을까? 직접적인 사인은 뭘까? 즉사했을까?

플로랑스는 나에게 지나가던 사람들이 그 애가 가드레일을 훌쩍 타넘는 걸 막을 겨를조차 없었다고만 말했다. 신속하게 도착한 소방대원들이 동생을 소생시키기 위해 시도했건만, 그저 매뉴얼에 따른 형식적인 몸짓이었을 뿐, 동생은 이미 죽은 상태였다.

누군가와 이야기라도 해야 할 것 같아 언니 카롤린에게 전화를 건다. 동생 클로에는 벌써 집을 나섰다. 나는 아직 팬티 바람인데. 평소처럼 오늘도 지각이다. 나는 필사적으로 이해해보려고 노력한다. 델핀에게 전화를 했는데, 받지 않는다. 나탈리에게 전화를 해서 "내 동생이 죽었어"라고 하자, 그 친구는 전화기에 대고 나와 같이 엉엉 운다. 이번엔 마리프랑수아즈에게 전화를 했는데, 역시 받지 않는다. 택시에 올라탔더니 마침 델핀이 나에게 전화를 했다. 나는 울음을 멈출 수가 없다. 택시 기사는 잠자코 내 이야기를 들었는지, 난 듣고 싶지도 않은 상세한 설명을 곁들여가며 자기 동생도 자살을 했다고 말한다. 우연의 일치라고 하기엔 너무도 희한하다. 택시 기사는, 그 후로도 여러 차례 들은 말이지만, "차라리 잘된 거"라고 나를 위로한다. 아니, 어떻게 눈앞에 없는 것이 동생을 더는 내 두 팔로 끌어안을 수 없는 것보다 잘된 거라 할 수 있단 말인가?

부모님이 사는 건물 앞에 도착한다. 난 이런 소식을 전하는 건 엄마를 죽이는 거라고 생각한다. 카롤린과 나, 클로에가 문 앞에서 초인종을 누른 때는 9시 반이었다. 세 명의 파르카 여신*. 문을 여는 엄마의 얼굴에서 순식간에 놀라움이 공포로 변한다. 우리 셋 중 하나, 누구였는지는 나도 잘 모르겠는데, 암튼 "알렉스"라고 속삭인다. 그 이름이 잠시 공중에 매달려 있는가 싶더니 이내 바닥 깔개 위로 와장창 떨어진다. 설명 따윈 필요 없다. 엄마가 쓰러진다. 문자 그대로 무너져 내리는 엄마를 아빠가 붙잡아서 소파로 안고 간다. 엄마는 얼굴을 가린다. 엄마 입에서는 아무 말도 나오지 않는다. 나는 고통 때문에 이토록 넋을 잃는 사람은 이제껏 보지 못했다. 우리는 모두 상심이 이만저만이 아니기에 서로가 서로에게 매달린다. 여러 사람이 똘똘 뭉친 덩어리, 뒤엉킨 팔과 마주 잡은 손, 서로에게 내어준 뺨과 그 뺨을 타고 흐르는 소금기 머금은 액체.

그 어떤 말도 버티지 못한다. 전혀 위로가 되지 않는다. 할 말도 없다. 죽음이 우리의 말과 우리의 다리를 가로막는다.

우리 가운데 한 명이 영화에서처럼 커피를 준비한다, 뭔가를 하긴 해야겠으니 말이다. 먼저 연락받은 친구들이 다른 친구들에게 소식을 전했다. 각자의 전화기에 문자메시지가 속

---

* 로마 신화에 등장하는 운명의 여신.

속 뜨는데, 전부 또는 거의 같은 내용이다. 너를 생각할게. 우리는 그때만 해도 이런 애정을 양분 삼아 우리가 몇 주일을 버티게 되리라는 것을 알지 못했다. 움직이는 모래 속에서 지지대가 되어준 목발.

우리는 흐느끼다가, 우물쭈물 몇 마디 말을 하다가, 말싸움을 벌이기도 한다. 너무도 큰 충격이 모루처럼 모든 자잘한 타격을 받아낸다. 엄마는 그제야 말문이 트여 일이 어떻게 된 거냐고 묻는다. 나는 가드레일이 있는 다리에 대해선 함구한다. 우리가 아는 거라곤 최대한 빨리 몬트리올로 출발해야 한다는 것뿐. 카롤린이 여행사에 전화를 건다. 만성절 휴가가 내일부터 시작되는 까닭에 비행기가 만원이다. 직항 노선 항공권은 이미 동났고, 노선이야 어찌되었든 우리 가족 모두가 한날한시에 함께 여행할 만큼 자리가 남아 있지 않다. 결국 부모님과 우리 세 자매는 내일 아침 출발하고, 아이들과 남자들은 나중에 합류하기로 했다.

우리는 울기 릴레이 경주에 참가라도 한 듯 돌아가면서 훌쩍거린다. 그만큼 이 죽음은 실감이 나지 않는다. 나는 오늘 오후 방송 녹음을 할 수 있을 거라는 내 생각이 얼마나 큰 착각이었는지 깨닫는다. 아이고, 이 딱한 여자야, 넌 참 구제불능이로구나. 고통과 거리를 두려고 해봐야 소용없다. 오히려 고통은 거실을 채우는 공기에서 점점 더 밀집 대형을 형성하면서 다가와 우리의 목을 죈다. 우리는 덫에 걸린 쥐와 다를 바 없다.

나는 아이들이 돌아올 시간에 맞춰 지하철을 타고 집으로 돌아온다. 오는 도중 휴대폰이 울리며 화면에 플로랑스의 번호가 뜬다. 플로랑스의 목소리를 더 잘 듣기 위해서 나는 열차에서 내려 역사 밖으로 나온다. 어디 부근인지 정확하겐 모르겠으나, 암튼 파리 15구의 어딘가에서 나는 벤치에 앉아 플로랑스의 이야기를 듣는다. 주위에서 사람들은 분주히 오가며, 이야기를 나누고, 비닐봉투 같은 것을 손에 들고 걷는데, 나는 혼자 이름 모를 행성에 누워 있는 기분이다. 플로랑스는 오르락내리락 어조라고는 없이 내내 같은 톤으로 말을 이어가는데, 꼭 죽은 자의 목소리 같다고 해야 하나.

"어제 알렉스는 유비소프트에 일하러 나갔어요. 일 끝나고 나서 나는 무용 공연 연습이 있어서 저녁 일곱 시 반쯤 집에 돌아왔는데, 그이는 그때 키스 리처즈*의 삶을 조명한 다큐멘터리 영화를 보고 있더라고요. 그래서 나도 끝부분은 같이 봤어요, 근사했죠. 그런 다음 그이는 이웃집에 다니러 갔는데, 원래 자주 그랬거든요. 그런데 생각했던 것보다 그 집에 오래 머물렀어요. 우리는 평소처럼 잠자리에 들었어요. 오늘 아침엔, 그래도 기분 좋게 일어났죠. 난 옷을 챙겨 입었어요. 아침을 먹으면서 그이가 이런 말을 했어요. 당신 오늘 굉장히 예

---

* Keith Richards. 1943년생. 영국의 기타 연주자, 작곡가. 유명 밴드 롤링스톤즈의 창립 멤버다.

쁜데. 나는 그이에게 정신과 의사와 면담에서 무슨 말이 오갔는지 글로 써달라고 부탁했어요. 오후에 병원에서 마지막 상담을 받을 예정이었거든요. 출근 후에 난 한숨 돌릴 틈도 없이 바빴어요. 이 일 저 일에 계속 매달려 있다가 오후 다섯 시 반쯤 운전 중에 쥘리에트 전화를 받았어요. 집에 경찰 두 명이 왔다지 뭐예요. 온몸의 피가 얼어붙는 것 같았어요, 분명 심각한 일일 테니까요. 경찰이 나와 통화하기를 원했는데, 쥘리에트가 엄마는 지금 직장에서 근무 중이라고 했더니 경찰이 직장까지 찾아갔는데, 내가 퇴근하고 난 후라 못 만난 거죠.

집에 도착했는데 온몸이 후들후들 떨렸어요. 계속 떨리더라고요. 쥘리에트가 나를 기다리고 있었어요. 불안해서 잔뜩 겁먹은 모습으로. 경찰에게 전화를 걸었더니 그 사람들이 꼼짝 말고 집에 있으라면서, 자기들이 집으로 찾아가겠노라고 했죠. 바로 그 순간에 프랑수아가 돌아왔는데, 그 아이의 자전거 소리가 알렉스의 자전거 소리와 똑같았어요. 난 그래서 한순간이나마 희망을 가졌죠.

우리 셋은 그냥 앉아 있었어요, 말없이 기다렸죠. 그랬더니 누군가가 초인종을 누르더군요. 경찰이 도착한 거였어요, 남자 하나, 여자 하나. 어서 오세요, 앉으시죠…."

"드 랑베르트리 씨께서 오늘 오후에 사망하셨습니다."

"난 짐작하고 있었어요, 예상은 했지만… 난 시간이 얼마나 지난 다음에야 어떻게 된 건지 자초지종을 말해달라고 요청했는지, 기억도 나지 않아요. 그런데 글쎄 남자가 희한한 소리를 늘어놓잖아요. '부인께서도 소식을 들었는지 모르겠습니다만, 시내에 큰 소란이 있었습니다. 남편분께서 자크-카르티에 다리에서 뛰어내려서 다리가 폐쇄되었고, 인근 지역 일부도 역시 통행이 금지되었거든요.' 뭔가 이야기할 거리를 만들어내기 위해서 그자는 아마도 그이의 죽음을 하나의 사건으로 포장할 필요를 느꼈나 봐요. 난 다리라는 말에 너무 충격을 받은 나머지 다른 것들은 전혀 생각할 여유조차 없었는데. 아니, 도대체 이게 다 무슨 소리람? 나는 그런 일은 상상조차 하지 못했거든요. 그러고 보니 지난 7월에 프랑수아와 내가 알렉스의 휴대폰을 찾으러 갈 때 기억이 떠올랐어요. 알렉스가 그때 전화기를 생로랑강에서 멀지 않은 곳에 던졌다고 하기에, 나는 도대체 이 남자는 무슨 생각을 했던 걸까? 어떤 방식으로 세상과 작별하고 싶어 했을까? 왜 전화기를 여기, 이 공터에 던졌을까? 등등 온갖 질문을 해가면서 그 근처를 샅샅이 뒤졌거든요.

프랑수아, 쥘리에트, 나, 이렇게 우리 세 사람은 몸을 웅크린 채 바닥에서 데굴데굴 구를 지경이었어요. 경찰이 친구들에게 연락하라고 조언을 해주더군요. 그래서 그렇게 했고, 모두들 와줬죠. 스테파니가 나를 대신해서 병원에 전화를 걸었어요, 난 정상적으로 말을 할 만한 상태가 아니었으니까요. 의사들이 우리더러 알렉스를 보러 오라고 하더군요. 우리는 모두 두 대의 자동차에 나눠 타고 출발했죠. 병원에서 기다리는데, 소피와 스테파니가, 이유는 말하지 않고, 자기들이 먼저 보고 오겠다고 제안하더라고요. 하지만 그 두 친구가 알렉스가 가족에게 보여줄 만한 상태인지 확인하려고 그런다는 것쯤은 나도 짐작했죠.

그이는 강으로 뛰어든 게 아니었어요. 물에 빠져 죽은 게 아니라 도로에, 르네-레베스크 대로에 떨어진 거였어요.

우리는 각자 알렉스를 보러 갔죠. 쥘리에트는 제일 나중에 가서 아빠와 단 둘이 있었어요. 경찰이 물었었죠. 진정제 가지고 계십니까? 우리 집엔 지난 7월부터 쭉 그런 약이 있었으므로 난 경찰의 조언에 따라 그 약을 먹었고, 그러니 약 기운에 약간 취해 있었던 셈이라고 해야 할까요. 어찌 되었든 난 그저 간호사에게 직접적인 사인이 뭐냐고만 물었어요. 그이는 낙상 충격과 골절로 즉사했어요.

우리는 모두 집으로 돌아왔고, 스테파니가 파리 가족들에게 알렸고, 그런 다음엔 모두가 모두에게 연락을 했죠. 난 아무 기억도 안 나요. 그냥 거실에 앉아 있었는데, 침실까지도 갈 수가 없더라고요. 그 밤을 어떻게 보냈는지조차 모르겠어요."

．
．

오늘, 나는 또 다른 사람이 된다고 느낀다.

내가 그토록 좋아하고, 좋아하는 감정을 가질 수 있다는

사실마저도 좋아하게 만들어준

동생이 빠진 삶.

．
．

파리, 2015년 겨울

.
.
.

나는 알릭스 드 생 앙드레Alix de Saint-André를 인터뷰 할 참
이다. 그녀는 《광기 어린 페이지의 불안L'Angoisse de la page folle》
이란 산문집을 출간했는데, 희한하면서도 아름다운 이 책에
서 그녀는 담배를 끊기 위해 바클로펜을 복용한 후 어떻게 해
서 우발적 정신병 증세를 일으키게 되었으며, 그 때문에 어느
날 갑자기 요양원에서 거의 미친 사람들, 절름발이, 자살 기도
자, 거식증 환자, 양극성 장애자, 우울증 환자와 함께 지내는
처지가 되었는지 들려준다. 이 책은 오래되지 않은 기억을 새
삼 떠올리게 하면서 나에게 상궤를 벗어났다 할 만큼 깊은 인
상을 남겼다. 나는 지난여름 정신병 환자 집중 치료 병동에서
길 잃고 방황하는 환자 가운데 한 명으로 치료 아닌 치료를
받던 알렉스를 다시 보는 것 같았다. 알릭스(출판사 교정 담당자
가 알릭스를 알렉스로 고쳐놓았던데, 혹시 네가 맞니, 동생아?), 알렉
스(아, 이런, 또 시작이네), 알릭스는 나에게 성모와 대화하며, 또

하느님이 보낸 이메일을 읽으며 보낸 그녀의 신비스러운 겨울 이야기를 들려주었다. 섬망이 지나가고 땅으로 다시 내려오기란 너무 힘들더라고도 말했다. 이야기를 듣고 난 나는 그녀에게 지옥에서 보낸 나의 가을 이야기를 털어놓았다. 비록 여전히 동생의 죽음을 깃발처럼 보란 듯이 치켜들고 싶은 마음과, 사랑하는 이들에게 이 새로운 비극을 알림으로써 그들을 곤혹스럽게 만들 수도 있다는 두려움 사이에서 갈피를 잡지 못하고 우왕좌왕하는 중이긴 했지만 말이다. 상황에 맞는 상투적인 말 외에 그들이 무슨 말을 할 수 있단 말인가. 하지만 알릭스라면 내가 벌써 상당히 오래전부터 좋아해온 사람이고, 그녀의 세심함도 익히 잘 알고 있었으니까.

나는 알릭스가 나를 곤경에서 구해준 날부터, 어쩌면 그녀가 나와 더불어 나의 경력—나에게 커리어carrière라는 이 말은 '꿀을 바른'을 뜻하는 melliflue라는 단어만큼이나 생소하게 들린다—까지도 살려준 오래전 그날부터, 줄곧 이 독특한 여자에게 애정을 느껴왔다. 신참 기자였던 나는 〈엘르〉 내부에서 우리끼리 하는 말로는 머리를 쥐어짜서 메운다는 뜻에서 '뇌수액'이라고 부르는 웃기는 심리상담 코너 담당이었다. 어떻게 하면 남편감을 찾아낼 수 있을까? 어떻게 하면 남편 모르게 바람을 피울 수 있을까? 어떻게 하면 새 남편감을 낚을 수 있을까? 주로 이런 내용이 담긴 짧은 글을 쓰는 일이었는데, 상처 많고 이기적인 록 음악 가수들의 상처에 반창고를 붙여주고 그들의 각종 중독을 해결해주느라 골몰했던 나머지,

남편 같은 건 아예 찾지 않겠노라고 결심했던 나에게는 참으로 역설적인 임무가 아닐 수 없었다. 그래도 나에겐 상상력이라는 무기가 있다고 믿어야만 했다. 당시 회사 내규에 따르면, 두 젊은이가 한 늙은이보다 낫다는 발상이었는지는 모르겠으나, 아무튼 신참 기자들은 2인 1조로 일을 해야 했다. 요즘 같으면 그보다 훨씬 덜한 일로도 "밤이여 일어나라Nuit debout"● 운동이 벌어지고도 남았을 텐데. 어찌 되었든, 나는 함께 심리 상담 코너를 맡은 동료와 사이가 틀어졌다. 소르본 대학교 시절 친구로, 함께 〈엘르〉에 입사한 동기였는데. 동생이라면 그 친구를 가리켜 "멍청한 계집애"라고 했을 테고, 그 애 말이 맞았을 것이었다. 아무려나 나는 원래 그렇게 생겼고, 동생도 마찬가지였다. 우리는 기회주의자가 우리의 뒤통수를 치면 사안에 비해 과도하게 눈물을 쏟으며 괴로워하는 사람들인 것이다.

편집회의 때, 편집장이 나 혼자서는 기사에 이름을 넣을 수 없음을 확인시켰다. 격노한 모습으로. 예상했던 대로였다. 오래전부터 터줏대감 노릇을 해오던 대기자들은 이제 막 들어온 신참인 나를 거의 연수생 취급했다. 그러니까 친절하긴 하나 그렇다고 완전히 비공격적이라고는 할 수 없는 태도로 대했다는 말이다. 나는 속으로 벌써 교육부에 지원해서 프랑스

● 2016년 3월에 프랑스에서 시작된 시민 운동으로, 처음엔 노동법에 반대하기 위해 시작되었으나 차츰 정치 제도, 경제 체제 전반으로 영역을 넓혀가고 있다. 주동자나 대변인 없이 그때그때 위원회를 구성하여 발언권을 행사하는 직접 민주주의 방식의 집회를 고수한다.

어 교사가 되어서는 보바리 부인이 어떻게 자기 남편 몰래 바람을 피우는지를, 〈21 점프 스트리트〉**에서 조니 뎁이 어떤 목걸이를 하고 나올지에만 관심이 있는 학생들에게 설명하는 내 모습을 상상했다. 그때 완전히 즉흥적으로 편집회의에서 명랑한 목소리 하나가 들려왔다. "난 올리비아와 한 팀으로 일하고 싶어요." 그 목소리의 주인공 알릭스. 대기자이자, 앙드레 말로와 영화, 천사, 교황, 전 세계 모든 공화국 대통령들의 영부인에 대해 꿰고 있는 전문가 알릭스가 내 체면을 살려주었고, 직장에서 쫓겨나지 않게 구해주었다. 알릭스(알렉스가 아닙니다)는 아침형 인간이 아닌지라 우리는 느지막한 오후에 그녀의 집에서 만났다. 책상 위에 위스키 한 병을 올려놓고서 결혼 관련 교사 자격시험에 나올 법한 주제에 관해 백지 열 장 정도에 해당하는 알을 낳아야 했다. 떼로 몰려다니는 약혼자의 친구들을 어떻게 길들일 것인가? 나는 20년도 더 지난 일인데도 그때를 어제 일처럼 생생하게 기억한다. 담배에 불을 붙이면서 컴퓨터를 켜는 알릭스의 호쾌한 웃음소리. "좋아, 난 너랑 일하게 되어서 기뻐. 하지만 그 심리인가 뭔가 하는 건 내가 좋아하는 주제가 아니야." 우리는 배가 아프도록 웃어댔고, 이렇게 해서 나온 기념할 만한 꼭지는 삶과 사랑, 헤어스타일에 관한 유머러스한 일련의 칼럼의 신호탄이 되었다. 알릭스

** 21 Jump Street. 1987년부터 1991년까지 다섯 시즌에 걸쳐서 방송된 미국 텔레비전 드라마.

는 "결혼, 프티 푸르petits-fours, 그리고 그랑 푸르*"라는 제목의 글, 내가 보기엔 우리가 낳은 최고 걸작품인 그 글은 기억도 하지 못할 것이다. 하지만 난 덕분에 아르노 데스플레생의 여자 버전이라고 할 수 있을 이 대기자, 내가 아끼는 내밀한 산문을 쏟아내는 작가로 변신한 알릭스에 대해 지속적으로 애정을 키워갔다. 나는 그에게 내 동생 알렉스에 대해 툭 터놓고 이야기할 수 있어서 행복한 나머지, 내친 김에 거기에 관해서 글을 쓰려고 한다는 고백까지 해버렸다. 알릭스와 함께 보낸 유쾌하고 진정성으로 충만한 시간이 나를 한껏 끌어올린다. 우리는 곧 다시 만나기로 약속한다.

그리고 다음 날, 다음과 같은 메시지가 도착한다.

"사랑하는 올리비아, 동생이 떠나면서 너에게 준 선물은 정말이지 근사해! 지금은 누군가를 다리 밑에서 끌어올려 훨훨 날아가게 하는 일이 굉장히 힘들 거야. 혹시 내가 도울 일 있으면, 말만 해. 문학에선, 그러고 보면 함께 이야기할 사람들이 많지 않은데, 우리가 좋아하는 플로랑스 말로**가 말하기를 나도 자기 친구 사강 같은 작가라니까… 그렇다고 괜히 부담 가질 필요는 없어. 하지만 혹시 모르잖아, 그럴 땐 망설이

•   grand four. 프랑스어에서 four는 오븐을 뜻하는데, 프티 푸르는 결혼식 피로연 같은 연회에 단골로 등장하는 자그마한 디저트를, 그랑 푸르는 요리용 오븐을 가리킨다.

•• Florence Malraux. 1933~2018년. 프랑스의 영화인. 문화부 장관을 지낸 앙드레 말로의 딸이자 작가 프랑수아즈 사강의 절친한 친구이다.

지 말라고. 어쨌거나 난 언제든 너한테 추리소설 요리법 정도는 알려줄 수 있을 거야. 너를 다시 만나서 굉장히 기뻤어. 너를 힘껏 포옹하며, 알릭스."

벌써 두 번이나 알릭스는 내가 절실하게 필요로 하는 도약할 힘을 주었다. 두 발 자전거에 올라탄 아이 곁에서 함께 달리다가 손을 놓는 부모처럼. 그녀가 천사 전문가인 건 우연이 아닌 모양이다. 알릭스와 알렉스, 언어를 지켜주는 나의 수호천사.

나는 넘어지지 않으려고 최대한 빨리 페달을 밟는다.

·

·

나는 넘어지지 않으려고
최대한 빨리 페달을 밟는다.

·

·

파리, 2015년 겨울

.

.

.

아이들에게 말해야 한다, 그 애들에게 거짓말을 해선 안된다. 뒤늦게 슬픔을 더하지 말자. 세세한 부분까지 다 알리지는 말자. 나는 다리를 포장한다. 나도 크리스토[•]만큼이나 잘할 수 있다. 아이들은 알렉스 삼촌이 물에 빠졌다고 생각한다. 그게 조금 덜 끔찍하다. 아이들은 이루 말할 수 없이 슬픈데, 그와 동시에 끔찍함은 그들의 뇌로 가는 길을 찾지 못해 방황한다. 그건 고약하면서도 추상적이다. 아이들은 알게 되는 즉시 제일 친한 친구들, 그러니까 바로 이웃에 사는 아이들에게 달려간다. 계단에서부터 마치 굉장한 소식을 알리기라도 하는 것처럼 소리를 지른다. "알렉스 삼촌이 자살했어, 우리 알렉스 삼촌이 자살했어." 이웃 아이 가운데 한 명이 대답하는 소리

• Christo. 1935년생. 불가리아 출신 설치미술가. 파리의 퐁뇌프 다리를 포장한 것으로 유명해졌다.

가 들린다. "난 말이지, 우리 할아버지가 돌아가셨거든, 그게 더 심각한 거야." 그러자 아이들이 숨을 헉헉거리며 계단을 올라온다. "엄마, 뭐가 더 심각한 거야? 돌아가신 친구 할아버지야, 아니면 자살한 엄마 동생이야?" 발타자르는 자살 테러를 한다는 가미가제 같은 거냐고도 묻는다. 우리는 각 단어가 지니는 의미에 대해서 지치도록 이야기를 나눈다. 난 되는 대로 아무 말이나 막 늘어놓는다. 그래, 외삼촌에겐 잘된 거야. 앞으로 맞이하게 될 시간을 위해 좋은 소일거리가 될 거야. 그렇게 스스로를 설득하기.

트렁크를 닫는다. 자살한 동생에게 작별 인사를 하러 가려면 뭘 가져가야 하는지, 이런 문제에 대해선 의전 전문가라도 묵묵부답이다. 내가 교복처럼 늘 입고 다니는 라이더 재킷과 검정색 진바지. 동생이 자랑스러워할 만한 옷차림일 테지. 세자르는 사촌 쥘리에트에게 편지를 쓴다. 네 아빠가 내가 제일 좋아하는 삼촌이었기 때문에 난 슬퍼. 그런데 삼촌이 그렇게 한 건, 그럴 만한 이유가 있기 때문이야. 내 철학자 아들은 벌써 다 이해했다. 동생에겐 죽어야만 하는 이유가 있었다. 그런데 그 이유란 뭘까?

파리, 2015년 겨울

．

．

．

　나는 홍미를 보이기 위해 초인적인 노력을 해야만 한다. 오늘, 내가 오래전부터 알고 지냈으며 무슨 말을 할지 환히 알고 있는 여성 작가와 인터뷰가 예정되어 있지만, 아무래도 잘 할 수 없을 것 같다. 친구 나탈리가 차를 몰고 나를 여기저기 데리고 다니면서 은근슬쩍 감시한다. 친절로 똘똘 뭉친 이 메리 포핀스는 나의 뉴런이 엉켜서 생각이란 것이 제대로 진행되지 않을 때면 나를 대신해서 생각하고, 나를 열중하게 하기 위해 동행한다. 오랜 진국 같은 내 친구는 최선을 다한다.

　"너, 안색이 안 좋아."

　"동생을 잃었어."

　"아, 그래, 그럴 수 있지."

　"…."

　"어쩌다가 그렇게 되었는데? 많이 어린 동생이야?"

　"마흔여섯 살인데, 자살했어."

"아, 그래, 그럴 수도 있지."

이렇게 주고받은 말 덕분에 머릿속이 정리가 된다.

금요일 아침, 장례식 참석 선발대가 몬트리올을 향해 비행기에 오른다. 부모님, 카롤린, 클로에, 나, 이렇게 우리 세 자매. 아이들과 남편들은 장례식 날짜에 맞춰서 올 예정이다. 나는 우리가 꼼짝도 못 하고 좁은 의자에 앉은 채, 숨만 쉬고 상념에 시달리기만 하면서 어떻게 긴긴 비행 시간을 견딜 수 있을지 걱정된다. 사람은 몸을 움직여야 마음도 덜 아픈 법이다. 생각이 여기에 미치자 서부 영화를 볼 때 내가 도저히 이해하지 못하는 장면들, 가령 재앙이 코앞에 닥쳤는데 사람들이 대야에 물을 끓이는 장면 같은 게 떠오른다. 어떻게 견딜 것인가, 그것이 문제다. 그런데 견디다니, 이 여행을? 아니면 그 끔찍한 아스팔트 도로를? 그도 아니면 나중에 찾아올 수도 있는 행복을? 어쨌거나 해피엔딩은 없을 텐데, 그렇다면 앞으로 삶을 이어나가려면 어느 장단에 맞춰야 하는 걸까?

다리가 너무 긴 내 아버지, 권위와 거의 동의어 격인 이 거인이 이젠 사람 같아 보인다. 엄마는 선글라스로 얼굴을 가렸다. 아들의 죽음이 두 분을 유령으로 만들어버렸다. 역할이 바뀐 것이다. 이젠 자식인 우리가 두 분을 보호하는 부모가 되어 두 분을 지켜야 한다. 하지만 난 아직 준비가 된 것 같지 않다, 아니 여전히, 영원히 두 분의 딸로 남고 싶다. 두 분을 계속 내 어린 시절의 영웅으로 바라보고 싶다.

우리는 탑승자 대기실에 축 늘어져 있다. 대장을 잃은 가족. 전화기에서 나는 플로랑스가 가족들이 저마다 알렉스에게 작별 인사를 할 수 있도록 페이스북에 개설한 온라인 공간 "바이, 알렉스"를 발견한다. 벌써 올라온 일련의 소감들은 알렉스의 친구 야코가 찍은 두 장의 사진으로 시작한다. 흑백의 희미한 사진. 마치 알렉스가 지워지는 것처럼. 죽기 전날, 동생은 그 두 장 가운데 한 장을 자기 페이스북의 프로필 사진으로 택했다. 상징적인 작별 인사법. 동생은 또 슈즈shoes 그룹의 노래 한 곡이 실린 클립도 포스팅했는데, 역시 점점 희미해지는 풍경이 담겨 있었다. 그러니까 동생은 벌써 모든 걸 다 생각한 거다. 자신의 퇴장을 치밀하게 준비했던 거다. 철두철미한 자살자.

플로랑스는 동생의 사진 한 장을 올렸다. 두 사람의 가장 최근 여행지였던 뉴멕시코에서 찍은 멋진 카우보이 차림의 동생. 나는 우리가 어렸을 때 찍은 사진을 보냈다. 쌍둥이처럼 포르-그리모라고 적힌 똑같은 티셔츠를 입은 우리 남매의 사진. 그리고 이런 글을 달았다.

"알렉스는 내가 지금까지 알아온 이들 가운데 가장 정직한 사람이었습니다. 그는 미남이고, 자유분방하며 선의로 충만했습니다. 그는 또 고약함 같은 건 전혀 찾아볼 수 없으며 매우 똑똑했습니다. 알렉스는 적당히 살아가도록 도와주는 타협이니 조정 같은 건 전혀 할 줄 몰랐습니다. 나는 이제 더는 '내 동생'이라고 부를 수 없습니다. 나는 비탄에 빠졌습니다."

나는 클로에가 우리 네 남매—이제 더는 넷이 함께 있는 완전체가 될 수 없다—의 사진과 함께 올린 글을 읽는다. "오빠 없이 살아야 하는 우리 여생의 첫 번째 날". 클로에는 이런 글도 덧붙였다. "오빠, 나의 영웅."

행복한 나날의 사진들이 모여 퀵모션 영화를 만든다. 마치 마지막 숨을 거두는 임종의 순간 직전, 자신이 살아온 날들이 눈앞에서 빠르게 지나간다는 말처럼 말이다. 브이넥 스웨터를 입은 청소년 시절의 알렉스, 어느 할로윈 파티에선가 헤비메탈 가수로 변장한 알렉스, 추위 때문에 온몸을 꽁꽁 싸맨 알렉스, 강렬한 햇빛 속에서 행복한 알렉스, 아이스하키 스틱을 들고 자기 집 마당에서 다람쥐를 잡으러 다니는 알렉스, 모험의 나라에서 외줄타기 중인 알렉스, 미친 듯이 춤을 추는—대개는 테이블 위에서—알렉스, 어릿광대 노릇을 자청한 알렉스, 저녁 파티 때 콧수염을 붙인 알렉스, 늘 사랑했고, 활기 넘치던 알렉스.

이륙 임박. 우리는 노인들처럼 수상쩍은 짓—나는 가방을 열고, 휴대폰을 꺼내고, 가방을 다시 닫고, 소지품을 정리하고, 다시 그 물건들을 꺼낸다—을 하면서 뮌헨까지 비행 시간을 죽인다. 환승. 우리는 그다지 나빠 보이지 않는 핫도그를 산다, 뭔가 먹어야 하니까. 엄마는 여전히 검정색 선글라스를 벗으려 하지 않고, 통 말이 없다. 가만히 서 있으려고만 해도 초인적인 노력이 필요하니 거기에만 집중하기에도 벅찬 모양이다. 엄마는 작은 체구를 겨울 외투로 감싼 채 꼿꼿한 자태를 유지한다. 눈에 띄게 위축된 아버지는 여자 승무원에게 고대로부터 이어져온 보험의 역사를 설명하면서 버틴다. 각자 나름대로의 방식으로 충격을 감내하는 기지를 발휘한다.

비행기에서, 늘 진지한 줄로만 알고 있던 동생 클로에 옆에 앉은 나는, 하필이면 애도 기간 중에, 그 아이의 신랄한 유머 구사 능력을 새롭게 발견한다. 언니 카롤린은 우리 뒤에 부모님과 같이 앉았다. 선의는 물론 나에겐 전혀 없는 실용성까지 겸비한 언니. 카롤린은 우리를 안심시키고, 또 안심시킨다. 말이니까. 마이웬Maïwenn 감독의 영화 〈몽 루아Mon roi〉가 간간이 나의 주의를 끈다. 이윽고 나는 여느 때처럼 일을 하기 시작한다. 완두콩 공주로 아주 예민한 혀를 가진 클로에는 정체를 알 수 없는 진득한 액체로 범벅이 된 미트볼을 다 먹어치웠다. 우리가 지금 정상이 아니라는 증거. 아무튼 덕분에 우리는 모처럼 웃었다. 예기치 않았던 감압 샤워랄까.

우리가 함께 여행하는 게 얼마만인가? 함께 떠난 마지막 여행도 목적지는 마침 몬트리올이었다. 부모 자식 손주로 이어지는 삼대가 알렉스, 플로랑스와 같이 크리스마스를 보내기로 하고 계획한 여행이었다. 나는 그때 아들 세자르를 임신 중이었으니, 어언 10년 전 일이다. 우리는 말하자면 여름 캠프, 모두의 꿈인 대가족, 그것도 해체와 재구성으로 가족이 된 구성원—내 남편 장마르크의 세 딸도 우리와 함께였다—까지 더해져서 만들어진 대가족이었다. 우리는 부아예가 끄트머리, 라퐁텐 공원 앞의 한 숙소에 둥지를 틀었다. 알렉스는 우리에게 자신의 새로운 삶을 보여주게 되어 무척이나 행복해했다. 우리는 완벽한 관광객으로, 시내 곳곳을 찾아다니고, 얼음 위에서 스케이트를 탔으며, 루츠 상점을 싹쓸이했고, 거기서 산 티셔츠와 열이 막 날 정도로 따뜻한 양말로 트렁크를 가득 채웠다. 우리는 심지어 그곳 특별 요리라는 푸틴도 먹고, 온갖 종류의 메이플 시럽도 맛보았다. 떼를 지어서 동생이 좋아하게 된 장소들을 방문했다. 피투성이가 된 욕조는 어느새 높이 쌓인 눈 속에 묻혀버렸구나 싶을 정도로, 동생의 인생은 새롭게 피어나고 있었다. 나는 언제나 시간보다는 책을 잘 기억한다. 나는 그때 매카시가 쓴《로드》를 손에서 놓지 않았다.

그런 다음, 우리는 사카코미에서 완전히 통나무로 지은 엄청난 규모의 산장에도 묵었다. 통나무가 어찌나 굵은지 두 팔로 끌어안기엔 어림도 없었다. 썰매 트레킹, 승마 산책, 타이어 썰매 타고 전속력으로 활강, 꽁꽁 언 호수에서 수 킬로미터씩 걷기 등, 퀘벡을 우리 것으로 만드는 소일거리는 무궁무진했다. 벌써 몬트리올 사람이 다 된 플로랑스, 알렉스, 쥘리에트, 프랑수아는 추위도 타지 않았다. 사진 속에서 동생네 가족이 입은 방한복은 한 몸처럼 잘 어울렸다. 남의 옷 얻어 입고 변장한 것 같은 우리와는 완전히 대조적이었다. 특히, 장클로드 킬리*가 선수로 뛰던 시절 이후로는 볼 수 없었던 끝이

---

*　Jean-Claude Killy. 1943년생. 프랑스의 알파인 스키 선수. 1968년 그르노블 동계 올림픽 스키 삼관왕이었다.

뾰족한 희한한 스키 모자를 쓴 아버지는 유달리 눈에 띄었다. 나는 스노모빌을 타다가 나와 남편을 황천객으로 만들 뻔했다. 이 사건은 그때만 해도 우리가 서로를 잘 몰랐다는 반증이기도 하다. 내가 운전에 얼마나 젬병인지 모르는 장마르크는 내가 스노모빌 운전대를 잡아야 한다고 고집을 부렸고, 오른쪽과 왼쪽을, 브레이크 페달과 가속 페달을 혼동한 나는 그대로 벽을 향해, 그러니까 구덩이 밑바닥 개천을 향해 돌진했다. 시퍼렇게 멍든 남편의 허벅지는 가족들끼리 저녁식사를 할 때마다 화제가 되었다.

찬란했던 어제는 이제 흔들어주기만 하면 플라스틱 눈이 펑펑 내리는 공 모양의 기념품 속에서 잠잔다. 나는 언젠가 다시금 그 추억과 낭랑한 웃음소리를 흔들어서 불러내고 싶다. 그것들이 자크-카르티에 다리의 그림자로 뒤덮여 암전되기 전이라야 좋겠지.

비행기에서 내려 검문 경찰 앞에 다다르자, 근무 중인 경찰이 진한 퀘벡 억양 때문에 알아듣기 어려운 프랑스어로 나를 맞는다. 그는 내가 전혀 예상하지 못한 질문을 한다.

"몬트리올에 여가로 오셨습니까, 아니면 출장 오셨습니까?"

나는 뭘 택해야 할지 몰라 당황한다. 난 그가 치즈를 먹을 건지 디저트를 먹을 건지를 물었다면 좀 덜 놀랐을 수도 있다. 망설이던 나는 더듬거린다.

"가족 때문에 왔습니다."

그가 또 묻는다.

"그렇다면 알코올도 가져오셨습니까?"

"아닙니다."

"샴페인 한 병 정도도 안 가져오셨단 말입니까?" 경찰의
입가에 미소가 어린다.

나는 이전에 왔던 경험 덕분에 잘 알고 있다. 세관원들은
알코올 문제로는 농담하는 법이 없다. 이곳에서 술은 오로지
국영 상점에서만 판매하니까.

"없습니다."

"가족 재회를 축하하기 위한 술을 한 병도 안 가져오셨다
고요?"

그러더니 그는 아르마냑, 위스키, 레드 와인, 화이트 와인
등, 자기가 아는 술 종류를 모조리 열거하기 시작한다.

"난 동생 장례식 때문에 왔습니다."

그제야 그의 어조가 바뀐다. 나쁜 사람은 아닌 모양이다.
얼굴이 빨개지더니 뭐라고 한마디 하는데, 미안하게도 나는
"마음"이라는 마지막 말을 제외하고는 알아듣지 못한다.

나는 네, 동생과는 마음이 잘 통했다고 대답하면서, 퀘벡
사람들은 정말로 굉장히 특이하다고, 프랑스 경찰이라면 이런
상황에서 어느 한 사람 나에게 동생과 마음이 통했느냐고 물
을 엄두는 내지 않았을 거라고 속으로 생각한다.

그는 연신 친절한 말을 하면서 내 여권에 도장을 찍어준

다. 우리는 짐을 찾고, 이어서 정신도 좀 붙들어 맨 후, 택시를 타고 부아예가에 도착한다. 동생이 없는 동생 집은 을씨년스럽다. 우리는 서로 얼싸안는다. 플로랑스, 쥘리에트, 프랑수아. 가족을 품에 안기 무섭게 울음이 터져 나온다.

다시 한번 우리는 말의 부재에 부딪친다.

알렉스와 플로랑스의 몬트리올 친구 몇몇이 와 있다. 그들 가운데 하나가 나한테 "내 마음을 다해Avec toutes mes sympahthies" 라는 말을 건넨다. 그 순간 나는 세관원을 이해한다. 영어 표현을 그대로 옮긴 그 말, 죽음의 냄새를 코앞에 들이대는 듯한 "삼가 조의를 표합니다"라는 말보다 훨씬 따뜻한 그 말. 나는 1955년 《슬픔이여 안녕》을 소개하러 뉴욕을 찾았던 프랑수아즈 사강의 후일담을 떠올렸다. 그녀는 회고록에서 "내 영어는 대학입학수능시험 점수 수준에 머물러 있다. 다시 말해서 20점 만점에 7점인가 8점을 맞는 정도였고, 따라서 뉴욕에서 대화는 예의 바르고 중성적인 범위로 제한되었다"고 고백했다. 사강은 독자들이 내미는 책에 서명하면서 "내 마음을 다해"라는 말도 곁들였다. 한 슬기로운 지인 덕분에 자신이 미국의 팬들에게 조문을 써주었음을 사강이 깨닫는 데에는 보름이라는 시간이 걸렸다고 한다. 나는 이 일화를 무척이나 좋아한다.

섣부른 일반화는 언제나 틀리기 마련이고, 따라서 퀘벡에도 분명 멍청한 자들이 손잡이 떨어진 가방만큼이나 수두룩할 것이다. 하지만 알렉스와 플로랑스의 친구들은 하나같이 모두들 똑똑하고, 꾸밈없고, 배려심 많고, 친절하고, 섬세했다. 그들은 우리에게 너른 품을 내주었고, 먹고 마실 것을 제공했다. 이곳에서는 가까운 사람이 상을 당하면, 저마다 음식들을 조금씩 해오는 게 관례라고 한다. 슬픔 가운데 있는 사람에게 일상적인 걱정이나마 덜어줄 수 있을 테니까. 덕분에 냉장고는 차고 넘치며, 집 안에도 사람이 북적거렸다. 현실은 모호하고 혼미하다. 우리를 맞아주는 이들의 온기가 피곤과 시차, 슬픔, 자크-카르티에 다리가 주는 끔찍함 등과 너무도 어울리지 않으므로. 우리는 우리 자신이 어떤 감정 상태인지 혼란스러웠다. 우리가 지금 이곳에서 뭘 하는 거지? 약 때문에 만신창이 되었다가 약 때문에 다시 기분이 고조되는 플로랑스가 속삭인다. "우리는 알렉스를 위해서 떠들썩한 잔치를 열려고 해요." 나는 속으로 생각한다. 희한하지만 완벽해.

부모님은 길 잃은 아이들 같다. 두 분은 언니 카롤린이 에어비앤비를 통해서 빌린 집에 맏딸, 막내딸과 함께 머물고, 나는 동생 집의 쥘리에트 방에 짐을 풀었다. 쥘리에트는 거실에 깔아놓은 매트리스에서 친구들과 같이 잔다. 잠에서 깨어날 때면 나는 계속 잠에 매달리려고 안간힘을 쓴다. 잠이 나의 피신처이기라도 한 듯. 잠을 잔다고는 하지만 사실 반쪽짜리 잠이다. 아주 끔찍한 무슨 일인가가 일어났다는 사실을 나는 모르지 않는데, 그게 무슨 일인지 확실하게는 잘 모르겠고, 그냥 이대로 절대 잠에서 깨어나지 않기만 바랄 뿐이다.

긴장된 날들이 알렉스를 마지막으로 보러 가는 시간을

향해 달려간다. 우리는 말하자면 유예 상태인 셈이다. 엄마는
예의 바르게 미소는 지어보이지만 통 말이 없고, 아버지는 아
무나 붙잡고 아무 이야기나 주고받는다. 난 아버지가 요 며칠
사이에 한 말이 지난 한 해 했던, 그리고 어쩌면 앞으로 올 한
해 동안 할 말보다도 많다고 느낀다. 아버지는 아들의 친구들
과 대화를 나누면 마음의 안정이 찾아지는지, 우리는 안 들어
도 다 아는 이야기를 그 친구들에게 들려준다. 아들 친구들과
의 교류를 편해 하시는 것 같아 나도 마음이 놓인다. 그러나
저러나 부모님을 보면 억장이 무너진다. 두 분을 보호해드리
고 싶다.

　집엔 배려심 많고 바쁜 사람들이 한가득이고, 맛있는 먹
거리도 규칙적으로 너무 많이 배달된다. 너무 많아 결국 버리
는 것도 있다. 밀도 높은 다양한 감정, 고통, 애정이 전에는 알
지 못했던 이 특별한 시간 속으로 스며든다. 아무도 자신의 최
상의 모습을 보이려 애쓰지 않는다. 우린 모두 그저 벌거숭이
그대로일 뿐이다. 이렇게 투명하게 살아가는 것도 나쁘지 않
다. 형식적인 겉치레의 부재, 진솔함의 편재 속에서 나는 어쩐
지 마음이 편하다. 한순간에 지나지 않을지 모르겠으나, 이곳
에 위선이 들어설 자리는 없다.

　예식은 생로랑 대로변에 위치한 알프레드 달레르 장례식
장에서 거행될 예정이다. 알렉스의 친구들이 참선 분위기의
소박한 곳이라면서 택한 장소다. 여기서는 모든 것이 파리와
다르게 진행되고, 그 낯섦 덕분에 이제 새로운 차원으로 들어

간다고 느끼는 내 감정은 한층 고조된다. 나는 뭐가 뭔지 하나도 모르겠다. 퀘벡 사람들이 모든 것을 다 알아서 진행하고, 우리 파리에서 온 사람들은 매사에 서툴기만 하고, 그래서 망연자실하다. 시간이 흘러가는 걸 바라보면서 거실 앉은뱅이 탁자에 놓인 사진첩을 보고 또 본다.

엄마와 우리 세 자매는 꽃을 선택해야 한다. 그것만이 우리가 할 수 있는 유일한 일이다. 우리는 알렉스가 마음에 들어 하고, 플로랑스도 좋아할 만한 꽃다발을 찾아서 온 동네를 샅샅이 훑고 다닌다, 마치 거기에 우리의 목숨이 걸리기라도 한 것처럼. 도살장 칼 앞에 선 네 마리 암탉. 아들을, 남동생을 매장할 때 필요한 꽃은? 아들을, 남동생을 보러 갈 때 필요한 옷차림은? 하루하루의 일상이 부조리한 질문, 절대 제기할 일이 없었으면 좋았을 질문의 연속 같기만 하다. 우리는 꽃집들을 오가며 전전긍긍하다 빨간 장미꽃을 예약하고 흰색 튤립도 고른다. 집으로 돌아온다. 소소한 임무 완성. 몇몇 친구가 거실에 있던 알렉스의 물건을 장례식장으로 옮기는 중이다. 그곳을 알렉스의 이미지에 맞게 단장하기 위해서다. 그러는 동안 다른 친구들은 사진 수십 장을 엮어 영상을 제작하고, 프티 푸르와 샐러드 등을 선택한다. 모두들 우리에게 의견을 묻는 섬세한 배려를 잊지 않는다. 우리도 관심을 가져보려 애는 쓰지만, 솔직히 말하면, 무얼 먹든 알 바 아니라는 마음이 더 크다. 자기 동생의 장례식 날 무슨 음식을 대접해야 하나? 이 역시 웃기는 질문이다. 입가를 꿰맨 조커의 억지 미소.

그래도 모두 우리를 위해서 이리 바쁘게 움직이는 것임을 느끼기에, 우리는 감히 의견을 가지려는 시늉이라도 한다. 알렉스의 죽음은 우리를 양순한 자동인형으로 변신시켰다. 이건 뭐 거의 결혼식 전날 같은 분위기가 아닌가.

저녁엔 아침보다 좀 낫다. "아마 화이트 와인 덕분일 테죠." 가장 충실한 친구 가운데 하나인 스테파니가 제시하는 해석이다.

장례식은 종교 절차를 따르지 않기로 했으나, 엄마와 내 자매들은 플로랑스에게 기어이 사제가 한 말씀 해도 좋다는 양해를 얻어냈다. 때문에 엄마와 내 자매들은 이 종교적인 시간을 준비하면서 나에게도 동참하라고 설득한다. 하지만 나는 내가 과연 무슨 말을 할 수 있을지 의문이다. 더구나 하느님은 이번 일에 있어서 유난히도 부재하심으로 돋보였다. 내가 언젠가, 어리석은 질문이긴 하나, 전쟁이나 유대인 학살, 배가 고파서 죽는 어린아이들, 이런 비극이 그치지 않는데 도대체 하느님은 뭘 하고 계시느냐고 물었을 때, 피에르 신부님이 들려준 답변이 기억난다. "올리비아, 그건 다 인간들이 하는 일이야. 하느님과는 아무 상관이 없어."

모두들 솔선해서 모든 일을 관장하니, 나에게는 말만 남는다. 알렉스 너에 대해서 무슨 이야기라도, 그러니까 뭔가 친숙한 이야깃거리라도 들려주려고 애를 쓰는 가엾은 말들.

아, 그리고 신문에 동생을 추모하는 기사가 실려서 우리 마음에 은은한 향기를 불어넣어 준다.

．

．

찬란했던 어제는

이제 흔들어주기만 하면

플라스틱 눈이 펑펑 내리는

공 모양의 기념품 속에서 잠잔다.

．

．

파리, 2015년 겨울

·

·

·

어째서 하필이면 길에서 갑자기 슬픔이 나를 덮치는 걸까? 숨이 막힐 정도로, 엉엉 울게 만들 정도로. 적이라곤 어디에도 없는 전투. 고통 때문에 비명을 지르고 싶지만, 실은 어디가 아픈지조차 알지 못한다. 그러니 의사도 부를 수 없다. 서둘러서 붕대를 감아야 할 상처도 없다. 어쨌거나 우리 집안에서는 엄살을 부리지도, 치료를 하지도 않는다. 절대 불평하지 말 것, 절대. 의사를 부를 것. 다 지나갈 거다. 그런데 지나가지 않는다면? 방금 난 우리 집안사의 급소를 건드렸다. 내 동생은 치료를 받지 않았다, 아니 받긴 했지만 제대로 된 치료가 아니었다. 몇 년 동안 항우울제인 프로작에만 의존했는데, 그약 효과는 술 때문에 반감되었다. 나는 혼자서는 도저히 어떻게 할 도리가 없을 때에나 의사를 찾는다. 우리는 이를테면 몸이 없는 존재처럼 키워졌다. 순수한 정신 덩어리. 서로를 쓰다듬지도 않았다. 육체는 말할 가치가 없거나 신경 쓸 필요가 없었다. 유령들이 모여 사는 집안. 나는 지나치게 꾸민 여자를 보면 즉각적으로 적대감을 느낀다. 머리 손질하고 화장하고 손톱 다듬느라 그토록 오랜 시간을 허비하는 건 내가 보기엔 도덕에 대한 모욕이다. 그런 건 거의 세계 역사의 원만한 전진을 가로막는 위해 행위에 해당된다. 동시에, 웃기게도 지난주에 바질이 꼬집어 말했듯이, 우리 집에서는 누군가에 대해서 말하기 시작하면 즉시 "그 사람 체중이 얼마나 나가는데?"라는 질문이 뒤따른다. 건전한 정신은 마른 몸에만 깃든다는 걸까. 마치 이 가짜 친구, 늘 붙어 다니지만 떼어놓고 싶은 거추장스러운 반쪽이 지나치게 많은 자리를 차지해서는 안 되는 것처럼 말이다. 나는 별명이 "뚱보 난장이"였는데, 집안 식구 중에서 키가 제일 작고 제일 뚱뚱했기 때문이다. 육체는 무시하고 모든 책은 중요시하자. 알렉스는 죽음이 자신의 모든 존재에 스며들도록 했지만, 나는 나도 전혀 모르는 사이에 삶이 나의 모든 존재를 침범하도록 방관했다. 육신을 감추어라, 어차피 그걸 볼 수도 없으니. 베르나르댕가를 걷던 중에 문득 어떤 포스터가 시야에 들어오자 갑자기 쏟아진 울음. 가수 알렉스가 베르나르댕 중학교에서 공연을 합니다. 어휴, 네가 바로 거기, 멀지 않은 곳에 있었구나.

누구랑 이야기를 해야 하는 거지? 나는 내 동생에 관한 침묵이 길어지는 것이 질색이다. 그 애의 급작스럽고 남다른 죽음은 생전의 그 애에 대해서 이야기를 나누는 것조차 불가능하게 만들 정도로 그 애의 모든 존재를 덮어버렸다. 누군가가 암이나 교통사고로 죽을 경우, 일정한 회피 기간이 지나고 나면 자연스럽게 그 사람을 추억하고, 함께 배가 아프도록 웃었던 날들, 생일 파티며 하와이 휴가 여행 때 사서 입고 다니던 요란스런 꽃무늬 셔츠, 자주 안 감아서 엉망이 된 머리 등을 떠올린다. 그런데 알렉스의 경우엔 쉿! 입 다물어. 유쾌하던 그 애, 그래서 가까운 사람들 모두에게 그 유쾌함을 전염시키던 그 애를 떠올리는 것이 일종의 죽음이라는 불행에 대한 모욕이 되고 만다. 동생의 죽음에 대해, 그 애가 그런 방식의 죽음을 택한 것에 대해, 터놓고 이야기하는 것은 금기다. 그러니 이중의 고통이다. 침묵, 또 침묵. 때로는 그 애가 무슨 대단히 나쁜 범죄라도 저질렀다는 착각마저 하게 된다. 자유—난 사실 그 자유라는 것이 언제나 다소 의심스럽다고 여겨왔다. 자유라니, 무슨 자유인가? 부인 몰래 바람피울 자유? 동료들을 모욕할 자유?—를 한껏 누리며 사는 자들까지도 자기 아닌 누군가가 선택한, 스스로 인생을 마감하는 최후의 자유는 의심스러운 눈초리로 바라본다.

그렇지만 나는 마치 그 애가 존재하지도 않았다는 듯이 처신하고 싶지 않다. 그처럼 그 애의 삶을 부인하는 태도 앞에서 나는 수군대는 목소리, 울어서 잔뜩 충혈된 눈으로 가득 찬 세상을 향해 소리치고 싶은 마음이 든다.

그건 그렇고, 누구와 이야기를 한단 말인가? 부모님은 너무 크게 상심한 나머지 경황이 없다. 엄마는 침묵을 택했다. 괜찮으냐고 묻는 것조차 엄마를 더 고통스럽게 만드는 것 같다. 반면, 아버지는 아들 이름만 들어도 폭포 같은 눈물을 쏟는다. 우리 자매들은 각자 다른 방식으로 애도한다. 각각 고통을 느끼는 지점이 다른 것이다. 우리의 고통은 한 방에 씻어버릴 수 없다. 그렇긴 해도, 알렉스의 죽음으로 우리는 한층 더 가까워졌다. 카롤린과 클로에, 감탄스럽고 용기 있는 내 자매. 난 우리가 어린 강아지들처럼 꼭 붙어 지냈으면 한다.

남편과 이야기를 하는 건 어떨까? 난 남편을 겁먹게 할까 봐, 그이가 자기 부인이 편집증 증세를 보인다고, 어쩌면 심각한 환자일지 모른다고, 우울증이 집안 내력이라고 생각하게 될까 봐, 부인이 아니라 평생 짊어져야 할 짐을 얻었다고 한탄하게 될까 봐 겁이 난다. 그렇지 않다, 난 병적이 아니라 그저 완전히 기진맥진할 때까지 온전히 슬픔 속에 빠져 있고 싶을 뿐이다. 슬픔의 아주 작은 파편까지도 속속들이 다 경험해야 거기서 어떤 의미를 찾을 수 있을 것 같기 때문이다. 퀘벡에서는 슬픔으로 몸을 휘감는다고 표현한다. 사람들은 더할 나위 없이 좋은 의도를 가지고 내게 말한다. "괜찮아질 거야." 그러고 보니 최근에 내가 제일 자주 들은 말도 바로 그 말이 아닌가 싶다. 그런데 그렇지 않다, 전혀 괜찮아지지 않는다. 내가 그러길 원치 않기 때문이다. 나는 10월 14일이 없었다는 듯이 내 삶을 다시 시작하고 싶지는 않다. 그건 내 동생을 부인하는 것과 마찬가지다. 그 애의 삶과 그 애의 죽음은 내가 하는 모든 행동, 내가 경험하고 느끼는 모든 것 속에 새겨져 있다. 나는 이리저리 부딪치면서 동생의 죽음이 나에게 가져다줄 자유를, 그 애의 죽음을 통해 내가 마침내 도달하게 될 진실을 갈구한다. 나는 동생의 죽음이 나에게 고귀함을 알게 해주기를 바란다. 그래야 동생의 고통이 괜한 일이 되지 않을 테니까. 나는, 뭔지는 잘 모르겠지만, 살아 있는 자, 불쌍한 유족이 된 우리에게 드러나지 않고 숨겨져 있는 것, 그 무언가를 찾아내기 위해 집요하게 추적해볼 작정이다. 이건 종교와는 무관하고, 오직 우리가 영원히 살 것처럼 행동하면서 영위하는 삶과 관련 있는 믿음이다. 나는 장례식장 치장과 조문객에게 대접할 음식 메뉴 구성에만 정신을 팔고 있는 멍청이들을 혐오한다. 그자들이 뱃속을 가득 채우고 먹은 스시를 토하거나 말거나. 아, 우리 모두 언젠가 재가 되거나 먼지가 될 신세임에도 잘난 웰빙을 향해 보이는 이 무서운 집착.

나는 내 동생의 죽음이 나에게 익숙한 반려동물이 되도록, 그때까지 끈기를 갖고 길들이고 싶다. 그런 연후에 나는 손가락의 지문이 닳도록 그 반려동물을 쓰다듬고 또 쓰다듬을 것이다. 우리 집안사람들은 동물을 별로 좋아하지 않는데, 육체가 너무도 대대적으로 개입해야 하기 때문일 것이다. 게다가 그다지 청결하지도 않으니까. 우리 집에서는 무작정 모든 것을 닦는 데 열성을 보인다. 모든 것은 한 점의 티끌도 없어야 하고 반듯하게 정리되어야 한다고 믿는데, 도대체 무얼 닦아내기 위해 그토록 열심인 걸까?

문득, 오래전, 내가 기자가 된 초기에 했던 몇몇 인터뷰 가운데 하나가 기억난다. 그때 난 아주 젊었는데, 교통사고로 어린 두 딸을 잃고 난 후 가슴 뭉클한 책을 쓴 여기자 준비에브 쥐르장상을 인터뷰하러 가게 되었다. 준비에브는 이 비극을 겪은 직후, 모든 정신과 의사며 심리 상담사의 기다리라는 조언에도 불구하고, 딸을 둘 더 낳았다. 아니, 무얼 기다리란 말인가? 이 용감한 여기자는 사람들이 자기에게 아이가 몇이냐고 물을 때면 뭐라고 대답해야 할지 몰라서 당황스러웠다고 털어놓았다. 네 명? 아니, 두 명? 오늘, 나는 그 심정을 너무도 잘 이해한다.

죽음이 산 자들을 얼마나 황당한 상황으로 몰아가는지, 정말이지 기가 막힐 노릇이다. 고대 문명이 창안해낸 장례 의식에서 우리는 겉모습만 차용했다. 때문에 우리가 진행하는 의식은 공허하기 짝이 없다. 어두운 빛깔 옷을 차려입고, 묘혈을 파고, 꽃을 던지면, 그것으로 마술처럼 고통은 자취를 감추고, 산 자들은 다시금 삶의 지하철에 몸을 실으면 된다.

심지어 언어 표현조차 거짓이다. 그는 떠났다, 그가 돌아올 수 없는 곳으로 갔다 등등. 나는 이런 종류의 완곡한 표현이라면 딱 질색이다. 내 안에서는 이렇듯 한 꺼풀 덮어씌운 듯한 태도, 우회적인 문장, 상투적인 표정을 향해 어마어마한 분노가 끓어오른다. 알렉스의 이름을 큰 소리로 외치고, 그 애의 자살이 갖는 엄청난 의미에 걸맞을 만한 소동을 벌이고 싶은 욕망이 솟구친다. 참회하는 듯한 애처로운 눈길로는 답이 나오지 않는다. 우리는 갖고 있는 모든 힘을 다 동원해서 이 죽음의 의미를 찾아내야 한다.

나는 죽음이라는 사건이 지니는 거대함과 그런 사건을 맞아 우리가 보이는 반응의 미천함 사이의 가공할 만한 괴리 때문에, 우리의 감정과 의식을 갈기갈기 찢어놓은 극심한 충격을 행동과 언어로 표현할 수 없는 불가능성 때문에, 십자가형이라도 받은 듯 괴롭다. 내 동생은 내로라하는 엔지니어들이 안전을 위해 난간까지 만들어놓은 다리에서 몸을 던졌고, 그러니 나는 그 동생의 죽음을 애도해야 마땅하다. 멍청이들은 앵무새처럼 이 말만 반복한다.

　사람들은 "괜찮아질 거야"라고 말함으로써 그 일을 지워버리고 싶어 한다, 원하지 않는 아이를 지워버리듯이 말이다! 약간의 공감을 보태 입 밖으로 토해내는 상투어의 향연, "기운을 추슬러야지, 약이라도 좀 먹으렴, 제발 다른 생각을 좀 하래도 그러는구나, 너한텐 기분전환이 필요해" 같은 의미 없는 말의 나열. 나는 그렇듯 한가한 여가라면 증오한다. 상투적이지 않은 이야기를 나눌 수 있는 유일한 상대는 같은 일을 당해본 사람들이다. 큰일을 당하고 남은 한 줌의 유족들. 세상은 겪어서 아는 사람과 그렇지 못한 사람으로 나뉜다.

　"괜찮아질 거야"라는 말 이상 가는 무엇인가를 하려면 매우 특별한 정신적 자유를 누리는 사람이어야 한다. 가령 어린아이들이나 정해진 틀 안에서만 생각하지 않는 사람들 말이다. 11월엔가 생제르맹 대로에서 만난 안나 가발다는 지나가는 사람들 사이에서 아무렇지도 않다는 듯, 너무도 자연스러운 태도로 이렇게 말했다. "맞아, 슬프지, 그런데 어쩌겠어, 그게 그 사람이 원한 건데, 그러니 잘된 거야." 난 솔직히 그 말을 듣고 어안이 벙벙했지만, 이 따귀 맞은 것 같은 말 덕분에 모든 것을 올바른 각도에서 바라볼 수 있었다. 이 통찰력 있는 소설가는 죽음을 산 자의 이기적인 시선이 아닌 알렉스의 입장에서 바라보았기 때문이다. 그 여자의 말이 옳았다. 알렉스의 죽음은 나를 동생 입장이 되지 않을 수 없게 만든다.

그 애의 소멸로 대대적인 정리 작업이 이루어졌다. 심지어 내가 몹시 사랑한다고 믿었던 지인들 사이에서도 상황은 다르지 않았다. 어떤 이는 나한테 전화를 하더니 자기 회사에서는 해도 해도 너어어어어무 한다면서 불평을 늘어놓는데, 난 정말 이해할 수가 없다. 그 사람은 스트레스도, 자신의 이미지도, 피곤함도 견딜 수가 없다는 것이었다. 그의 말을 듣다가 화가 난 나는 상대가 마음대로 떠들도록 내버려두었다가, 더할 나위 없이 온화한 목소리로 "난 말이지, 내 동생이 죽은 후로는 뭐든 있는 그대로 다 받아들여"라고 말한 뒤 전화를 끊어버렸다. 제 문제는 제가 알아서할 테지.

알렉스, 난 그 애의 죽음이 죽어가는 모습을 지켜보고 싶지 않다. 난 동생의 죽음의 아주 사소한 파편까지도 빠짐없이 다 경험하고 싶고, 그 죽음을 소리 높여 외치고 싶으며, 그 죽음으로부터 내가 미처 생각하지 못했던 자원을 퍼 올리고 싶고, 내가 모르는 이 미지의 세계를 탐사하고, 언제까지고 검은 상장을 차고서 이건 완전히 말도 안 되는 짓이라고 절규하고 싶고, 하늘의 반응을 살피고 싶다.

알렉스는 아내와 아이들 앞으로 작별 편지를 남겼을 뿐 아니라, 그 외 다른 가족과 친구들에게도 마지막 인사를 잊지 않았다. 그 인사는 플로랑스가 남편의 컴퓨터에서 발견했다.

나는 이런 글을 공개해도 되나 싶어서 한참 망설였으나, 내 동생의 섬세함을 보여주는 글이니만큼 여기에 소개한다.

상대가 누가 되든 자살에 대해 이야기하는 건 (하지만 사람들이 제대로 준비하도록 도와줄 수 있다면 좋겠죠) 불가능합니다. 그 남(여)자는 그 이야기를 듣는 즉시 너무도 무거우면서, 동시에 쓸데없는 책임감의 굴레를 쓰게 될 테니까요.

실제로 그 순간이 다가오고 있는 요 며칠, 나는 아주 사소한 갈등도, 그 남(여)자가 나중에라도 절대 "다 나 때문이야" 또는 "그때 내가 알아차렸어야 했는데" 같은 자책을 하는 빌미가 될 만한 단서도 생기지 않도록 피하는 중입니다. 이건 여러분의 잘못이 아닙니다, 그리고 여러분은 도저히 짐작할 수 없었을 겁니다, 그건 내가 장담합니다.

미안하지만 나에겐 이러는 편이 더 나아요.

내 아내, 나에겐 세상에서 제일 좋은 여자죠, 그리고 내 아이들을 보살펴주세요. 두 아이 모두 정말로 내가 꼭 갖고 싶었던 아이들입니다, 아니 그 이상이죠.

여러분 모두를 사랑합니다.

나를 사랑해주셔서 감사합니다.

난 그 덕분에 살았습니다.

알렉스

내 동생 내 동생 내 동생 내 동생 내 동생 내 동생 내 동
생 내 동생 내 동생 내 동생 내 동생 내 동생 내 동생 내 동생.

이러는 편이 너에게는 더 나은 거라면, 나는 기꺼이 대장
을 잃은 삶을 받아들일게.

나는 여러 날 동안 온종일 그 애가 쓴 글을 읽고 또 읽었
다. 기진맥진한 상태에서, 그러나 단호한 태도로 키보드를 누
르는 동생의 모습을 지우려고 무진 애를 쓰면서. 그 글에 숨겨
진 의미, 행간에 감춰진 설명, 이를테면 '젠장' '빌어먹을' 같은
뭔가를 찾으려고 눈을 부릅떠가며. 결국 글을 조판하는 데 있
어서 자잘한 세부 사항 하나가 눈에 들어왔다. 글은 여백 같
은 거라곤 없이 문서의 제일 꼭대기에서 시작한다. 마치 알렉
스가 편지의 도입 부분을 잘라버리기라도 한 듯이 말이다. 그
애는 마지막 순간에 무얼 덜어냈을까? 비밀은 그러니까 편지
에서 빠진 말 속에 있는 걸까?

"안녕, 목이 잘린 태양이여."

수수께끼는 여전히 그대로이지만, 결단력만큼은 확연히
느껴진다. 검정 수첩 마지막 권의 10월 14일 날짜에 알렉스는
작은 십자가를 하나 그렸다. 지금 이 순간 바로 그 페이지가
내 눈앞에 펼쳐져 있다. 그 애는 연필에 힘을 주어 누르지 않

왔다. 그 십자가는 새의 깃털만큼이나 가볍다. 동생은 우리를 매달게 될 십자가를 언제 그려 넣었을까? 이 질문에 대한 답은 영영 들을 수 없을 테지만, 십자가를 그리는 동생을 상상하기만 해도 나는 깊이를 짐작조차 할 수 없는 절망의 심연으로 속절없이 추락한다.

.

.

"미안하지만 나에겐 이러는 편이 더 나아요."

너에겐 이러는 편이 더 나은 거라면,

나는 기꺼이 대장을 잃은 삶을 받아들일게.

.

.

몬트리올, 2015년 10월 22일

.

.

.

오늘은 특별한 날, 동생을 화장하는 날이다. 그렇게 하는
편이 파리와 몬트리올 중에서 어디를 택하느냐의 문제를 덜어
준다. 동생을 여기에 묻느냐 저기에 묻느냐. 괴상한 질문은 또
있다. 유골함은 어떤 것으로 결정하느냐? 플로랑스가 반듯한
대리석으로 된 희고 순정한 아름다운 함을 골랐다. 난 그 안
에 들어 있는 동생은 상상조차 할 수 없다.

오후가 되자 내내 비가 내린다. 하늘이 어찌나 낮게 깔렸
는지 그 안으로 성큼 걸어 들어갈 수도 있을 것 같다. 우리는
마지막으로 동생을 한 번 더 보기 위해 자동차로 출발한다.
그 애에게 작별 인사를 하기 위해. 솔직히, 우리는 참을 수 없
는 것의 절정에 다다랐다. 나는 얼마 전에 죽은 바질의 아빠
생각이 난다. 입관에 앞서 모두들 나에게 말했다. "깜짝 놀랄
거야, 두고 봐. 그 사람, 살았을 때 얼굴 모습 그대로일 거야."
하지만 내 눈에 들어온 건 죽은 그대로의 질이었다. 나는 이

순간이 두렵다. 그러면서 동시에 그 순간이 오기를 조바심치며 기다린다. 우리가 이곳에 도착한 지 이틀이 되었고, 그 사이에 끊임없이 알렉스에 대해 이야기했건만, 어쩐지 제일 중요한 손님이 빠진 기분이었다. 나는 부모님 때문에 겁이 난다.

그 애다, 하지만 그 애가 아니다. 알렉스는 너무 심각하기만 하다. 그리고, 난 그 애가 눈을 감고 있는 모습은 처음이다. 난 그 애의 감은 두 눈을 뜨게 하기 위해서라면 한쪽 팔, 아니 두 팔을, 한쪽 다리를 다 내어줄 것이다. 그래서 걷지도 못하고, 달리지도 못하고, 사랑도 나누지 못하게 된다 하더라도. 그 애는 평온한 모습이다, 그건 나도 동의한다. 그렇지만 따지고 보면, 그 앤 아무 표정이 없다. 그 앤 이미 더는 여기에 있지 않은 것이다. 그렇다면, 빌어먹을 그 앤 어디에 있단 말인가? 나는 그 애 곁에 앉아서 꼼짝도 하지 않았으면 좋겠다. 관 뚜껑이 그 애의 두 다리를 덮고 있는데, 나는 그 다리는 분명 박살이 났을 거라고 짐작한다. 그 애의 심장은 도로 한가운데로 떨어지기 전에 이미 멈췄을까?

나는 마지막으로 동생을 만져보고 싶지만 차마 그러지 못한다. 나는 이 순간의 강렬함을 언제까지고 기억하고 싶다, 이마저도 사라지고 말 테니까. 나는 고인의 시신을 여러 날 동안 전시하고, 그러면 사람들이 사진도 찍고 하던 과거 시절을 떠올린다. 샤를 보들레르, 빅토르 위고 등, 대시인이 죽었을 때, 죽음은 삶의 한 부분이었다. 그런데 오늘날 주검은 부적절한 것이 되고 말았으니, 참으로 부조리하다.

나는 아프리카 출신 한 여인을 생각한다. 〈텔레마탱〉에서 일을 마치고 나서 그 여인과 함께 버스에 올랐다. 나란히 앉은 탓에 우리는 이야기를 주고받았다. 나는 일상에서 마주치는 이 같은 근접성을 퍽 좋아한다. 고깃간 주인과 서로 자기 아이들 이야기를 하고, 크레디 리요네 은행 앞에 서 있는 노신사가 내가 현금을 인출할 때면 던지는 늘 같은 농담에 함께 웃는 일상. "나를 위해서 좀 남겨주셔야 합니다. 돈, 다 뽑지 마세요!" 오래전에 인기를 끌었던 광고 "감마 가Rue Gamma"* 방식의 근접성은 나를 안심시킨다.

버스를 함께 탄 이 여인이 나에게 시아버지가 돌아가셨다고 말했을 때 나는 조의를 표했고, 혼자서 두 아들을 키웠다고 말할 땐 그 꿋꿋함에 감복했다. 여인은 "시아버지는 미남이셨죠, 내가 보여드릴게요"라고 덧붙이면서 자기 휴대폰을 내밀었다. 사진 속의 남자는 죽은 모습이었다. 오늘 내 동생처럼 완전히 죽은 얼굴이었던 것이다. 나는 움찔 몸이 떨렸지만, 애써 놀라움을 감추면서 거의 억지로 그 사진을 바라보았다. 오전 아홉 시, 파리의 내부 순환 버스 안에서 벌어지는 이 장면은 정상적이라 할 수 없었다. 여인은 같은 말을 반복했다. "우리는 아무것도 아니에요, 올리비아. 우리 인간들은 그저 먼지에 지나지 않는다고요, 그런데 사람들은 종종 그 사실을 잊어

---

* 15년쯤 전에 선보인 '감마'라는 상표의 세제 광고로, 소도시의 골목길을 연상시키는 장면과 감미로운 음악으로 주목받았다.

버리죠."

죽은 그 애를 바라보는 심정은 정말 묘했다.

이제껏 내가 살아오면서 겪은 가장 고통스러운 순간이지만, 그럼에도 나는 이 순간이 언제까지고 계속되었으면 하는 마음이 간절했다. 그도 그럴 것이, 이 순간이 지나면 동생은 불태워질 것이고, 우리는 그 애의 죽은 모습을 보는 가혹한 위안마저도 기대할 수 없을 테니 말이다. 남자 장의사 한 명이 이후 진행될 "이벤트"에 대해 설명을 하는데, 이벤트라니, 이 또한 희한한 완곡어법이 아닐 수 없다. 나는 플로랑스 곁을 지켜주고 싶지만, 그러지 못한다. 쩔그럭거리는 쇳소리 때문에 신경이 곤두선다. 한쪽엔 내 동생이 있고, 다른 한쪽엔 불길이 일고 있는데, 나는 보고 싶지 않다. 앞으로도 도저히 이 광경에서 헤어날 수 없을 것 같다.

나는 담배를 피운다, 빗속에서 계속 줄담배를 피운다. 또다시 말문이 막힌다.

일단 정지.

내 두 자매는 아이들과 남편들을 데리러 공항으로 출발한다. 동생 집으로 돌아온 나는 쥘리에트의 침대에 몸을 누인다. 작동 중지. 산 자로서의 작동 불가. 나의 슬픔은 분노로 변해간다. 잠깐 쉬어보려고 애를 쓰다 포기하고 아래층으로 내려오니, 알렉스의 친구들이 모두 저녁식사 준비에 한창이다. 지난 사흘 동안 나의 오장육부를 뒤틀리게 만들던 보이지 않는 감정이 그제야 밖으로 표출된다. 엉엉 울면서 나는 되는 소리 안 되는 소리를 퍼붓고 악을 쓴다. 내 동생의 삶은 여기, 이 주방, 이 집, 이 나라에서 이루어졌고, 그 애의 친구들이 제 집인 것처럼 눈을 감고도 소금과 포크, 나이프가 어느 서랍에 있는지 찾아내는 걸 보니, 나만 외톨이인 것 같아 기분이 처참하다. 그 애의 죽음뿐 아니라 삶도 공유하지 못했다는 사실이 나의 심장을 옥죄고, 나의 면전을 후려친다. 아무려나, 이제 코미디는 끝났어.

내 동생을 알고, 사랑하고, 아껴준 건 당신들이야. 그 애가 알고, 사랑하고, 아껴주고, 택한 것도 당신들이고, 빌어먹을. 그 애는 왜 나를 외롭게 홀로 내버려두고 몬트리올로 떠났을까? 나는 동생의 일상을 함께하지 못해서, 그 애가 끌어안고 있는 묵직한 돌덩이들, 근심거리들을 나눠 가지지 못해서 울기만 한다.

몬트리올에 도착한 이후 나는 줄곧 눈치 없이 괜히 끼어든 성가신 사람이 된 것 같은 느낌이다. 손님. 잠깐 다니러 온 시골 사는 사촌. 그 애를 놓쳤다는 느낌 때문에 나는 숨도 제대로 쉬지 못하면서, 떠오르는 말을 불쑥불쑥 토해내고, 씁쓸한 서글픔을 뱉는다.

내가 보이는 극도의 무력함 상태 속에서도 경이로운 일이 있었으니, 그건 알렉스의 친구들이 내 심정을 이해해준다는 사실이다. 그들은 나를 한심한 여자 취급하지 않고, 함께하지 못한 결핍이 토해내는 한 마디 한 마디에 귀기울여준다. 이해받는다는 확신이 분노를 누그러뜨리자, 비로소 나는 동생이 이토록 품성 좋은 친구들에 둘러싸여 살았다는 사실을 기쁘게 받아들인다. 그들이 나를 북돋아준다. 나는 이제야 씻은 듯이 개운하다.

프랑크, 기욤, 소피와 스테파니, 소피와 파스칼, 껑다리 카트린, 알렉상드라, 질과 바르바라, 모두 모두 고마워.

날씨가 춥다. 플로랑스는 거실 난로에 불을 붙이기 위해 장작을 준비한다. 마술처럼, 벽난로의 열린 철제 격자 사이로 검은 새 한 마리가 푸드득 튀어나오더니 2층으로 날아가려다 천정에 부딪친다. 녀석은 이 집에서 나가고 싶지 않은 모양이다. 우리는 모두 녀석에게 집중한다. 말을 주고받을 필요도 없이 우리는 모두 믿는다. 이건 확실하다, 녀석은 알렉스다. 이 기적 같은 순간 때문에 우리는 눈이 부시다.

이제 내 동생은 한 마리 새가 된다. 그 애는 방금 우리에게 앞으로 그 애가 살아갈 이름 없는 곳으로부터 첫 번째 신호를 보냈다.

진중한 태도와 엄격한 외모 때문에 미소 짓는 능력은 타고나지 못했을 것으로 짐작되는 이 흑단처럼 검은 새가 말한다. "네 머리엔—난 녀석에게 그렇게 말한다—도가머리도 없고 꼭대기 장식도 없다만, 너는 확실히 비겁하진 않구나, 밤의 기슭에서 출발한 여행자, 음울하고 늙은 까마귀야. 저승의 밤 기슭에서의 네 위풍당당한 이름을 내게 말해다오!" 까마귀가 말한다. "더는 안 돼!"

장마르크와 함께 방금 도착한 내 맏아들 바질과 형부 브
뤼노, 제부 엠마뉘엘, 언니 카롤린의 아이들 콜롱바, 팔로마,
비앙카, 로렌조, 이들이 아이다운 눈치 없음으로 공간을 마구
침범한다. 그 아이들의 존재가 집을 미소 짓게 만든다. 그 아이
들만큼은 슬픔에서 지켜주고 싶은 게 어른들의 마음이다. 그
래서 어른들은 기운을 추스른다. 우리는 심지어 웃기도 한다.

다음 날, 그러니까 장례식 날, 나는 동생에 대해 글을 쓰
기 위해 컴퓨터에 매달린다. 그렇게라도 하지 않으면 절대 나
자신을 용서할 수 없을 테니까.

머리를 감고 젖은 머리를 말리는데, 플로랑스와 나는 싸구
려 헤어드라이어를 돌려가며 같이 쓴다. 만일 집에 불이라도
난다면, 우리는 아마 제일 먼저 아이들을, 그다음엔 드라이어
를 구해낼 거야. 이렇게 멍청한 상상을 하자 이내 누군가가 장
콕토에게 했다는 질문이 떠오른다. "선생이 사는 아파트에 불
이 난다면, 무얼 가지고 나오시겠습니까?" 시인은 "나는 불과
함께 타오를" 거라고 대답했다. 알렉스 역시 불을 구해냈을 것
이다.

우리는 우아하게 차려입는다. 그리고 집을 나선다. 그러자
모든 것은 불분명해진다.

예식은 사제의 축복으로 시작된다. 사제의 말은 마음에
남지 않는다. 셀린 디옹이 어쩌고저쩌고 하는 말에 우리는 어

색한 미소만 지을 뿐이다.

아버지가 한 말씀 하신다.

"네가 어렸을 때, 네 제일 친한 친구 집에서는 너에게 어린 왕자라는 별명을 붙여주었단다. 여러분 모두 생텍쥐페리가 쓴 그 유명한 이야기를 아실 겁니다. 그래서 말인데, 난 그 이야기가 최근에 일어난 이 일을 이해하는 데 도움을 준다고 믿습니다. 간단히 말해 어린 왕자 알렉스는 자기 별로 돌아가기로 결정한 겁니다. 안타깝게도 우리를 깊은 절망에 빠뜨리고서 말입니다. 하지만 난 저기 하늘에서 내 아들이 행복할 거라고 확신합니다. 나는 마음속으로 그 애가 우리를 바라볼 수 있으며, 우리가 하는 이야기를 들을 수 있다고 굳게 믿습니다.

그러니 그 애를 잊지 말고 기억할 뿐 아니라 주저하지 말고 그 애에게 말을 걸어주십시오! 그러면 어떤 방식으로든 그 애가 여러분에게 대답할 것이고, 계속해서 여러분을 인도하고, 우정과 배려, 사랑을 표할 겁니다."

친구들도 추모사를 했지만, 흐느낌과 퀘벡식 억양이 더해지는 바람에 나는 거의 하나도 못 알아들었다.

그리고 나는 모든 문제에 해결책을 제시하던 내 동생, 우리가 "와일드 와일드 웨스트" 놀이를 할 때면 나에게 "누난 말이지, 살롱에서 일하는 여자 역할을 맡아"라고 지시하던 금발의 꼬마 카우보이 동생 이야기를 들려주었다.

알렉스의 여자 친구 가운데 한 명으로 몬트리올이 낳은 스타 가수 아리안 모파트는 피아노 반주를 곁들여 알랭 바슝의 노래 한 곡을 불렀다.

"그 어떤 특급열차도 나를/ 기쁨으로 데려다주지 못할 거야/ 그 어떤 작은 기차도 거기에 정박할 수 없지/ 그 어떤 초음속 비행기도 너와는 비교가 안 되지/ 그 어떤 배도 그곳엔 못 갈 거야."

근사하면서도 소박한 노래였지만, 참석한 사람 모두를 울렸다.

그리고 그것으로 끝이었다.

식이 끝난 후, 카롤린, 클로에, 나 이렇게 세 사람은 우리가 여전히 얼굴조차 제대로 알아보지 못하는 많은 사람들로부터 전해지는 선의에 마음을 맡겼다. 몬트리올에서 내 동생의 삶의 궤적을 그려주는 그들의 말에 잠자코 귀를 기울였다. 말들이 만들어내는 감정의 너울. 동생의 재능, 게임 〈어쌔신 크리드〉를 향상시키기 위한 그 애의 지대한 공헌, 그 애의 남다른 감수성, 창의력, 유머와 블랙 유머, 그 애의 멍 때리기, 솔직함, 우아함, 명랑함, 임기응변, 욱하는 성질, 후벼 파는 듯한 말대꾸, 다정함. 나는 널뛰기 같은 이 모든 감정의 토로를 감사하게 빨아들인다.

장례식장 어디에나 동생이 소중하게 여겼던 물건들이 흩어져 있어서, 마치 동생이 자기 집에서 우리를 맞아주는 기분이 들기도 한다. 벽엔 프로젝터가 쏘는 사진들이 투영된다. 동생의 실존이 빚어낸 침전물. 알렉스의 제일 오랜 친구 토마는 어린 시절 브르타뉴에서 함께 찍은 사진들을 편집해서 파리에서 보내왔다. 사진 속 알렉스는 여섯 살 무렵이었는데, 승자처럼 환한 미소를 짓는 이 금발의 사내아이는 부활절 방학 동안 마당에 숨겨 놓은 부활절 달걀을 찾느라 짧은 다리로 전속력으로 질주했다. 여러 명의 아이들을 이끄는 돌격대장 알렉스. 그 애는 놀이에서도 단연 리더였으며, 살아 있는 동안 내내 가까운 사람들을 자신의 열정적인 세계로 끌어들였다.

많은 사람이 쥐스탱 트뤼도에 관해서도 언급했다. 얼마 전에 치러진 선거에서 승리를 쟁취함으로써 10월 19일에 모든 사람을 놀라게 했기 때문이다. 더러는 열광하는가 하면, 더러는 그가 당선된 건 순전히 마리화나 합법화를 공약으로 내걸었기 때문이라고 그를 깎아내리기도 했다. 어쨌거나 나는 이 젊고 현대적인 정치가가 내 동생 마음에 들었을 거라고 생각한다.

알렉스의 친구 질과 바르바라는 3D 프린터로 작은 글자를 제작하는 아이디어를 보여주었다. 동생 집 창가에 놓인 A자의 서체를 그대로 이용해서 찍어낸 검정색 A자. 장례식에 참석한 조문객 각자는 그 A자, 그리고 또 다른 친구들이 알렉스가 즐겨 듣던 노래들—뱅자맹 비올레에서 리한나에 이르기까지—을 다운받아 저장한 유에스비를 답례품으로 받았다.

친구들은 와츠앱WhatsApp에 "플로랑스 주변에서"라는 온라인 공간을 만들어서 계속 모인다. 무적의 후원자들. 각자가 자기 방식대로 세상을 떠난 친구의 아내를 보살피며, 그녀가 외롭지 않도록 마음을 쓴다. 거기 들어가면 알렉스 없이도 삶이,

사람다운 삶이 계속되도록 서로가 저녁식사 점심식사 초대 자리를 마련한다. 플로랑스 주변에서 이루어지는 이와 같은 선의의 연대감이 나에겐 벅찬 감동으로 다가온다.

다 끝났다. 이제부터는 동생을 내 마음속에서만 볼 수 있는 현실을 받아들여야 하며, 그걸 받아들일 수 있도록 나의 자아를 키워야 한다.

파리로 돌아오는 비행기에 나는 내 컴퓨터와 휴대폰을 두고 내린다. 따라서 문서도, 연락처도, 바깥세상도 없다.

내가 훌쩍거리자 아들 발타자르가 트럼펫처럼 쨍한 목소리로 묻는다.

"엄마, 지금 엄마 물건들을 잃어버려서 우는 거야?"

"응."

"하지만 그건 우리 집안사람답지 않은데!"

나는 여전히 육식동물—그게 아니라면 우리 이빨들은 다 무슨 소용이란 말인가?—이지만, 어린 아들 녀석 덕분에 불교 신자가 되기도 한다. 녀석이 툭 던진 이 하나의 문장으로 상실감은 나와 무관한 것이 되어버린다. 불행이 주는 두 번째 이점이 있다면, 행복이 더는 내 심장을 강타하지 않는데, 불쾌한 일조차 그렇다는 것이다.

파리, 2015년 겨울

•

•

•

파리. 삶을 잠깐 방치해두었던 바로 그 지점에서 다시 시작하도록 노력해야 한다. 죽음이라는 시공간적 균열을 뛰어넘는다는 건, 두 발을 묶고서 생로랑강을 뛰어넘는 것에 비길 만하다. 나는 아이들의 에너지로 심신을 가득 채우고, 아이들의 목덜미에서 배어나오는 향기를 들이마신다. 나는 남편의 걸음걸이에 보조를 맞춘다. 그를 따라 걷는다.

내 친구 마리프랑수아즈는 내가 너무 안 좋아 보인다면서 최면술사를 찾아가보라고 권한다. 나는 뭐든 해볼 마음이 있다, 심지어 돌팔이 의사를 보러 가는 일도 마다하지 않을 테다. 난 이제 주술적 사고만 믿으니까. 난 어디에서나 새들을 본다. 난 또 걸인들을 만나면 그들이 정신과 응급실에 실려 가는 일이 없도록 지폐를 준다. 자, 드디어 파리 12구의 한 추한 건물 안으로 들어왔다. 로비에서는 꿉꿉한 냄새가 진동한다. 땀과 살림살이 냄새가 뒤섞인 악취. 건물은 최근에 지어졌으나, 벌써 전혀 현대적이 아니다. 나는 그 냄새가 내 옷에 스며들까 봐, 의사가 나한테서 나쁜 냄새가 난다고 생각할까 봐 은근히 걱정된다. 난 혹시 옷을 벗어야 할지 몰라서 팬티도 예쁜 것으로 골라 입었다. 처음 방문이다 보니 내가 무슨 경험을 하게 될지 전혀 모르는 상태이므로, 오해의 여지가 없도록 프티 바토Petit Bateau 상표의 귀여운 면 팬티를 입고 왔다는 말이다. 최면술사의 아파트는 네모반듯하기만 한 게 흉한데, 바닥재까지 가짜다. 돌팔이 의사는 머리가 돈 것 같은 인상은 아니고—그런데 그 집에 있는 개에 대해서도 같은 평가를 내릴 순 없을 듯하다—이를테면 낡은 반짝이 트레이닝복 차림의 불리온 Bouglione 서커스단 조련사 같은 외모에, 무엇보다 이케아에 주문한 물건의 배달이 늦어져서 노심초사하는 중이었다.

"편하게 프랑크라고 부르십시오. 우리 개는 클로드 프랑수아입니다. 구두와 장신구만 벗으시면 됩니다. 장신구의 원석이 뿜어내는 기운이 내가 하는 치료를 간섭할 수 있으니까요."

오케이 프랑크. 나도 클로드 프랑수아가 나를 비스듬하게 꼬나보고 있지 않은 것처럼 행동하죠. 커튼으로 칸막이를 하고 조명을 절반쯤 줄여서 어둡게 해놓은 저 방구석 마사지 테이블에 가서 얌전히 누울 거라고요. 나는 감히 주변을 너무 자세히 살펴보진 않는데, 그래도 작은 병이며 조약돌, 무수히 많은 팔이 달린 조각상, 인도를 여행하는 얼간이 관광객들이 주로 사가지고 오는 얼간이 잡동사니가 눈에 들어온다. 배를 깔고 엎드린 나는 그가 무슨 짓을 하는지 알 수 없다. 프랑크는 나로부터 몇 센티미터쯤 떨어진 곳에서 양 손을 흔드는데, 나는 절대 건드리지 않는다. 그런데 이상하게도 에너지 파장이 느껴진다. 아주 강한 열기가 내 등줄기를 타고 이동하는 것이다. 상당히 놀라우면서, 불쾌하지 않은 신기한 느낌이다.

"굉장히 많은 빛이 보입니다."

"아, 그런가요, 그거 듣던 중 반가운 소리로군요."

"당신은 여기에 반드시 와야 할 필요가 있었군요, 당신의 기는 엉켜 있어요, 심지어 빗장이 채워졌다고도 말할 수 있죠. 그런데 참 이상하군요. 난민 수용 캠프에 있는 아이들이 보입니다."

"아, 그건 정말 이상하군요!"

"혹시 사진 찍는 분이신가요?"

"아뇨, 기자예요."

"아, 그러면 여행을 많이 하십니까?"

나는 차마 그의 말에 이의를 제기하지 못한다. 나는 그에게 광역전철 B구역을 넘어가는 적도 드문 사람이며, 난민을 만나는 일은 언감생심이라는 말을 하지 못한다. 나는 기가 약한 사람이라 미용실에서 나더러 강아지를 닮았다고 하면 고맙다고 인사하고, 정말 나한테 딱 어울리는 말이라고 말할 정도다.

"아, 네, 그게 그러니까, 여행이야 휴가 때 가는 거죠, 뭐. 그리스, 아니 더 정확하게 말하자면, 파트모스에 가면 난민보다는 작가들을 더 많이 만난다고 해야겠죠…."

"최근에 무슨 일이 있었군요, 굉장히 한기가 느껴지거든요."

"네, 내가 엄청나게 사랑하던 사람을 잃었어요."

"남편?"

나는 그가 방금 멀쩡한 내 남편을 죽였다는 생각에 불끈 화가 치민다.

"아뇨, 남동생이에요."

불현듯 내 기억은 2006년 6월 17일, 내 결혼식 날로 거슬러 올라간다. 그냥 갑자기 그러고 싶어서 그보다 몇 주 전에 정한 날짜였다. 당연하게도, 알렉스, 플로랑스, 쥘리에트, 프랑수아도 파리 5구 구청에서 열리는 예식과 장마르크가 설계한 선상 피로연에 참석하기 위해 몬트리올에서 날아왔다. 당연하게도, 나는 동생과 내 오랜 친구이자 앞으로도 내내 친구일 델핀을 증인으로 택했다. 사람에 대한 호불호에 있어서 때로는 부당하다고 할 정도로 야멸찰 수도 있는 알렉스는 대번에 장마르크를 마음에 들어 했다. 하긴, 그 애가 높이 평가하지 않을 사람과 내가 결혼을 할 리가 없지 않은가? 그날, 그 6월 17일 날, 구청에서 내 동생은 눈이 부실 정도로 환했다. 각이 지게 기른 턱수염에도 얼굴이 어두워 보이지 않았고, 태도에서 즐거움이 묻어났다. 내 친구 나탈리의 어린 딸 테스는 내게 다가와 손가락으로 알렉스를 가리키며 귓속말로 아줌마는 왜 저렇게 잘생긴 남자와 결혼하지 않느냐고 물을 정도였다. "그건 저 잘생긴 남자가 내 동생이기 때문이야." 나는 그날 남편과 동생 사이에서 이렇게 외칠 수 있어서 너무도 행복했다.

"당신 안에 굉장히 큰 두려움이 도사리고 있는 게 느껴집니다."

"아…"

"당신은 혹시 무릎genou을 다쳤나요?"

"아뇨.(무릎genou•이라는 말에 나는 라캉의 유명한 농담••을 생각한다. Je nous. 이 자는 이 말을 자기를 찾아오는 고객 누구에게나 할 테지. 하지만 나는 암말 않는다.)"

"그렇다면 동생분이 굉장히 두려워했기 때문이겠군요."

"괜한 소리 하지 말아요."

나는 마리프랑수아즈를 원망하면서 한시 바삐 이 수상한 장소와 이 얼간이를 떠나야겠다는 마음에 몸을 일으킨다. 나는 순간적으로 더웠다가 금세 추워진다. 난 다른 사람들이 알렉스가 두려워했다는 말을 함부로 내뱉기를 원하지 않는다. 마법사 지망생은 그러거나 말거나 말을 이어간다.

"당신은 나에게 죽은 자들과 대화하는 능력이 있다는 사실을 알고 계십니다."

너무 황당한 그의 말에, 나는 일어나려다 말고 주춤거린다. 그러고는 겨우 한마디 한다.

• '주누'라고 발음한다.

•• 정신분석가 라캉이 한 말의 전문은 다음과 같다. "무릎genou이 아픈 건 관계의 문제 때문이다. 왜냐하면 우리는 나je와 우리nous 사이의 적절한 분절 때문에 괴로워하니 말이다." genou와 je nous는 공교롭게 발음이 같다.

"아, 그러시군요."

난 용기가 나지 않는다, 아니, 그런 자에게 동생이 뭐라고 하더냐고 물을 만큼 머리가 돌진 않았다. 난 내가 고작 플레인 요구르트만큼의 지능을 가졌다고 느낀다. 남자가 동생이 아주 잘 지내고 있다고 말하는 순간 초인종이 울리면서 남자는 다시금 땅으로 내려온다.

"죄송합니다."

나는 막연하게 한시름 놓는다. 택배 기사의 도착과 주인의 부재를 틈타 개가 나한테 달려들지는 않을지 겁이 난다. "착하지, 클로드 프랑수아." 기운을 회복하려고 여기 왔는데, 기껏 개랑 대화를 나누다니.

돌아온 프랑크는—"죄송합니다"—확실히 빌리 책장이 도착해서 마음이 놓인 덕분인지, 잔뜩 기분이 고조되었다. 어찌된 영문인지 나에 대해서 조금 전과는 달리 삼인칭 단수로 말을 한다. "올리비아, 그녀는 마음을 열어야 합니다." 내 등 위에서 희석되지 않은 원액이 분명한, 굵직한 기름방울들이 요동을 친다. "올리비아 그녀는 슬픔을 지니고 있습니다, 그녀에게는 자수정이 필요하군요." 내가 속으로 아무리 조롱해도 소용없다. 그가 내 위에서 두 손을 흔들면—"내가 옥비가 내리도록 할 겁니다"—, 그러니까 절대 내 몸엔 손을 대지 않으면서 그렇게 하면 엄청난 에너지를 느끼니, 그의 어설픈 동작들이 나에게 해를 끼친다고는 말할 수 없는 노릇이다. 이윽고 나는 잠이 든다. 그것으로 끝이었다.

나는 구두를 신고 그에게 육십 유로를 지불했다. 죽은 자들과 이야기를 나누는 특별한 능력을 가진 자에게 그 정도면 지나친 액수는 아니다 싶었다. 나는 나의 유전자 속에 새겨져 있는 수 세기 묵은 예의를 깍듯하게 차린다. 구두를 신자마자 냅다 그 집에서 나오는 대신 그자에게 이해한다는 말을 건넨 것이다.

"이런 식의 치료는 선생님께도 굉장히 힘들겠네요."

"전혀 그렇지 않습니다, 오히려 아주 기분 좋은 일입니다. 우리 집안에서는 아버지에서 아들로 대를 이어가며 재능을 물려받습니다. 나도 저절로 그렇게 되었죠. 그리고 당신은 정말로 아주 쉬웠습니다. 굉장히 잘 받아들이는 분이라서 말입니다. 내가 비밀 하나 알려드릴까요?"

어차피 일이 이렇게 된 마당이니, 당연히 그러셔도 됩니다, 프랑크.

"아무래도 우리가 전생에 만난 적이 있는 것 같습니다. 당신의 영혼을 어디에선가 만난 적이 있는 게 확실해요."

나는 차마 그가 나를 텔레비전에서 봤을 거라고 쏘아붙이지는 않는다. 그저, 다시 또 방문해야 하느냐고만 묻는다. 그 질문에 그는 두 눈을 지그시 감더니 문득 영감이 떠올랐다는 듯한 표정으로 자신 있게 대답한다.

"3월 말, 그때가 좋겠군요."

그 후 나는 상태가 더 좋아지지도, 더 나빠지지도 않았다.

파리, 2015년 11월 12일

·

·

·

　부모님은 아들을 위해 오퇴유가의 한 성당에서 추모 미사를 올리고 싶어 했다. 그야 지극히 당연하고, 그래야만 하는 일이었다. 파리의 가족들과 친구들이 모여서 함께 묵상한다는 건 분명 좋은 일이지만, 다른 한편으로는 고통을 두 번씩이나 감수해야 하는 일이기도 했다. 동생은 이미 몬트리올에서 죽었는데, 이제 파리에서 다시 한번 죽어야 한다는 뜻이니까. 엄마와 내 자매들이 모든 것을 다 계획하고 주관했다. 추모사와 노래, 음악 등을 고르고, 동생의 사진이 담긴 소책자도 제작했다. 지금 그 책자는 내 책상에 마련된 작은 제단에서 나를 항상 바라보고 있다. 이따금씩 나는 온 힘을 다해 동생이, 플로랑스가 내게 보내준 〈눈물 짓게 만드는 비디오〉라는 제목의 그 영화에서처럼, 나에게 윙크라도 보내주기를 소망한다.

　이 일을 진행함에 있어서 나는 아무 사안에도 의견이 없었다. 나는 이 종교적인 자리를 준비하는 데 어떤 도움도 되지 못했다. 나는 나쁜 딸이다. 난 오히려 알렉스를 추모하기 위해서 근사한 폭죽을 쏘아 올리거나, 새벽에 지쳐서 쓰러질 때까지 춤을 추는 댄스파티를 열어서, 슬픔을 언제까지고 꾹꾹 눌러 담는 대신 깨끗하게 제거해버리고 싶은 심정이다. 사회적인 관습 따위는 보란 듯이 내던지고 우리 가슴에 가혹하게 못이 박혔던 것처럼 남들에게도 못을 박고 싶다. 나는 그렇게 하는 것도 분명 의미가 있을 거라고 생각한다. 나는 의식의 부재가 너무도 고통스러운 나머지 나 혼자만이라도 지금까지 볼 수 없었던 뭔가, 불꽃처럼 활활 타오르는 뭔가를 발명해내고 싶다. 죽음을 무절제하게 기려야 한다. 살아서 너무 행복했던 시간, 그것이 행복인지조차 알지 못했던 그 시간을 추억하는 법. 지속하는 것을 기리는 법.

현대적이고 채광이 무척 좋은 생프랑수아 드 몰리토르 성당에 많은 사람이 모였다. 우리는 가족석으로 마련된 몇 줄에 다닥다닥 붙어 앉았다. 우리 모두가 한 자리에 있는 모습을 보는 것만으로도 나는 울고 싶은 심정이다. 큰 체격의 꼿꼿한 아버지 옆에서 엄마는, 그토록 강인하고 결단력 있는 이 여인은, 너무 작아 보인다. 손으로 톡 건드리면 금방이라도 부서져버릴 것 같다. 두 분은 떼려야 뗄 수 없는 시멘트처럼 단단한 한 쌍이다. 두 분은 존재의 가장 깊은 곳에서 함께한다. 두 분은 우아하고, 품위 있다. 그런데 이렇게 쓰고 보니 좀 이상하고 쑥스러운데, 이게 다 동생이 오늘 오후 우리를 모두 썩 괜찮은 사람으로 만들어준 덕분이다. 동생을 향한 사랑이 우리에게 소박한 축복을 허락했다. 몬트리올에서 온 플로랑스, 쥘리에트, 프랑수아, 카롤린, 브뤼노, 콜롱바, 팔로마, 비앙카, 로렌조, 클로에, 엠마뉘엘, 펠리시, 비올레트, 이폴리트, 내 세 아들 바질과 세자르, 발타자르, 그리고 남편 장마르크. 우리는 모두 지금 우리 곁에 없는 우리의 한쪽에 의해 끈끈하게 연결되었다. 우리의 사랑은 냇가의 조약돌만큼이나 구체적이다.

알렉스와 플로랑스의 딸 쥘리에트는 화사함과 아리따운 얼굴에 그대로 표출되는 진솔하고 밀도 높은 감정, 속마음의 깊이로 눈부셨다.

내 친구 델핀도 참석해서 바로 가까이에 자리했다. 나의 잡지사 동료들은 제일 앞쪽에 착석했다. 종이로 잘라낸 작은 인물들처럼 옹기종기 모여 앉은 동료들. 나탈리, 마리옹, 도로테, 마필, 플로랑스, 잔, 플라비, 마리프랑수아즈, 로랑스, 카트린, 실비아, 그리고 유일한 남자 동료 에두아르. 그토록 똘똘 뭉친 그들을 보니 내 마음은 감동으로 일렁였다. 나는 허공을 응시한다. 사제는 이상한 설교를 늘어놓는다. 자살에 대해 말하면서 사실은 거기에 대해서 함구하는 요령부득의 설교. 나중에야 내 자매들은 정성을 쏟아 미사 책에 잠언의 구절을 적어놓았다. 나는 그 구절이 너무도 마음에 들었다.

의로운 사람들의 영혼은 하느님의 손 안에 있으니 그 어떤 고난도 그들에게 미치지 않는다.

무분별한 사람들의 눈에는 그들이 죽은 것으로 보였다. 그들의 떠남은 불행으로 치부되었으며, 그들의 멀어짐은 종말로 여겨졌다. 하지만 그들은 평화 가운데 있다. 인간의 시선으로 보았을 때, 그들은 벌을 받았으나, 영생에의 기대가 이들을 충만하게 만들었다.

미약한 고통 후에 커다란 복이 그들을 기다리고 있을지니, 하느님께서 그들에게 시련을 주셨다가 그들이 하느님을 영접하기에 모자람이 없다고 보셨기 때문이다.

나는 온 힘을 다해, 어떤 주님인지는 잘 모르겠지만, 방금 옮겨 적은 말들이 정말이기를 주님께 기도한다. 나는 동생이 모든 시련에도 의연한 자라고 생각한다.

11월 13일 저녁엔 주위가 평온했다. 우리는 플로랑스의 컴퓨터에 저장되어 있는 수백 장의 알렉스 사진과 비디오를 함께 보았다. 살아 있는 그 애 모습을 눈에 가득 담았다. 그 애가 움직이고, 춤을 추며, 말하고 웃는 걸 보고 있으니 마음이 억눌리는 것이 아니라 오히려 편안해지고 기운이 솟는다. 한없이 부드럽다. 우리는 이를테면 둥근 거품 속에 들어 있는 것 같다. 지나가버린 행복을 가지런하게 되돌려놓는다.

나탈리가 보낸 희한한 메시지가 내 휴대폰에 도착한다. "바질과 장마르크의 딸들 말인데, 지금 집에들 있어?" 아니, 없어. 그런데 그건 왜? 이윽고 언니가 보낸 메시지도 도착한다.

"걱정 마, 쥘리에트와 비앙카는 친구 집에 잘 들어갔대." 다급한 문자메시지에서 의견을 묻는 메시지까지, 직장 동료들 짓이다. 〈엘르〉도 뭔가 해야 하지 않을까? 또다시 나에게 휘몰아치는, 뭐가 뭔지 하나도 모르겠다는 자포자기 심정.

인터넷에 접속하자 테러범들이 지나가는 사람들에게 무차별 총질을 해댄다는 기사가 눈에 들어온다. 바타클랑 극장에서 콘서트를 관람하던 관객들은 인질로 잡혔다. 우리는 다 큰 자식들이 안전한지 바삐 전화를 돌린다. 장마르크의 큰 딸 쥘리아는 파리 11구의 한 호텔 방으로 피신했다 하고, 바질은 오토바이를 타고 집으로 돌아왔다고 한다. 다른 사람들과 마찬가지로 우리도 텔레비전을 켠다. 세상이 끝난 것 같은 분위기 속에서 모든 건 뒤죽박죽이다. 다리에서 몸을 던지는 알렉스, 두 손을 머리에 얹고 바타클랑 극장에서 나오는 관객들, 실내에 인질로 잡혀 있는 가엾은 사람들. 또다시 지옥이 시커먼 퐁듀가 되어 우리 머리 위에 떨어진다.

내 동생은 그의 부재로 빛난다. 우리는 지금 이 일에 대해서, 그 애는 몬트리올에서, 나는 파리에서, 이 처절한 비극에 대해서 생방송으로 이야기를 주고받는 중이어야 마땅하다. 이렇듯 불행의 층이 한 층 한 층 포개지는 상황은 어디로 보나 초현실주의적이다. 그렇긴 한데, 우리 아파트에서 지하철로 고작 몇 정거장 떨어진 곳에서 사람들이 계속 죽어가고 있다. 내 동생의 관 크기만큼으로 줄어들었던 세상이 이제 본래 크기를 찾아간다. 다시금 외부의 불행을 내 안으로 투과시킴으로

써 손상당한 우리의 인류애를 다소나마 되찾을 수 있다.

다음 날, 그러니까 11월 14일, 플로랑스, 쥘리에트, 프랑수아가 몬트리올 부아예가 집으로 돌아가기 전, 파리에서 보내는 마지막 날, 우리는 다 함께 외출하기로 결정한다. 우리는 토요일 아침인데도 이상하리만치 한산한 생제르맹 대로를 걷는다. 오데옹역 근처 극장들은 문을 닫았다. 거리를 지나다니는 몇 안 되는 행인은 모두들 한물간 얼굴들이다. 도시가 죽었다. 그런데 우리는 어찌해야 할지 모를 우리의 슬픔을 어깨에 둘러메고 죽은 도시를 걷는다. 모처럼 손님이 없는 이탈리아 음식 식당에서 점심을 먹는다. 모든 건 제멋대로 뒤섞여 있다. 슬픔이 도시를 집어삼켰는데, 우리는 우리가 왜 우는지 그 이유를 잘 모른다.

파리, 2015년 겨울

．
．
．

죽음이 아름다움까지 앗아가는 건 아니다. 죽음은 오히려 아름다움을 손이 닿지 않는 곳으로 옮겨놓는다. 모든 기쁨이 덧없어 보인다.

나는 잊어버리고 싶지도, 우울 속으로 가라앉고 싶지도 않다. 나는 슬픔을 소중하게 가꾸면서도 큰 소리로 웃을 수 있는 삶의 공간을 찾는다. 내 아이들을 위해서. 이 저주를 멈추기 위해서. 나의 세 아들이 잘 살아나갈 수 있도록 하기 위해서.

나는 아들들에게 넘치도록 말하고 아들들을 넘치도록 쓰다듬어 준다.

나는 내가 가진 힘을 다해서 그 아이들에게 웃을 구실을 만들어준다.

나는 겨우 겨우, 일 센티미터씩, 삶의 표면으로 올라온다. 친구들은 그러는 나에게 짧은 사다리가 되어준다.

나는 얼간이들은 파리 잡듯 휘휘 쫓아버린다.

무슨 신호라도 없을까 해서 늘 주변을 살핀다. 죽은 자들과 대화할 수 있다는 그 돌팔이 마법사 프랑크에게 다시 가보고 싶은 마음도 굴뚝같다.

나는 죽음과 친하게 지내면서 사는 방법을, 행복한 향수를 만들어내는 법을, 고통을 줄이는 것이 아니라 그걸 더럽히는 모든 것—죄책감, 후회, 회한 등—으로 인한 고통을 제거하는 방법을 배운다.

나는 동생을 상상 속의 친구로 변신시키려 애쓰는 중이다. 그 애에게 말을 걸고, 의견을 물어본다. 그 애의 너무도 세련된 취향이 나에게 나침반 역할을 해준다. 알렉스는 나의 지미니 크리켓*이다.

나는 슬픔의 물렁한 살덩어리 속에서 척추뼈를 찾는다. "즐거움은 용감한 자들이 나눠 갖는 비밀이다." 공자그 생 브리**라고 하는 아주 별난 작가가 한 말이 내 머릿속에서 맴돈다. 내 동생은 무지무지 즐거워할 줄 알았던 사람이다.

장마르크가 처음으로 내 동생을 만난 때는 언니 카롤린의 생일날이었다. 언니는 그때 마흔 살이었고, 색상을 이용해서 근사한 파티를 계획하는 재능이 있었다. 그날 저녁은 진한

- Jiminy Cricket. 디즈니사에서 만든 만화영화 〈피노키오〉에 등장하는 재밌고 현명한 귀뚜라미.
- Gonzague Saint Bris. 1948~2017년. 프랑스의 소설가, 전기 작가, 기자.

분홍색이 주제였다. 심지어 음식까지도 온통 분홍색 천지였지만, 그래도 맛있었다. 알렉스는 몬트리올에서 달려왔다. 추운 나라에서 온 동생. 어렸을 때 나는 항상 이런 우회적인 표현이 흉하고 부당하다고 생각했다. 그런데, 알렉스가 몬트리올로 떠난 이후로 나와 내 자매들은 너무도 자연스럽게 그 애에게 '추운 나라에서 온 동생'이라는 지위를 부여했다. 이 같은 역할 분담에 질투 같은 건 끼어들 여지가 없었다.

어느 순간 알렉스가 자취를 감추었는데, 옷 보관실로 쓰던 방에 갔거나 후미진 구석으로 갔던 모양이다. 그러더니 분홍색 양말과 테이블에 두른 짙은 핑크색 새틴 리본으로 성기만 가리고 옷을 홀딱 벗어버린 모습으로 다시 나타났다. 파티장 중앙에 다다른 그 애는 마치 날아가고 싶은 듯 양 팔을 너울너울 움직이며 춤을 추었다. 매력적인 미소를 머금은 채. 소리 내어 웃는 법이 없는 그 애에게 미소는 언제나 다른 뭔가를 의미하는 것처럼 보였다. 모인 사람들은 모두 깜짝 놀라 어쩔 줄 모르다가 이내 미친 듯이 웃어대기 시작했다. 나는 그날 저녁 처음으로 동생을 만나게 된 내 남편의 표정이 지금도 기억에 생생하다. 그게 바로 알렉스였다. 순간순간을 강렬하게 만들기 위해서라면 무엇이든 할 준비가 되어 있는 내 동생 알렉스.

나는 내 아들들에게 웃음을 선사하기 위해서라면 벌거벗고 춤도 출 수 있다.

어떻게 해서든지 즐거워지려고 노력하는 것이 알렉스에게

어울리는 행동 방식이었다. 그건 힘들지만 필요하니까.

내 이야기는 여기서 끝나지 않는다. 나는 죽음이 삶을 향해 수면으로 고개를 쳐드는 이야기도 해야겠다.

2015년 12월 10일, 자매들과 여자 조카들, 내 큰아들, 남편, 나, 우리는 프랑스 순회공연 중인 퀘벡 출신 가수 아리안 모파트의 콘서트를 보러 게테 리리크 극장으로 갔다. 아리안의 언니 스테파니가 오랜 친구 대하듯 우리를 반갑게 맞아주었다. 염려가 배어 나오는 그녀의 활력이 우리에게 훌쩍 점프하더니 내내 우리를 놓아주지 않았다. 지하에 위치한 공연장 안에서 우리는 아무렇지도 않은 척 하면서 비상구를 살폈다. 바타클랑 극장의 인질들을 생각하면서. 우리는 심장이 이미 두 개로 쪼개진 상태에서—이런 상태에서 어떻게 심장이 여전히 작동하는지 나는 모르겠다—과연 노래를 들으면서 감동을 받을 수 있을지 내심 불안했다. 돌이켜보면 노래는 어린 시절 내내 우리를 얼러주었다. 여름에 아버지가 모는 달달한 밤 크림색 푸조504 자동차를 타고 칸으로 내려갈 때면, 우리는 파리 보세주르 대로에서 칸의 베네피아 대로까지 가는 열두 시간 동안 확신에 차서 노래를 부르곤 했다. "내 침대에 있는 여자는/ 벌써 오래전부터 더는 스무 살이 아니라네." 우리는 세르주 레기아니Serge Reggiani에게 열광했다.

몬트리올에 정착한 알렉스는 습관처럼 우리에게 퀘벡 대중가요를 보내주었다. 오래전부터 펠릭스 르클레르크Félix Leclerc의 열렬한 팬인 아버지를 위해서는 시디를 구워드렸다. 아버지 때문에 우리는 모두 장 르루Jean Leloup의 노래 〈나는 너에게 너를 사랑한다고 말해주고 싶어/ 그뿐이야〉를 흥얼거리곤 했다.

아리안 모파트는 믿을 수 없을 정도로 에너지 넘치는 인물로, 그녀의 목소리를 들으면 소름이 돋는다. 우리는 그녀가 알렉스에 대해 말문을 여는 순간을 기다린다. 그녀가 너무 일찍 세상을 떠난 프랑스 친구를 위한 노래를 부르기 시작하자 우리는 애써 울음을 참는다. 퀘벡 출신 예술가 피에르 라푸앵트Pierre Lapointe도 우스꽝스러운 작은 모자를 쓰고서 아리안과 합류하고, 알뱅 드라시몬Albin de la Simone은 귀 덮개가 달린 모자를 쓴 차림으로 이들과 함께 한다. 세 사람은 〈우리가 반복적으로 맛보는 기쁨들Nos joies répétitives〉라는 노래를 불렀는데, 노랫말이 듣는 이들의 고통을 누그러뜨리는 굉장한 힘을 발휘한다.

의심하는 마음이 들고

부끄러움이 또다시 고개를 들 때면

우리가 반복적으로 맛보는 기쁨들이 우리를 안심시켜주지

우리는 눈에 검은색 파란색을 잔뜩 칠하지

그게 거짓이라도, 오늘은 좀 기분이 낫다고 믿게 하려고 말이야

우리는 친구들과 둘러앉아 술도 마시고 밥도 먹으면서 우리 습관에 대해서 이야기하곤 하지

어제의 습관, 내일의 습관, 오늘 우리의 고독을 그것들과 비교하기 위해서 말이야

나는 유튜브에서 이 곡을 들을 때면, 감사함을 외치는 우리의 절제된 목소리를 구별해낼 수 있다고 믿는다. 자매들과 나, 우리의 고독은 이 순간만큼은 하나로 섞여버린다. 때로는 서로 갈등을 일으켜서 내 마음을 알아달라고, 각자의 고통에 군불을 지펴대면서 나 홀로 불꽃을 일으킬지라도. 그날 저녁, 우리의 절망은 하나씩 하나씩 해체되었다. 다시금 우리에게 기쁨이 허락되었다.

·
·

"즐거움은 용감한 자들이 나눠 갖는 비밀이다."

·
·

파리, 2015년 크리스마스

·

·

·

　슬픔이란 바다를 가로지르는 항해와도 같아서, 어떻게 해서든 섬과 암초 한가운데에 있을, 아직은 잘 모르는 해안까지 다다라야 한다. 그 과정에서 크리스마스는 뛰어넘기 만만치 않은, 아주 힘든 장애물이다. 가족 가운데 어느 어른도 크리스마스를 축하하고 싶은 마음이 없는 반면, 아이들은 다르다. 그런데 어차피 삶은 엉망진창이 되었으니, 모든 건 이미 엎질러진 물인데, 어째서 계속 떨떠름한 표정으로 살아야 한단 말인가? 어째서 모두들 잔뜩 웅크린 채 훌쩍거려야 한단 말인가? 우리 안엔 자원이 비축되어 있다. 알렉스는 우리에게 그런 것도 남겨주었다. 그러니 우리 안에서 하릴없이 잠자고 있는 판타지를 퍼 올려야 한다. 카롤린은 성공적인 파티를 조직하는 재능이 있고, 클로에는 더할 나위 없이 진지한 성품만큼이나 기상천외함을 발휘하기도 한다. 우리는 크리스마스 전야를 부활시키기로 했다. 모두들 변장을 할 것. 해학을 즐기던 알렉스에게 보내는 공모의 윙크랄까. 아이들은 금발 가발을 착용했다. 여자 조카애들은 온통 반짝이로 치장했다. 반짝이 스타킹을 신은 바질은 베를린 장벽이 무너지기 전 빙판을 석권하던 러시아 출신 피겨스케이팅 선수 같다. 나는 남편을 위해서는 조지 클루니 가면을, 형부를 위해서는 조니 할리데이 가면을 샀다. 비록 심장은 깨진 도자기처럼 박살이 났을지라도, 파티는 그럭저럭 즐거운 모양새를 보인다. 우리는 함께 있는 것만으로도 행복하다. 그렇다면 성공이지.

12월 26일, 장마르크와 나, 우리의 여섯 아이들은 플로랑스, 쥘리에트, 프랑수아를 만나러 리우데자네이루로 출발한다. 왜 하필이면 브라질인가? 그야 남편이 나를 구해주고 싶어 했으니까. 그리고 나는 플로랑스와 내 조카들을 구해주고 싶었으니까. 우리가 여전히 새로운 풍경 앞에서 감동할 수 있는지 알기 위해서는 따뜻한 온기와 파란 바다가 필요했다. 멜랑콜리가 두 배로 심화되는 밤의 푸른색이 아니라, 투명하고 파란 바다, 슬픔과 서글픔 따위는 깨끗이 씻어주는 투명하고 파란 바다여야 했다. 때문에 우리는 저금통을 깨서 먼 바다로 나아갔다.

집은 직접 눈으로 보면서도 믿을 수 없었다. 물 위에 살짝 내려앉은 한 마리 새 같은 집. 우리는 실컷 자고, 헤엄치고, 인적 없는 섬 사이를 항해했다. 브라질식 끈 수영복도 샀다. 어디에서나 돌고래가 눈에 들어왔다. 우리는 울다가도 온갖 향의 카이피리냐를 죄다 음미하고, 이국적인 향취를 듬뿍 간직한 이름 모를 열대 과일을 먹고, 파라티에 쏟아지는 열대 소나기 속을 달렸다. 배를 타고 바다로 나갔다가 우연히 해안에 지어진 집, 인테리어 잡지들이 찬미해마지 않는 데다 플로랑스가 몇 해 전부터 마음에 품고 있던 개성 넘치는 집을 만나는 호사를 누리기도 했다. 우리는 거기서 신호를, 알렉스가 가까이 있다는 표시를 읽었다. 우리는 물론 새들도 바라보았다. 또, 청소년기를 막 벗어나 멜랑콜리와 삶이 주는 경이로움 사이에서 줄타기하는 쥘리에트를 보며 언제 제대로 날게 될지 아직 모르는 나비를 생각했다.

우리는 더는 세상의 아름다움에 마음을 닫은 자들이 아니었다.

12월 31일 밤. 알렉스 없이 맞이하는 첫 신년 초하루. 브라질 전통에 따라 흰 옷을 차려입은 우리는 갑판에 앉아 바다와 폭죽을 즐겼다. 2016년 새해를 맞이하는 소원을 말하면서 우리는 울먹였다. 플로랑스는 힐러리 클린턴이 미국 대통령이 되기를 소망했다. 자정이 되었을 때 우리는 옷을 다 입은 채 따뜻한 바닷물로 뛰어들었다. 이럴 때를 가리켜 행복이라고 말할 수 있을지는 잘 모르겠지만, 적어도 우리는 슬픔과는 다른 어떤 부드러운 감각으로 뭉쳤다. 우리는 다시금 헤엄치기 시작했다.

아버지가 보내온 새해 인사 메일

나는 우리의 슬픔이 많이 다르지 않다고 생각한다. 이 같은 부재를 견디는 건 정말이지 쉬운 일이 아니로구나. 어떤 사람들은 나에게 이럴 경우 슬픔과 행복이 동시에 찾아온다는 말도 하더구나. 나는 그 말을 믿으려는 경향이 있고, 그래서 너에게도 2016년이 그렇게 되기를 빌어주고 싶구나. 우리의 고통과 더불어 그래도 소소한 행복의 순간이 너와 함께하기를 기원하마. 아마 너도 알렉상드르가 자기 집 근처에서 노숙하는 걸인을 많이 챙겨줬다는 사실을 알고 있을 테지. 아침마다 그 애는 걸음을 멈추고서 그자와 이야기를 나누었고, 물론 정기적으로 돈도 조금씩 보태주었다지. 그자는 알렉스의 사망 소식을 듣고서 너무 충격을 받았다는 것 같더구나. 내가 너한테 이 이야기를 들려주는 건, 12월 31일 내가 어떤 노숙자(아주 '청결한' 자였어, 걸인이라고는 할 수 없는 사람이었지)를 만났기 때문이란다. 우리는 이야기를 나누었고, 나도 그자에게 돈을 좀 주었어. 우린 둘 다서 있었는데, 그자가 고맙다는 표시로 글쎄 두 팔을 벌려 나를 완전히 자기 품에 끌어안지 뭐냐. 아주 훈훈한 포옹이었지. 그때 난 정말로 알렉스가 나한테 신호를 보낸 거라는 느낌을 받았단다!

애야, 난 너를 많이 사랑한다. 너와 너를 둘러싸고 있는 모든 이들에게 다정한 입맞춤을 보낸다.

아빠

·

·

슬픔이란 바다를 가로지르는 항해와도 같아서,

어떻게 해서든 섬과 암초 한가운데에 있을,

아직은 잘 모르는 해안까지 다다라야 한다.

·

·

파리, 2016년 1월

．

．

．

　나는 여름과 마찬가지로 겨울도 사랑한다. 겨울이란 계절은 게으름을 허락한다. 반드시 밖으로 나가서 분주하게 돌아다니지 않아도 되고, 집에 가만히 있으면서 벽난로의 불길만 바라보고 있어도 좋다. 1월이면 여자들은 모두 새 구두를 신고 거리에 나온다. 예리하게 관찰하면 그 새 구두라고 하는 것들의 색상이 심상치 않게 튄다는 사실을 알아차릴 수 있는데, 십중팔구 검정색과 초콜릿색은 세일을 하지 않기 때문일 것이다. 새해가 막 시작된 요즈음, 나는 빨간 부츠를 신은 여자들 틈에서 걷는다. 스마트폰으로 내 발걸음 수를 세면서 넓은 보폭으로 성큼성큼 걷는다. 그렇게 하면 절망의 콧대를 꺾을 수 있지 않을까 싶어서.

　다시 한 권의 책, 막스 포터*가 쓴《슬픔에는 고통이 있다 Grief is the Thing With Feathers》라는 책이 너울처럼 나를 집어삼킨다. 런던에서, 부인을 떠나보내고 홀로 된 슬픔으로 낙담한 남자가 어린 두 아들을 데리고 계속 살기 위해 분투한다. 그런데 그들의 집에 까마귀—이런, 이런!—가 날아든다. 까마귀의 난폭함과 냉소적인 태도 뒤엔 아주 이상한 치유의 프로그램이 숨어 있다. 나중에 가면 평온을 찾은 남자의 글을 읽을 수 있다.

"아내가 너무도 그리운 나머지 나는 내 두 손으로 높이가 삼십 미터쯤은 되는 기념탑을 세우고 싶었다. 나는 하이드 파크 한가운데에 놓인 거대한 석재 의자에 앉아 경치를 감상하는 아내를 보고 싶었다. 지나다니는 사람들은 모두 내가 얼마나 아내를 그리워하는지, 그리움이 얼마나 물리적인지 이해할 수 있을 것이다. 나는 아내가 너무 그립다, 그 그리움은 엄청나게 큰 황금 석탑이며, 콘서트홀, 천 그루의 나무, 거대한 호수, 삼천대의 버스, 백만 대의 승용차, 이천만 마리의 새, 그리고 그보다 더 많은 것이다."

무슨 종류인지 도무지 알 수 없는 검은 새 한 마리가 내 서재의 창문에 설치한 블라인드 줄을 가지고 논다. 나는 녀석의 사진을 찍고자 이리저리 시도해본다. 녀석의 방문에 나는 기운이 솟는다. 나는 아침마다 녀석이 왔는지 살피는데, 그게 멍청한 짓이라는 건 나도 안다. 하지만 노상 불구르**만 먹는 것보다 더 멍청하진 않다.

---

* Max Porter. 1981년생. 영국의 작가로, 본문에 소개된 데뷔작으로 2016년 딜런 토머스 상을 수상했다.

** boulgour. 또는 부르굴. 여러 종류의 밀을 데친 후에 빻아 만든 곡물로, 터키를 비롯하여 중동, 지중해 유역, 남아시아 등지에서 많이 먹는다.

파리, 2016년 1월 11일

·
·
·

라디오에서 아침 뉴스가 중단되더니 데이비드 보위의 사망 소식이 흘러나온다. 나는 지금까지 알지도 못하는 사람의 죽음에 눈물 흘리는 것을 이해할 수 없다고 여겼으며, 그래서 그 눈물은 외설이라는 짠맛이 난다고 멋대로 생각해왔다. 우리 각자에게 자기 자리가 있는 것처럼, 각자에게는 자기의 슬픔이 있고, 죽은 이들은 마음속에 잘 간직하면 될 일이 아닌가. 그런데 10월 14일 이후로는 별것도 아닌 사소한 일들이 나의 고통을 일깨운다. 짜고 또 짜도 물기가 남아 있는 수건처럼 계속 눈물이 흘러내린다.

보위로 말하자면, 그의 죽음으로 나는 한 방 크게 얻어맞았다. 그는 내 동생의 영웅이었다. 알렉스와 어린 시절 친구 피에르는 둘 다 치아 교정기를 꼈고, 어린 여자아이들처럼 그의 열혈 팬이었으며, 보위의 노래라면 모조리 줄줄 외워 불렀고, 그의 음반을 사 모으고, 콘서트, 아니 이 무슨 망언이람, 콘서트라기보다 보위교 입문 의식에 빠짐없이 참석했다. 알렉스의 변장, 변신 취미는 이 월드 록 스타로부터 전수받은 것이다.

보위가 사망함으로써, 내 동생은 한 번 더 죽게 되었다. 소식을 듣자마자 클로에가 나한테 문자메시지를 보냈다. 기타 이모티콘 두 개, 음표 이모티콘 세 개, 그리고 짧은 소감. "알렉스는 젊은 시절 우상을 만나게 되겠네. 뽀뽀." 나는 〈엘르〉 사무실에 틀어박혀 일은 접어두고 보위의 뮤직비디오 〈라자루스〉를 열 번이나 반복해서 돌려보았다. 보위가 노랫말을 통해서 자신의 퇴장을 얼마나 미치도록 정확한 방식으로 준비했는지 새삼 발견한 나는 거의 최면 상태에라도 빠진 것처럼 얼얼하고 심란했다. "저기 저 높은 곳을 보라, 난 천국에 있어 (…)/ 넌 내가 자유로워지리라는 걸 알지/ 저 파란 새처럼."

이게 신호가 아니겠는가, 분명 동생이 보내는 신호다.

레오스 카락스 감독의 〈퐁네프의 연인들〉에 등장하는 롱테이크 장면 속에서 〈모던 러브〉 곡에 맞춰 전속력으로 달리는 드니 라방의 이미지, 자크-카르티에 다리를 향해 자전거 페달을 밟는 내 동생의 이미지, 스필버그 감독의 영화에서 자전거 핸들에 매단 바구니에 올라타고 하늘을 나는 이티의 이미지가 모두 겹쳐진다.

내 동생은 우리에게 날개를 달아준다.

·
·

내 동생은 우리에게
날개를 달아준다.

·
·

파리, 2016년 1월 14일

.
.
.

　매달 14일은 슬픔을 되감아서 내게 던지는데, 그 강도가 첫 번째 날과 다름이 없다. 난 심하게 물어뜯긴다. 그와 동시에, 14일이면 나는 동생만 생각한다. 나는 새로 생긴 습관이 마음에 든다. 나는 내가 그날이 14일임을 잊어버리게 될 14일이 다른 무엇보다도 제일 두렵다.

　하루가 저물어갈 무렵, 플로랑스와 조카들이 아직 집에 돌아오지 않았을 게 확실한 그 시간에 나는 부아예가 동생 집으로 전화를 걸어, 응답기에서 들려오는 동생의 목소리를 듣는다.

　나는 혹시 아주 작은 흔적이라도 있는지 호시탐탐 살핀다. 고독한 사냥꾼.

　강한 비바람을 동반한 태풍이 아소르 쪽으로 접근하고 있다고, 토마 소토가 오늘 아침 유럽1 방송에서 예보한다. 이런 부류의 기후 현상이 1월에 북대서양에서 발생하는 건 1938

년 이후 처음이라고 한다. 내가 제대로 이해했다면, 1월은 태풍과는 전혀 무관한 계절인 데다, 장소도 이론적으로 수온이 매우 낮은 대서양 쪽이라 이 태풍이 예외적이라는 것 같았다.

"이번 태풍의 이름은 알렉스입니다." 기자가 마지막으로 한마디 덧붙인다.

하늘에 있는 내 동생아.

．
．

"이번 태풍의 이름은 알렉스입니다."
기자가 마지막으로 한마디 덧붙인다.

하늘에 있는 내 동생아.

．
．

포틀랜드, 2016년 2월

.

.

.

플로랑스는 남편이 살았을 때 새긴 꽃 문신에 새 한 마리를 더 새기려고 포틀랜드로 간다. 택시에 탔으나 차는 교통 체증으로 속도를 내지 못하고, 때문에 플로랑스는 문신사와 약속에 지각한다. 문신사는 플로랑스에게 꽃다발을 새겨주었을 뿐 아니라, 그 애가 죽기 며칠 전에 알렉스의 팔에 호랑이와 뱀도 새겨준 바로 그 사람이다.

도로 교통이 마비된 건 미국 대통령 선거에 출마하는 버니 샌더스 후보 관련 집회 때문이다. 문신 펜이 올케의 팔에 새를 새기는 순간, 가금류 한 마리가 정치가의 회합 장소에 날아들더니 그의 앞에 놓인 탁자에 사뿐 내려앉는다. 한번 내려앉은 녀석은 자리를 뜨기를 거부한다. 녀석으로 인해서 회합은 잠시 중단된다. 녀석을 내보내는 데 성공할 때까지.

다음 날 신문마다 이 새 이야기를 대서특필했다.

장난꾸러기 내 동생.

파리, 2016년 3월 16일

·
·
·

오늘은 동생의 생일날이다. 알렉스는 앞으로도 영영 마흔 일곱 살이 될 수 없을 것이다. 그건 14일보다 더 고약하다. 아침 알람조차 묵직하다. 어떻게 이 수요일을 넘겨야 하나? 우리 집안에서는 대체로 거하게 생일을 축하한다. 촛불도 잔뜩 밝히고, 케이크며 선물도 치여 죽을 정도로 쌓인다. 엄마에게 자식의 생일은 신성불가침이다. 그게 엄마가 우리에게 사랑한다고 말하는 방식이다.

"자매들아, 나는 내가 사랑하는 너희들을 힘껏 끌어안는다." 카롤린이 3월 16일 아침에 보낸 문자메시지. 거기에 하트 한 개와 눈물 흘리는 스마일리 하나, 마하라자 하나, 이렇게 세 개의 이모티콘이 붙어 있다. "카로, 마하라자는 왜?" 클로에가 윙크를 곁들인 답신을 보낸다. 나는 "나쁜 날이지, 염병할"이라고 적은 다음 똥 세 개를 꾹꾹 눌러 보낸다. "이건 의미가 훨씬 명확하군." 클로에가 신속하게 반응을 보인다. "날씨가 좋으니, 그걸 신호라고 생각하자. 저기 높은 곳에서도 잔치를 벌일 거야. 우리는 초대를 못 받아서 섭섭하네."

저녁이 되자 카롤린이 전화를 건다. 샤트네-말라브리 묘지에 다녀오는 길이란다.

"거긴 뭐 하러 갔어?"

"내가 직접 아는 사람이 묻힌 유일한 묘지거든, 우리 시어머니 거기 모셨잖아. 처음엔 알렉상드르라는 이름을 가진 남자 묘비를 찾느라 많이 걸었는데, 아무리 찾아도 없더라고. 그래서 그다음엔 그 애처럼 1969년에 태어난 누군가가 있는지 살폈는데, 그런 사람도 없지 뭐야. 날은 또 좀 추워야 말이지. 그래서 가지고 간 동백꽃은 이름도 없는 묘 앞에 놓았어. 아무도 찾아오지 않는 것 같은 묘비엔 그저 '나의 친구에게'라고만 새겨져 있더라."

"아니, 언니 너 머리가 어떻게 된 거 아냐?"

"그런 거 아니야. 이상할 것도 없는 일인데 뭐."

아니, 상트랄* 출신의 우리 집 장녀, 집안에 어려운 일이 닥칠 때마다 온 식구가 의지하는, 식구 중에서 제일 똑똑한 언니가 어쩌다가 그토록 어이없는 행동을 했을까? 나는 동백꽃 다발을 겨드랑이에 끼고서 추위에 덜덜 떨면서 무덤 사이를 헤매고 다니는 언니를 상상한다. 생각만으로도 마음이 미어진

---

* École Centrale Paris. 프랑스의 이공 계통 그랑제콜 가운데 하나. 1829년에 설립되었으며, 최고의 수재들이 모여 기량을 다투는 곳으로 유명하다.

다. 그러면서 한편으로는 은근히 그 장면이 마음에 든다. 어쩌면 알렉스는 우리에게 이런 식의 자유, 약간 상궤를 벗어난 행동을 해도 좋을 자유를 준 게 아닐까 싶다.

엄마는 페이스북에 사진을 한 장 올렸는데, 사진 속의 엄마는 갓 태어난 아기를 품에 안고 있다. 멋진 엄마.

우리를 하나로 똘똘 뭉치게 만드는 내 동생.

몬트리올, 2016년 3월 21일

·
·
·

생일이 원무곡처럼 꼬리에 꼬리를 물고 이어진다. 나는 플로랑스의 쉰 살 생일을 축하해주러 몬트리올의 부아예가를 다시 찾는다.

동생의 책상 앞에 앉아본다. 재떨이엔 여전히 꽁초가 수북하게 쌓여 있는데, 나는 그걸 집어서 깨물어보고 싶은 충동을 애써 억누른다. 그러면서 그 꽁초들을 작은 비닐봉투에 넣어 냉동을 시키면 그 애의 입술 맛을 언제까지고 보존할 수 있을 거라고 속으로 생각한다. 물론 그게 정신 나간 짓이라는 건 나도 잘 안다. 하지만 진지하게 그렇게 하고 싶다는 생각이 드는 것도 어쩔 수 없다.

나는 동생의 수첩과 거기 적힌 동생의 암울한 상념을 쭉 훑어본다. "자유는 두려워하지 않는 것이다." 니나 시몬.

그 애가 쓴 글도 있다. "나는 내가 한순간에 모든 것을 떠날 수 있다고 생각하기를 좋아한다. 그러니까 상처 입은 짐승이 그 상처를 치료하기 위해 잠시 피신처로 숨어드는 것처럼 말이다. 일정한 시간이 지나고 나면 녀석은 다시금 진정한 삶을 자기 것으로 만들 준비가 되었다고 느낀다."

집 밖으로 나온 나는 걷는다. 장 쿠튀에도 들어간다. 장 쿠튀는 퀘벡의 슈퍼마켓 체인으로 거기에서는 "무엇이든 다 찾을 수 있다, 심지어 친구까지도". 알렉스는 우리에게 이 광고 문구를 여러 번씩 반복해서 들려주곤 했다. 나는 동생이 자주 들르던 서점에 다다른다. 고객들이 각자 자기 마음에 든 책을 소개하는 벽엔, 분필로 쓴 알렉스라는 이름 옆에 이런 말이 적혀 있다.

"고개를 들라, 나의 형제여!"

나는 어리둥절하면서도 행복하다. 알렉스의 발걸음을 따라 걷는 내 발에 날개가 돋는다.

플로랑스의 생일 파티가 우리를 압도한다. 마음이 넓은 친구들이 우리를 에워싼다. 이 특별한 저녁의 매 순간 언제라도 튀어나올 수 있는 우울함에서 우리를 지켜주는 든든한 울타리. 아니, 그렇지 않다. 나는 우리가 살아가고 있는 것에 놀란다. 우리의 행복은 어디론가 멀리 달아나버리지 않았다. 오히려 그 반대다. 10월 14일 이후 처음으로 나는 우리의 신체 구석구석에 본격적으로 똬리를 틀고 들어앉은 고통이 심지어 다시 찾은 기쁨의 강도까지도 더해줄 수 있음을 온몸으로 느낀

다. 예전엔 몰랐던 새로운 발견. 우리는 별을 향해 웃고, 밤새
도록 춤을 춘다. 곧 머리가 빙빙 돌 테지만, 아무려나 우리는
굳건하게 서 있는 사람들과 함께 버티고 서 있다.

우리는 더는 슬퍼서 죽어버리고 싶다고 생각하지 않는다.
그저 슬픔을 감내하면서 살 정도로 슬프다. 사람들은 오장육
부에 칼을 꽂고서도 거기 익숙해지기 마련이다.

그런데 빌어먹을, 알렉스는 왜 자기 집에 없는 거야?

동생아, 넌 지금 어디 있는 거니?

플로랑스와 나는 시간이 흘러감에 따라서 우리에게 별다
른 기별을 듣지 못하게 되면, 몬트리올 교외 한 귀퉁이에 자리
잡은 장례식장의 직원이 그곳의 한 골방, 통풍도 잘 되지 않는
장 속에 놓여 있는 흰 대리석 유골함을 어디론가 치워버리지
않을까 염려한다.

우리는 털모자를 눌러쓰고 부츠를 신고 알렉스를 찾아
나선다. 알프레드 달레르 장례식장은 마침 예식이 있는지 사
람들로 꽉 차 있다. 조문객 사이를 헤치고 들어간 우리는 지구
는 물론 그 주변까지 통틀어 제일 큰 발을 가진 거구의 여인
과 맞닥뜨린다. 로알드 달의 소설에서 금방 빠져나온 듯한 이
여인은 엄청 매력적이다. 아니, 그저 퀘벡 출신다운 걸 수도 있
다. 넓고 소박한 마음. 이곳에선 모든 것이 자연스럽고 소탈하
기만 하다. 그 여인이 플로랑스를 기억하고, 내 동생을 기억한
다. 마침, 지난주에 벽장 안에서 동생의 유골함을 발견한 여인
이, 왜 그랬는지는 모르겠지만, 그걸 앞쪽으로, 금세 눈에 잘

띄는 곳으로 옮겨놓았다는 것이다.

휴우, 다행히도 유골함은 거기 있다. 유골함의 존재를 확인한 우리는 부조리하다 싶을 정도로 마음이 즐거워진다. 우리는 그 애를 만나고 싶다고, 동생에게 안부 인사를 건네고 싶다고 요청하고 싶은 마음이 굴뚝같지만, 차마 그러지 못한다. 더구나 여인과 이어가던 대화는 유골함을 프랑스로 옮기는 방식을 놓고 완전히 활극이 되어가는 참이니….

"우선 프랑스 대사관에 가서 허가를 얻어야 합니다. 공항에 나가시면, 유골함은 짐으로 부칠 수 없고 반드시 기내에 가지고 타셔야 합니다."

나는 우리의 모습을 상상해본다. 알렉스는 우리 무릎에 놓여 있는데 기내식이 나오면 알렉스는 토마토 주스와 〈브리짓 존스의 베이비〉가 방영되는 화면 사이에 끼어서 옴짝달싹 못 하게 된다. 난 이런 어처구니없는 상황이 재미있다.

아무래도 내가 미쳐버린 것 같다. 그렇지 않고서야 동생을 벽난로 선반 위에 올려놓고 그 애와 같이 텔레비전 드라마 〈더 뷰로Le Bureau des légendes〉를 본다는 생각이 가당키나 한가 말이다. 어쨌거나 동생은 분명 좋아할 거다. 난 그 애에게 잘 자라고 인사를 건네고 잠자리에 든다. 10월 14일 전이었다면, 나에게 이런 생각은 완전히 끔찍한 악몽이었을 것이다.

나는 죽은 자들이 모든 가능한 방법, 웃기거나 미치거나 암튼 할 수 있는 모든 방식으로 산 자들의 삶의 한 부분이 되면 좋겠다. 더 이상 만날 수 없는 자들과 관계를 이어나가야 마땅할 텐데, 그렇다면 재가 들어있는 유골함 앞에서 소설을 소리 내어 읽는 것도 안 될 건 없을 듯하다.

"내가 조언을 해도 괜찮으시다면 말이죠, 난 차라리 재를 콜라병에 담아서 아무도 모르게 가방에 넣어 옮기시라고 권하고 싶어요. 만에 하나, 누군가가 그 안에 담긴 게 뭐냐고 묻는다면, 가령 쿠바 여행 기념으로 모래를 담았다고 말하면 되잖아요."

정말이지, 나의 광기에도 한계라는 게 있으므로, 숟가락으로 재를 코카콜라 병에 옮겨 담는 짓은 말도 안 된다. 우리는 여자에게 조언 고맙다고 인사를 하면서, 정식 허가를 요청하겠노라고 대답한다. 알렉스가 이 매력 만점 여인의 보호 속에 있음을 알게 되어 마음이 진정된 우리는 그녀에게 작별 인사를 건넨다.

·
·

나는 죽은 자들이 모든 가능한 방법,
웃기거나 미치거나 아무튼 할 수 있는 모든 방법으로
산 자들의 삶의 한 부분이 되면 좋겠다.

·
·

파리, 2016년 3월 26일

.

.

.

짐 해리슨*이 죽었다. 그가 좋은 술 친구였다고 생각하니, 괜찮은 생각 같아 마음에 든다.

"자신의 본성을 향상시키려는 고통을 감내하지 않는 인간은 인생을 그르치는 것이다. 신비스러운 존재가 되려는 욕망을 가꾸고, 삶에서 낭만을 키우고, 더러운 짓거리, 상투성, 언론, 오토바이 소음 같은 건 피하라."

4월 21일, 가수 프린스도 세상을 떠났다. 언제부턴가 평소보다 자주 사람들의 부음을 접한다.

---

* Jim Harrison. 1937~2016년. 미국의 소설가, 시인, 수필가.

파리, 2016년 봄

•
•
•

동생은 나를 사랑했을까? 그 애는 자주 나를 생각했을까? 뜬금없는 이런 질문은 사실 함정이다. 이 질문들은 위조지폐나 다름없으므로 제대로 꿰뚫어보기 위해서는 이면을 볼 줄 알아야 한다. 나는, 그 애의 누나인 나는, 그 애를 충분히 사랑했던가? 나는 내 책상 위에 꾸며놓은 작은 제단을 바라본다. 검정색 플라스틱으로 만든 A자, 동생이 죽기 얼마 전에 한 친구가 선물해준 빨간 새 한 마리, 모니카가 준 성모 마리아 그림(너무도 키치해서 동생이 좋아할 것 같은 그림이다), 만지면 매끈매끈한 조약돌(동생은 그 돌에 "우리는 여러분들을 사랑합니다!"라고 적었다) 하나. 그리고 한가운데를 차지하고 있는 그 애의 사진. 멜랑콜리에 젖어서 나를 바라보는 동생.

"글 쓰는 일이란 게 좀 이상하다고 생각하지 않아?" 가끔씩 그 애가 나한테 그렇게 묻는다. 죽은 내 동생에 대해 글을 쓰는 일은 아닌 게 아니라 좀 이상하긴 하다. 이 책은 절대 존재해서는 안 될 책이다. 나는 알렉스를 종이로 된 피조물로 변신시키기 위해 계속 글을 쓴다. 난 그 애에게 빚을 졌다.

샐린저—알렉스의 침대 머리맡에 제일 나중까지 놓여 있던 작가—는 그의 단편집 첫머리에 참선의 화두를 연상시키는 글을 적어두었다. "우리는 두 개의 손이 마주쳐서 나는 박수 소리라면 잘 알고 있다. 그런데 하나의 손이 치는 박수는 어떤 소리를 낼까?" 나는 혹시라도 이 소리가 들리는지 늘 살핀다. 그 소리야말로 동생의 삶에 딱 어울리는 소리일 것 같으니까.

．
．

나는 알렉스를
종이로 된 피조물로 변신시키기 위해
계속 글을 쓴다.
난 그 애에게 빚을 졌다.

．
．

라크루아발메르, 2017년 여름

·
·
·

플로랑스가 너의 유골을 담은 종이 상자—올케의 쉰 살 생일에 프랑수아와 쥘리에트가 선물한 대형 양초를 담았던 상자—를 들고 몬트리올에서 도착했어. 플로랑스는 아무렇지도 않다는 투로 겨우 며칠 전에야 전화로 나한테 연락을 했더구나. 전혀 공식적이라고 할 것 없는 결정이었지. 사전에 어떤 합의도 없었고, 그저 쥘리에트의 소망에 뭔가 하긴 해야 한다는 마음이 합해진 결과물일 뿐이었으니까. 장례식장의 한구석에 너를 영원히 방치해둘 순 없잖아.

너의 재를 바다에 뿌리는 그날은 마침표가 아니라, 느낌표 혹은 물음표를 찍는 날이 될 거야.

너는 어디에 있니, 동생아?

넌 우리가 바람에 실어 보내게 될 한 줌의 가루 속에 조금씩 들어 있을 테지만, 사실 우리 안에서 매일 조금씩 더 많은 자리를 차지하게 될 테지. 넌 네가 있는 그곳에서 우리를 위로해주렴.

우리는 모든 의식 절차를 제대로 다 준수했어. 피크닉을 위해서 마을의 슈퍼마켓에서 로제 샴페인과 토마토, 멜론, 과자도 샀지. 그러고는 배를 타고 브레강송에서 멀지 않은 그 내포, 자갈들이 너무 희어서 마치 대리석 같은 그곳을 향해 갔어. 그런데 그 자갈들은 이상하게도 파리로 가져오면 다른 돌과 다를 바 없는 돌이 되고 말았잖아.

3년 전 우리는 그 해안에서 이상적인 하루를 보냈지. 수영복 차림의 네가 머리에 물안경과 호흡관을 쓰고, 아마 발엔 오리발도 꼈던 것 같은데, 암튼 손에 샴페인 병을 들고 있는 사진이 있어. 너는 그때도 광대 노릇을 자청했지. 넌 항상 유쾌함을 전파하니까. 그런데 그 여름엔 너에게서 정말로 기쁨이 퍼져 나오는지 확실하지 않았어. 그래서일까, 우리는 그 행복을, 아마 금방이라도 달아날 것만 같아서 그랬을 테지만, 목구멍까지 꽉 채웠지.

우리 모두는 완전하다는 감정을 경험했어. 이 어렴풋한 감정 때문에, 우리는 누구 하나 구구절절이 설명은 하지 않았지만, 네가 쉴 곳은 바로 여기라고 생각했지. 넌 네가 마지막으로 행복했던 곳에 있어야 해. 속이 온통 들여다보이는 투명한 물속에. 하늘엔 구름 한 점 없고. 떼 지어 날아다니는 물새들을 벗 삼아. 자유롭게.

쥘리에트와 바질은 온 신경을 집중했지. 상처 입은 나의 대녀와 나이 들수록 태도며 생김생김이 너를 닮아가는—그래서 난 기분이 좋아—나의 장남. 아이들은 완전히 흥분 상태였지, 무슨 일이 벌어질지 궁금해서 죽을 지경이었을 테니까. 슬픔보다는 밀도 높은 감정이 지배하는 시간이었어. 그래도 모두에게 깊은 인상을 남겼지. 각자 자기 방식으로 묵상도 하고. 감동도 느꼈을 테고. 순간적으로 섬광이 번쩍했다는 느낌이랄까. 나는 바보스럽게도 너의 재가 물 밑바닥으로 퐁당 가라앉을 거라고 생각했는데, 아니지 뭐니, 일부는 흘러가고, 다른 일부는 수면에서 떠다니는가 싶더니 얇은 층이 날아가 우리가 쓰고 있는 선글라스 렌즈에 달라붙기도 했어. 그러니 우린 너의 눈으로 세상을 본 셈이지. 각자 차례로 타고 남은 너의 재를 바람에 맡겼어, 아이들까지도 모두. 나는 아이들이 이 순간을 아주 나이 먹은 노신사가 되어서까지도 기억할 거라고 혼자 생각했어. 그리고 그렇게 된다면 그건 참 근사한 일이라고도. 네가 그 아이들을 강하게 만들어주었고, 그 아이들은 너를 언제까지고 잊지 않을 거야. 너에 대해서 이야기해줄 우리가 더 이상 이 세상에 없을 때까지도. 멜랑콜리의 저주는 끝났어. 모든 건 더할 나위 없이 자연스러웠어. 이 황홀한 순간의 충만함을 깨뜨리는 부적절한 감정 따위는 찾아볼 수 없었지. 우리는, 사제가 없었어도, 그 순간이 성스러운 순간임을 알 수 있었어.

반짝거리며 빛나는 지중해의 수면 위에서 너의 재는 파도를 따라 굽이치면서 해안으로 달려가고, 난 네가 그 대리석 같은 자갈 위에서 쉰다는 게 마음에 들었어. 우린 해마다 여름이면 그리로 너를 보러 갈 거야. 이윽고 나는 강력한 어떤 감정에 이끌려 물속으로 뛰어들었고, 흘러가는 너의 뼛가루 속에서 헤엄을 쳤어. 난 정말이지 내가 이런 행동을 하게 되리란 건 꿈에도 생각하지 못했어. 소설에서 그런 장면을 읽었다면 아마 적잖이 충격을 받았을 거야. 어쨌거나 나는 너와 더불어 헤엄을 치면서 내가 좋아하는 근접성, 가까이 있다는 감정과 그것이 주는 놀라운 기쁨을 맛보았지. 난 마침내 절제 따위는 모르는 너에게 어울리는 방식으로 너를 추모할 수 있는, 광적인 수단을 찾아낸 거야. 난 너와 함께였고, 예상을 뛰어넘는, 그러나 전혀 병적이라고 할 수 없는 이 몸짓을 통해서, 내 아들들의 머리를 걸고 맹세컨대, 앞으로도 항상 너와 함께하리라는 걸 알았지. 게다가 그건 슬픔 안에서가 아닐 거라는 사실도. 너는 허공으로 몸을 던졌어, 그게 너에겐 제일 나은 선택이라고 생각했기 때문에. 난 내 목숨이 다하는 날까지 그렇게 믿을 거야. 너는 소멸 속으로 빨려 들어간 게 아니야. 난 이제 네가 어디에 있는지 알아. 넌 우리 안에 있어.

돌아오는 길에, 돌고래 한 마리가 푸른 바다에서 솟아올랐어, 우리 배에서 멀지 않은 곳에서 말이야. 그러더니 또 한 마리가 솟구치고. 이어서 세 번째 녀석까지. 우리는 전혀 기대하지 않았다가 녀석들의 우아한 출현을 넋을 잃고 바라보았지. 모터를 끄고서 녀석들이 우리 주위에서 껑충껑충 뛰어오르는 광경을 한참동안 바라봤어. 거기서 이런 광경을 보는 건 처음이었어. 우리는 그 순간이 언제까지고 계속되었으면 했어.

너는 우리를 버리고 떠나간 게 아니야. 너는 우리의 삶에 어찌나 강력한 발자국을 남겼는지 그 발자국은 우리가 침몰하지 않도록 지켜주면서 궁극적으로는 우리를 뛰어넘지. 너의 존재는 지워지지 않아. 너는 우리 안에서 계속 살아 숨 쉬고 있어. 너의 죽음은 우리를 살아 있게 만들었어.

.
.

너는 어디에 있니, 동생아?

.
.

우리는 죽어서 어디로 가는 걸까? 신앙을 가진 사람이라면 천국 혹은 극락 같은 곳에 간다고 믿겠으나, 그렇다고 해도, 천국이나 극락은 또 어디에 있단 말인가?

올리비아는 유난히도 우애가 깊었던 남동생 알렉스가 스스로 목숨을 끊은 후 줄곧 "너는 어디에 있니, 동생아?"라고 묻는다. 그러면서 우연히 사무실 창가에서 푸득푸득 날갯짓을 하는 한 마리 새를 본다거나, 어쩌다 길에서 알렉스라는 이름이 적힌 공연 포스터라도 보게 되면 동생이 "나 여기 있어"라며 신호를 보내는 거라고 믿고 싶어 한다. "님은 갔지만 … 님을 보내지 않는", 아니 보내고 싶지 않은, 동생의 "이름을 부르다가 내가 죽을" 것 같은 누나의 애틋한 마음이 눈물겹다. 사랑하는 이의 죽음이 불러일으키는 정서는 동서양의 차이도 가뿐히 뛰어넘는가 보다.

자살률 세계 1위라는 기록을 보유한 나라에 살아서 일까, 우리는 비교적 자주 유명인들의 자살 혹은 일가족 동반자살 소식을 접한다. 가족 중의 어느 한 사람이 자살을 하게 되면, 머지않아 다른 형제자매들도 그 뒤를 따르는 사례도 드물지 않다.

올리비아와 알렉스 남매의 집안에도, 마치 가문의 표시라도 되는 듯이, 여러 세대에 걸쳐서 적어도 네댓 명의 가족이 스스로 삶을 포기한 내력이 있다. 이른바 '금수저 집안'에서 태어난 알렉스는 '객관적으로 볼 때' 금슬 좋은 부모 슬하에서 부족함이라고는 전혀 없이 사랑을 듬뿍 받으며 잘 자라났음에도, 뛰어난 재능에 리더십까지 겸비하여 어디에서든 분위기 메이커 역할을 톡톡히 하는 인물이었음에도, 늘 이건 '진짜 삶'이 아니라면서 절망의 나락에서 허우적거렸다. 진짜 삶은 뭘까, 아니, 그런 게 있기는 한 걸까?

이러한 그의 증세에 대해 의사들은 기분부전증이라는 생소한 병명을 제시한다. 경미한 만성 우울증 정도로 이해할 수 있을 이 병은 대체로 기질적인 것으로 치부되어 병으로 인식조차 되지 않으나, 때로는 우울증만큼 위험할 수도 있는 데다, 공인된 치료법이 없어서 어쩌면 평생 달고 살아야 하는 고질이 될 수도 있다는 설명이다.

부모로부터 생명을 얻어 태어난 자가 자신만의 의지와 결정에 따라 그 목숨을 거두어들이는 행동이 윤리적 혹은 종교적으로 옳은지 그른지, 나는 감히 판단하지 못하겠다. 다만 한 가지 확실한 건, 그와 같은 결정으로 인해서 남은 사람들은 커다란 충격에 빠지게 되고, 지우기 힘든 죄책감 속에서 남은 날들을 살아가야 한다는 사실이다. 그리고 그 과정에서, 베르테르 효과라고 하던가, 일종의 모방 심리마저 작동할 수도 있다고 한다.

그럼에도. 그럼에도 병 같지도 않은 그 병에 시달리는 환자 입장에서 보자면, 그렇게라도 하는 게 차라리 나은 게 아니겠느냐는 한 소설가의 말에 올리비아는 뒤통수 맞은 기분이 되어 깨달음을 얻는다. 상대의 입장이 되어 보기. 올리비아는, 한용운 시인이 노래했듯이, "이별이 뜻밖의 일이 되고, 그래서 놀란 가슴이 새로운 슬픔에 터지"지만, "이별을 쓸데없는 눈물의 원천을 만들고 마는 것은 스스로 사랑을 깨치는" 것인 줄 알기 때문에 "걷잡을 수 없는 슬픔의 힘을 옮겨서 새 희망의 정수박이에 들이"붓는다. 동생은 갔어도, 가긴 했어도 마음속에 그리움으로 살아 있는 한, 삶을 기뻐하고 즐거워하리라, 그 애와 더불어.

아, 우리가 산다는 건, 살아 있다는 건 권리일까, 의무일까?

2020년 2월
양영란

동생 알렉스에게

1판 1쇄 찍음 2020년 3월 16일
1판 1쇄 펴냄 2020년 3월 26일

지은이 올리비아 드 랑베르트리
옮긴이 양영란
펴낸이 안지미
편집 박승기
디자인 안지미 이은주
제작처 공간

펴낸곳 (주)알마
출판등록 2006년 6월 22일 제2013-000266호
주소 03990 서울시 마포구 연남로 1길 8, 4~5층
전화 02.324.3800 판매 02.324.7863 편집
전송 02.324.1144

전자우편 alma@almabook.com
페이스북 /almabooks
트위터 @alma_books
인스타그램 @alma_books

ISBN 979-11-5992-292-3 03860

이 도서의 국립중앙도서관 출판예정도서목록CIP은 서지정보유통지원시스템 홈페이지
http://seoji.nl.go.kr와 국가자료공동목록 구축시스템 http://kolis-net.nl.go.kr에서 이용하실
수 있습니다. CIP제어번호: CIP2020010748

알마는 아이쿱생협과 더불어 협동조합의 가치를 실천하는 출판사입니다.

종이 표지_비비칼라 185g/㎡ 본문_전주 그린라이트 80g/㎡